Raymond Federman

Der Pelz meiner Tante Rachel

Ein improvisierter Roman ...
Aus dem Französischen
von Thomas Hartl
Mit 40 Illustrationen von
Hartwig Ebersbach

Faber & Faber

Copyright 1997 by Faber & Faber
Verlag GmbH Leipzig
Erste illustrierte Ausgabe 2019
Alle Rechte vorbehalten
Herstellung Atelier Eilenberger
Schrift Warnock
Papier Fly
Printed in Germany
ISBN 978-3-86730-147-3

Von diesem Band erscheint auch eine
auf 200 Exemplare limitierte Vorzugsausgabe
als Halblederband im Schmuckschuber
ISBN 978-3-86730-148-0

Dieses und andere schöne Bücher
finden Sie auch im Internet unter
www.verlagfaberundfaber.de

Für Sam, der die Zeit gewechselt hat.

Inhalt

Ah du willst wissen …

bin nach zehn Jahren Amerika …

nein mein Alter weder um hier Ferien zu machen noch um den Touristen zu mimen, na sicher nicht, und sicher nicht um die Familie wiederzusehen, jedenfalls das was von dieser behämmerten Familie übrig ist, zwei drei Onkels und Tanten, ein halbes Dutzend verflennter und mieser Cousins und Cousinen, na eine ganze Bande Nervenkranker, nein das ist nicht um ihnen guten Tag zu sagen, *coucou me revoilà,* dass ich in dieses Drecksland zurückgekommen bin nach zehn Jahren Amerika, zehn Jahre auf der Verliererstraße …

aber ja das macht jetzt zehn Jahre dass ich mich dorthin verdrückt habe …

okay ich könnte sagen ich bin hierher zurückgekommen weil ich Paris so liebe, ah Paris, der Ort auf der Welt an dem die Menschheit das höchste geistige Niveau erreicht hat, deswegen kann man hier auch die schlimmsten Arten von Leiden sehen, du musst jedenfalls wissen, das hatte nicht sehr gut geklappt für mich in Amerika, nein ganz und gar nicht, glaub mir dort schon überhaupt nicht, keine Arbeit, die ganze Zeit abgebrannt, deprimiert, lonely, verloren, immer in der Scheiße, keine Freunde, dauernd einen Moralischen, und dann bin ich am Ende noch aus meiner kleinen dreckigen Wohnung in der Bronx rausgeflogen, falls man das überhaupt Wohnung nennen kann dieses traurige düstere enge Zimmer mit einer Falle die aus der Mauer kommt wenn du dich aufs Ohr hauen willst, man nennt das ein Murphy-Bett da drüben, von wegen, ah hör zu da kenne ich mich ein bisschen aus bei den finsteren Bleiben, die vor Küchenschaben gerade nur so wimmeln …

das Scheißhaus, was glaubst du denn, nicht im Zimmer, nein am Ende des Ganges, und wie das stank da drinnen, ah erzähle mir nichts vom modernen amerikanischen Lebensstil, das war ganz schön traurig in dieser Bude, und was das Fass vollmachte, die Biene mit der ich Arsch an Arsch in einem Bett schlief bevor ich wieder hierher kam hatte mir den Laufpass gegeben, wir hatten uns angeschrien sie und ich wegen der Knete, ah die Amerikaner die Zaster haben also sieh mal die sind verdammt geizig, und Susan hatte einen Haufen Zaster, ja doch, eine fette Erbschaft einer alten Tante, eine Million Dollar, nein ich übertreibe nicht, das musst du dir vorstellen, eine Million Dollar, ich war völlig baff als sie mir gesagt hat dass ihr ihre alte Tante aus Boston ihr Vermögen hinterlassen hatte, ich ich hätte Susan gerne vom Fleck weg geheiratet wenn sie gewollt hätte, mit all ihrer Knete hätten wir verdammt glücklich sein können wir beide, ah Susan, ja so hieß sie, Susan, aber ich ich nannte sie immer Sucette, ja Sucette …

warum Sucette, weil sie großartig war beim Blasen, bei den Blow-jobs, ich weiß nicht wo sie das gelernt hatte aber für eine reiche Amerikanerin, reich und puritanisch, also ich sage dir die war einsame Spitze beim Blasen …

was für einen Riesenstreit wir gehabt haben, ich hatte mir von ihr fünfzig Dollar geborgt um meine Miete zu zahlen, aber anstatt sie zu zahlen meine Miete habe ich Poker gespielt mit Typen die ich in einer Bar in Brooklyn kennengelernt hatte und ich habe alles verloren, da war sie ganz schön wütend die schöne Susan als sie herausgefunden hat dass ich ihn beim Pokerspiel verloren hatte ihren Kies, du hättest ihre Visage sehen müssen, ah sie war ganz schön wütend, sie hat mir gesagt dass ich ein Typ ohne Verantwortung sei, dass ich doch keine blasse

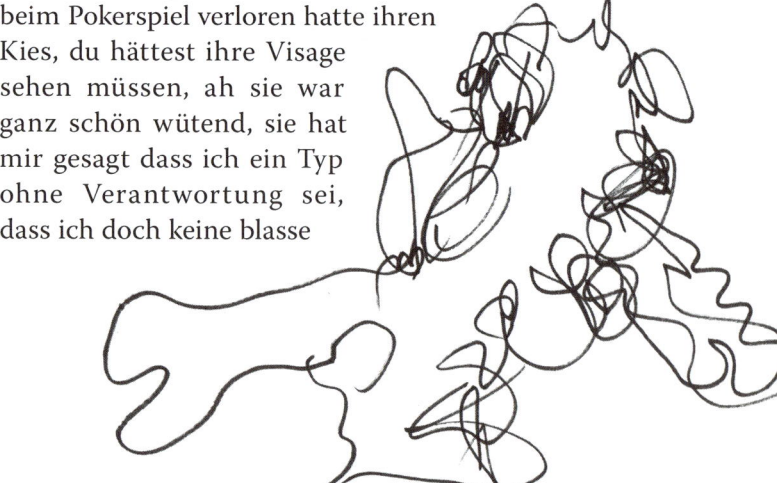

Ahnung von menschlichen Beziehungen hätte, dass ich mich immer wie ein Kind aufführte, dassdassdass ichichich, sie war dermaßen wütend dass sie anfing herumzustottern, sie die immer so schön und so ruhig spricht, ah wie schön Susan doch ist, vor allem wenn sie wütend wird, vielleicht ein bisschen zu rundlich, weißt du pausbäckig, aber sexy, mit solch Riesentitten, sehr weich, ich ich mag sie sehr weich, eine sanfte und milchige Haut, und große blaue Augen die die Farbe wechseln wenn ihre Stimmung wechselt, sie hat Meere von allen Farben in ihren Augen, ruhige, stürmische, ah Susan, und wie sie es liebt zu bumsen, ja das ist schade, wir haben uns sehr geliebt wir beide …

okay siehst du, hier bin ich vor die Tür meiner Wohnung gesetzt weil ich meine Miete nicht zahlen konnte, und hier bin ich ohne Biene, also das klappte ganz und gar nicht mit mir in Amerika, nein dort schon überhaupt nicht, ein Reinfall wars, gut ich schrieb einen Roman der mehr oder weniger mein Leben in Amerika erzählte, jedenfalls eine Version meines Lebens, ein wenig verändert und romantisiert damit das als Literatur durchgehen kann …

natürlich kenne ich mich da ein bisschen aus in der Literatur, was glaubst du denn, ich schmökere andauernd rum, aber ja, philosophische Dinger, politische Romane, Science-Fiction, Nouveau Roman, psychopathetisches Zeugs, Comics, Pornoromane, egal was, sogar die Klassiker …

also ich schrieb einen Roman und wenn du einen Roman schreibst kann es vorkommen dass man leiden muss, siehst du weil schreiben das heißt denken, und denken, das war Stendhal der das gesagt hat, heißt leiden, oder vielleicht hat er auch das Gegenteil gesagt, leiden heißt denken, wie auch immer, ich, dieser Roman, ich arbeitete daran schon seit zwei Jahren, es ging darin vor allem um Nudeln …

aber ja Nudeln, Makkaronis, Spaghettis, Raviolis, Manikottis, jedenfalls siehst du was ich meine, na Pasta, du wirst sehen du wirst es später verstehen dieses Nudel-Ding, braucht dir nicht gleich die Rede zu verschlagen …

ich arbeite übrigens immer noch daran an diesem Roman, jedenfalls nicht sehr oft in letzter Zeit weil ich ganz schön in der Scheiße sitze, ich werde dir das erklären, aber ich werde ihn beenden diesen verdammten Nudel-Roman, das verspreche ich dir, das ist die Geschichte eines Typs der sich in einem Zimmer in New York einsperrt um einen Roman zu schreiben …

of course in New York, aber er da sagt immer **Nouillorque**, weil er nämlich auch wie ich der Typ in meinem Roman aus Frankreich ist deswegen redet er mit einem fürchterlichen Akzent daher wenn er Englisch spricht, übrigens verzapft er selbst in seinem Roman dass er diesen französischen Akzent kultiviert weil ihn die Bienen in Amerika lieben den französischen Akzent, sie sagen dauernd dass er verdammt sexy ist, ja der Typ der sich ein Jahr lang in dem Zimmer einsperrt mit den Nudeln der verzapft einen ganzen Haufen solcher Sachen die im Grunde nichts mit der Hauptgeschichte zu tun haben die er schreiben will, aber er er sagt dass das ein Teil seiner Erzähltechnik ist, er nennt das die Technik des Bockspringens, findest du nicht dass das verdammt lustig ist …

was er damit meint mein Schreiberling, also er meint dass er dauernd abschweift, wie ich das übrigens auch mache wenn ich die Geschichte meines Lebens erzähle, ich springe auch die ganze Zeit bock …

also gut der Bursche der sperrt sich in einem Zimmer ein in New York ein Jahr lang nur mit Nudeln, 365 Schachteln Nudeln um genau zu sein, eine Schachtel pro Tag, um einen Roman zu schreiben …

aber nein du bist auch bescheuert, er schreibt seinen Roman nicht mit Nudeln, er isst Nudeln das ganze Jahr lang während er an seinem Roman schreibt, und das deswegen weil er nicht genug Geld hat um sich was gastronomisch Anspruchsvolleres zu genehmigen, es stimmt dass der Bursche anfangs vorhat sich Kartoffeln zu kaufen, der Typ der betet Kartoffeln an, vor allem Pommes, und er überlegt sich dass er vielleicht ein ganzes Jahr überleben könnte indem er nichts anderes isst als *patates,* aber es wird ihm ziemlich schnell klar dass Kartoffeln nach einiger Zeit wie Schwämme aussehen und dass sie Rattenschwänze austreiben, deswegen entscheidet er sich für die Nudeln weil Nudeln die halten sich ja lange und die verfaulen nicht, und da er sich dazu entschlossen hat das Zimmer, ein bisschen wie jenes das ich in New York hatte, nicht zu verlassen bevor er nicht seinen Roman fertig hat braucht er wohl was zum Futtern, er braucht doch Proviant ...

was erzählst du da, die klingt eher blöd meine Nudel-Geschichte, warte bis ich sie dir erkläre, das ist verdammt viel komplizierter als du glaubst, weil siehst du, es gibt einen anderen Typen der ihn beobachtet während er im Zimmer ist ...

aber nein du kapierst auch nichts, der andere Typ ist in keinem anderen Zimmer, er ist im gleichen Zimmer, ich meine im gleichen Zimmer in meinem Roman, aber man sieht ihn nicht, das ist eine Art unsichtbarer Typ, Gespenster-Typ wenn du so willst, anwesend abwesend zur gleichen Zeit, symbolisch anwesend aber physisch abwesend, und dieser Typ der zeichnet alles auf, aber nur in seinem Kopf, was der Kerl macht der den Roman schreibt, der der die Nudeln isst und die Geschichte erzählt, der Erzähler ...

ja doch so nenne ich ihn, also in meinem Roman gibts einen Erzähler, aber auch einen Burschen den man einen Aufzeichner nennen könnte, in Englisch würde man sagen einen recorder, und natürlich gibts da auch eine Hauptperson, na den Helden, der welcher erzählt wird, und es ist die Geschichte des Helden die mein Erzähler erzählt während der Aufzeichner alles aufzeichnet was in der Geschichte des Helden erzählt wird aber auch alles was im Zimmer passiert in dem der Erzähler seine Nudeln isst und die Geschichte erzählt die ich, natürlich, gerade schreibe, kapierst du ...

aber ja ich arbeitete schon zwei Jahre daran an diesen Roman als ich beschlossen habe alles aufzugeben und nach Frankreich zurückzugehen um hier zu leben, ich hatte Amerika satt, ja Amerika *pour les oiseaux*, fürn Arsch, for the birds wie man da drüben sagt, du kannst dir gar nicht vorstellen wie das deprimierend ist dieses Land, ein Land das in der Mittelmäßigkeit lebt, in der Wiederholung, in der Einheitlichkeit, ein Land in dem du all deine Illusionen im Vorhinein verbrauchst, erzähle mir nichts vom **Great American Dream**, schon eher von der **Great American Delusion**, okay ich springe …

sieh an du willst dass ich es dir erzähle, also ich da drüben habe versucht mich viermal umzubringen, ja ich, siehst du, ich kann sagen, eine schöne Erfahrung an Selbstmorden, vor allem an misslungenen, aber das hindert einen nicht daran dass …

okay ich plauderte dir von meinem Roman, ich hatte einen anderen begonnen vorher, eine Spionagegeschichte, aber die habe ich aufgegeben, ich hatte mich in der Handlung verirrt, außerdem hatte ich auch einige Kurzgeschichten geschrieben, aber nichts wurde veröffentlicht, also nichts als abschlägige Anworten, deswegen habe ich auch eine Menge Ablehnungen, rejection slips wie man sie da drüben nennt, eine ganze Sammlung …

doch ich hatte es jedenfalls geschafft einige Gedichte in kleineren Zeitschriften unterzubringen die nichts zahlen, außer dass man dir zwei drei Exemplare der Nummer gibt in der deine Gedichte erscheinen, aber die Gratisexemplare der Poetikzeitschriften, erzähl mir nichts, die sind nicht nahrhaft, da kriegst du gar nichts für …

was für Gedichte, sieh an *mon petit coco*, ich sehe schon die Dichtung die interessiert dich, oh weißt du, Gedichte die mein Unglück und meinen Kummer in Amerika beschrieben, aber damit ist es vorbei weil ich ich nehme die Poesie nicht zu ernst, ich bin kein Romantiker, im Gegenteil, ich bin ein Realist, ein echter, ein Superechterrealist, nein das ist nur Spass, mir ist die Realität scheißegal, ich glaube übrigens nicht daran, ja ist schon verdammt lang her dass ich nicht mehr an die Realität glaube, oder wenn dir das lieber ist, die Realität die gehe ich hin und wieder besuchen aber ich würde dort nicht ständig leben wollen, nein sicher nicht …

du willst wissen was ich gegen die Realität habe …

aber die Realität, mein Bürschchen, die interessiert doch niemanden weil das immer eine Ent-
zauberung ist, eine Täuschung, du
willst dass ich es dir sage, was die
Realität manchmal faszinierend
macht ist die imaginäre Katastrophe die sich dahinter ver-
birgt, vor allem hinter der amerikanischen Realität, ah und
welche Katastrophen es da gibt
hinter der amerikanischen Realität, ich weiß wovon ich plaudere …

also ob man von Katastrophe oder
Kacckastrophe spricht, das ist dasselbe, kommen wir auf Amerika
zurück und mein Unglück, erzähle
mir nichts von Amerika, ah die You-
S-A was für ein Reinfall für mich, zehn
Jahre Reinfall, sieh an du willst wissen warum ich nach Frankreich zurückgekommen bin, also ich bin hierher zurück um
zu sehen ob ich nicht vielleicht wieder
nach Paris ziehen könnte für immer und
mir ein kleines ruhiges mehr oder weniger
normales Leben schaffen könnte, hier meinen
Roman fertigschreiben, ihn von einem guten
Verlagshaus veröffentlichen lassen, und dann, dann werden wir
sehen, alles in allem fein raus sein, mir vielleicht sogar eine andere
Kleine angeln die mich glücklich machen würde, eine Biene die
nicht so geizig ist wie Susan, aber das muss ich zugeben, das war
keine leichte Entscheidung für mich in dieses Drecksland zurückzugehen, wegen dem was hier passiert ist in meiner Jugend …

meine Jugend, ah von wegen, was für ein Loch, was für ein Ab-
grund an Misere, meine Wenigkeit musste in seiner Jugend eine
Menge Sauereien verdauen, ich werde dir das ein anderes Mal
erzählen …

und wie ich es satt hatte satt dieses Scheißland von Amerika, der
große amerikanische Traum, schon eher Alptraum, ja Alptraum
an Misere, an Gewalt, an loneliness, und überall Versager die
noch an den großen Traum glauben, Niedergeschlagene, Säufer,
winos, die auf den Gehsteigen schlafen in Zeitungen gehüllt, bag-
ladies, die ihre kleinen Wägelchen von einem Mülleimer zum
anderen schieben, Giftler die dich mit Austernaugen anglotzen,
Arme, Kranke, Blödmänner, Fiese, Rassisten, religiöse Fanatiker,
Frömmler, hillbillies die Englisch sprechen als ob sie Brei im
Mund hätten, und dann die Autoverkäufer, Tausende und Abertausende von Autoverkäufern die in einer Tour versuchen dir was
anzudrehen, ah die car salesmen, was für ein Diebsgesindel, und
das ist noch nicht alles, nein das ist noch nicht alles …

warte lass mich erzählen, ich bin noch nicht fertig, glaubst du das ist alles was ich zu sagen habe über dieses Amer Eldorado …

Amerika also das ist das Land der falschen Repräsentation, der misrepresentation, ich erkläre es dir …   17

man sagt dir immer in Amerika dass die Produkte die du kaufst verbessert worden sind, also das heißt dass all die Produkte die du kauftest bevor du diejenigen kaufst die verbessert worden sind dass das kotzige Produkte waren, ist dir die Logik der Wirtschaft in Amerika klar, das heißt dass die Seife, die Rasiercreme, die Zahnpasta, das Scheißpapier, das Shampoo, jedenfalls alle Produkte die du vor dieser angeblichen Verbesserung kauftest dass die also schlechter waren weil auf den neuen Produkten, vor allem den Hygieneartikeln, in Großbuchstaben

IMPROVED

geschrieben steht, das ist unglaublich, das heißt dass es eine Bande von Dreckschweinen in Amerika gibt die versucht der Bevölkerung diesen Schwachsinn der improved products weiszumachen, und es ist das gleiche mit dem was sie family size nennen …

family size, ah das kennst du nicht, also das sind Schachteln Tuben Fläschchen die größer sind als die normalen Schachteln Tuben Fläschchen und in denen mehr drin zu sein scheint, aber natürlich stimmt das nicht, das ist wieder so eine Schokoladennummer von diesen Dreckschweinen von Herstellern, zum Beispiel kaufst du eine Tube Zahnpasta von normaler Größe, sagen wir dass du einen Dollar neunundsiebzig für diese Tube zahlst und dass du einfach nur um dich zu informieren, zu unterhalten, oder auch um die Zeit totzuschlagen, beschließt die Anzahl der squeezes zu zählen die in dieser Tube drin sind, ich meine die Menge an Zahnpasta die jedesmal aus der Tube kommt wenn du draufdrückst, das ist ein squeeze, das heißt wie viel Zahnpasta du auf deine Zahnbürste gibst jedesmal wenn du dir die Zähne putzt, und sagen wir, ich erfinde hier natürlich wegen der Reibungslosigkeit der Erzählung, sagen wir also dass du 60 squeezes in einer normalen Tube zählst, 60 das ist eine schöne runde Zahl, denn wenn du sie dir zweimal am Tag putzt, morgens und abends wie es dein Zahnarzt dir empfiehlt, dann macht das genau einen Monat Putzen pro normaler Tube, aber du bist ja nicht reich, also wenn du das nächste Mal Zahnpasta kaufen gehst sagst du dir um zu sparen wirst du eine Tube family size nehmen die dich zwei Dollar neunundzwanzig kosten wird, ja doch in Amerika enden alle Preise immer mit einer Neun, das ist noch so eine ihrer Erfindungen um dich dranzukriegen, um dich glauben zu lassen dass du weniger zahlst als wenn es genau ein Dollar achtzig oder zwei Dollar dreißig wären, ich nenne das den Betrug des Pennys, okay ich mache weiter, also du kommst nach Hause und glaubst ein gutes Geschäft gemacht zu haben denn auf deiner Familientube steht, doppelter Inhalt für nur zwei Dollar neunundzwanzig, und du also du malst dir aus dass du fünfzig Cents sparen wirst bei einer doppelten Menge Zahnpasta, aber um das zu überprüfen beschließt du, weil du ja ein neugieriger Typ bist, dir anzusehen wie viele squeezes drin sind in dieser dicken Tube family size, und zu deiner großen Bestürzung merkst du wenn du mit dem Zählen fertig bist dass eigentlich alles in allem vielleicht ein Dutzend squeezes mehr drin sind als in der normalen Tube und nicht doppelt so viele wie auf der großen Tube steht, also hat man dich wieder einmal reingelegt, die Tube kommt dir viel größer viel dicker vor, aber eigentlich war das eine Täuschung, die Dreckschweine haben Luft rein getan, viel Luft ist da drinnen, eher Leere als Zahnpasta …

siehst du wie der Kapitalismus die Waren benutzt in diesem ekelhaften Krämerland um dich leiden zu lassen, um dich zu foltern, um dich durch die Mangel zu drehen …

was ah du willst noch einen Kaffee, okay gut, ich werde wohl auch noch einen trinken … Kellner, eh Kellner, noch zwei Kaffee bitte … sieh einer an, schnorrst du mir eine … ja ja ich liebe die über alles die Gauloises, hast du Feuer …

okay ich erzählte wie man dich in Amerika erpresst mit den improved products und der family size, lach nicht du Schafskopf, das ist wahr was ich da sage, weißt du übrigens woher ich das weiß, das ist der Bursche in meinem Roman, der Bursche der sich in dem Zimmer einsperrt mit den Nudeln der solche Berechnungen anstellt, der berechnet alles, weil auch er sich um zu sparen da er nicht viel Moos hat Tuben in Familiengröße kauft, und weil er wissen will wie viele solche Tuben er brauchen wird für ein ganzes Jahr das er in seinem Zimmer eingesperrt ist und weil er nicht zu viel Zahnpasta kaufen will, ich meine exzessiv viel, berechnet er die squeezes und veranschaulicht auf diese Weise was ich dir gerade erklärt habe, verstehst du, gut, du wirst sagen dass der Bursche ein Fanatiker ist, ein Besessener, das mag schon sein, aber weißt du er macht das mit allem was er in seinem Zimmer angehäuft hat um ein Jahr lang überleben zu können, dem Salz, dem Zucker, der Seife, dem Scheißpapier, dem Schreibpapier, dem Kaffee, den Nudeln, einfach mit allem was er brauchen wird um, wie er sagt, die Belagerung im Zimmer durchzuhalten in dem er seinen Roman schreiben wird, er zählt alles, er berechnet alles, er zählt zusammen, er macht Listen, er rechnet nach, der Typ da hat mich wahnsinnig gemacht als ich ihn erfunden habe …

okay ich sehe es schon kommen, du wirst mir sagen dass das meine Schuld ist, dass ich es nicht nötig gehabt hätte ihn zu erschaffen diesen Typen, niemand hätte mich dazu gezwungen, dass eigentlich ich der Fanatiker bin, der Besessene, der Verrückte, also ich würde dir antworten dass es jene sind die nichts von der literarischen Schöpfung verstehen die so etwas sagen, denn wenn du schon einmal eine Romanfigur erfunden hast steht es ihr völlig frei zu tun was sie will, sieh mal es gibt sogar Romanfiguren die wirklicher werden als die echt Lebenden, nein das ist wahr was ich da sage, zum Beispiel weißt du dass für Balzac der Arzt den er in der *Comédie Humaine* erfunden hatte, ah wie heißt dieser Arzt doch gleich, verdammte Scheiße ich habe seinen Namen vergessen, okay der Name der ist nicht wichtig, was ich sagen wollte, das ist dass für Balzac dieser Arzt wirklicher war als sein echter Arzt, und er war es, die Figur aus den Romanen, den Balzac im letzten Augenblick zu sich gerufen hat auf seinem Sterbebett bevor er drauf und dran war sich die Radieschen von unten anzugucken, jedenfalls habe ich das irgendwo gelesen in einem Buch …

okay vergessen wir Balzac und seine *Verlorenen Illusionen* und kommen wir auf Amerika zurück, ich sagte Land der falschen Repräsentation, aber das ist noch nicht alles, man sagt dass Amerika der melting-pot ist in dem egal wer egal was werden kann, was für ein Witz, also ich würde eher sagen dass es ein großer Topf ist in dem man ein Süppchen kocht mit all den verlorenen Seelen, den Ausgebeuteten, den Unterdrückten, den Enteigneten, den Deklassierten, Amerika das ist ein großer Kochtopf voller Bürger zweiter und dritter Klasse, voller Ignoranten, Bauern, Halsabschneider, homeless, und dann gibts da auch die Bürger vierter Klasse, die afros, die chicanos, die red skins, na die Hergelaufenen, ah du willst mehr, dann gebe ich dir mehr …

aber natürlich gibts da auch Geldsäcke da drüben, was glaubst du denn, einen Haufen Geldsäcke, Privilegierte die befallen sind von der Kohle und der Selbstselbstsucht die in großen Schlitten rumfahren mit Pelzsitzen und vergoldeten Rädern, in Cadillacs, Lincolns, Chryslers, Mercedes', Beemwes, Lexus', Infinitis, und dann gibts da die Filmstars die nach Geld stinken die halbnackt in Hollywood auf dem Sunset Boulevard herumspazieren, und dann gibts noch die celebrities, ja so nennt man die die kein Talent haben und die ihre Zeit damit totschlagen dir in den talkshows in der Glotze vom Pferd zu erzählen, und da gibts die Multimillionärs-Athleten die sich damit brüsten pro Tag jeden Tag zwei oder drei Frauen zu bumsen bevor sie ihre Basketball-Football-Baseballspielchen spielen gehen, ah erzähle mir nichts von Baseball, sag lieber Bumsball …

sieh mal es gibt sogar einen Basketballspieler, einer dieser schwarzen Riesen, der sich neuerlich damit gebrüstet hat, zwanzigtausend Bienen gebumst zu haben in seinem Leben, ich übertreibe nicht, und der Typ der ist noch nicht mal tot, er ist erst vierunddreißig oder fünfunddreißig, das musst du dir vorstellen, zwanzigtausend Käfer, du würde dir das einfallen zu zählen wie viele Kleine du flachgelegt hast in deinem Leben, und auch wenn du sie zählen würdest auf wie viele würdest du kommen, ein halbes Dutzend, ein Dutzend, zwei Dutzend, vielleicht sogar fünfzig wenn du ein wenig übertreibst, aber zwanzigtausend, das mein Alter das liegt jenseits der menschlichen Vorstellungskraft, das ist tierisch, man muss ein Viech sein um so zu bumsen, sieh mal der einzige Typ der so gebumst hat, wie ein Viech, ein Sexbesessener, das war Simenon, ja Simenon scheints der war einer der großen Bumser unseres Jahrhunderts, und der war nicht mal Amerikaner …

aber ja in Amerika fließt das überall, der Zaster und das Sperma, außer in die richtige Richtung, und all diese Geldsäcke die die Geschäfte aushecken und auch machen, die werden fett, die kiffen, die furzen, die rülpsen, die bumsen auf Teufel komm raus, zu zweit, zu dritt, in der Gruppe, oder aber die masturbieren in aller Öffentlichkeit …

ja ja in der Öffentlichkeit, ich habe oft welche gesehen Geldsäcke da drüben in Amerika, die sich einen runtergeholt haben in der Öffentlichkeit, weil die Geldsäcke das musst du verstehen, die scheißen auf das was man von ihnen hält, und wenn man sie manchmal vor Gericht stellt wegen *indecent exposure* kaufen sie sich berühmte Anwälte die den Richtern auseinanderlegen dass die Reichen das Recht haben ihr Geschlecht zu bearbeiten wo sie wollen und wann sie wollen, sogar in aller Öffentlichkeit, weil die Tatsache reich zu sein eine derartige Anspannung in ihrem Leben erzeugt dass sie sich wohl erleichtern müssen, *oh lala,* und diese Leute da die lassen sich die Haare von niedlichen kleinen Schwuchteln färben die mit ihren Ärschen wackeln, die lassen sich die Finger- und Zehennägel von warmen Jungs schneiden, die kleiden sich in Tierhäute, in Leder, in Kuhhaut, sogar in Menschenhaut, ja doch die ledern und pelzen sich ein, die machen Kacka und Pipi in ihren Scheißhäusern aus Gold, und diese Geldsäcke fahren sogar total darauf ab ihre Scheiße zu riechen, aber die der anderen nein das nicht, das Kacka der anderen mag man nicht riechen wenn man reich ist, nur das eigene …

da hast dus, du wolltest dass ich es dir erzähle, also ich habe es dir erzählt, man hätte mich warnen müssen bevor ich da hinüber ging dass der amerikanische Traum eher ein Alptraum ist, Betrug, Kitsch, eine trügerische Repräsentation, ja doch, die Cowboys und die Indianer, von wegen, die gibts nicht mehr, außer im Kino, aber diese Burschen da die sind weder echte Cowboys noch echte

Rothäute, das sind Typen die nur so tun, Typen die sich Riesen-
hüte oder Federn aufsetzen und die auf Pferden reiten und dabei
wie wild herumbrüllen, aber das ist Betrug, und die Gangster
also die die haben sich alle gegenseitig niedergemäht in Chicago …

ich bin nach Amerika gegangen weil ich das sehen wollte, jedenfalls habe ich mir vorgestellt dass es noch immer vor Cowboys
und Indianern und Gangstern wimmelt da drüben, echte meine
ich, und dass ich das alles sehen würde, und dass ich vielleicht
selbst …

aber nein mein Alter bist du verrückt, das ist am Arsch Amerika,
das ist ein riesiger Hollywoodfilm geworden, Amerika ist Walt
Disney, siehst du das ist Amerika, ein Zeichentrickfilm für Erwachsene die die Mentalität von vierjährigen Kindern haben, sieh
mal du brauchst nur Baudrillard lesen und du kannst ja
herausfinden ob das was ich dir erzähle wahr ist, ja Baudrillard
der hat das alles erklärt, die Franzosen lieben es sehr Amerika
zu erklären als ob sie es gewesen wären die es erfunden haben …

nein verliere deine Zeit nicht, lies Baudrillard nicht, der arme
Typ der hat nichts von Amerika verstanden, und das deswegen
weil er nicht im wahrhaften Amerika gelebt hat so wie ich, ich
meine er hat nicht in den Autofabriken von Detroit gearbeitet, er
hat nicht drei Jahre unter Frömmlern aus North Carolina und
South Carolina in der amerikanischen Armee verbracht, nein er
hat nicht als Tellerwäscher in den grease joints von New York
City geschuftet, er hat sich nicht in all den schwarzen Gettos von
Detroit von Chicago von New York herumgetrieben wie ich als
ich Jazz spielte, er hat nicht das ganze Land von der East Coast
bis zur West Coast durchquert per Autostop, nein der hat Amerika nur aus der Ferne gesehen, durch seine kackademischen
Brillen …

aber ja ich kenne Amerika gut, das wirkliche, und das ist kein
Witz wenn ich dir sage dass ich da drüben Jazz gespielt habe, aber
das werde ich dir später erzählen, und einen Haufen anderer
Dinger …

vorläufig geht es nicht darum, das ist etwas ganz anderes, ich muss aufhören so bockzuspringen, nach vorn und nach hinten, oder wir werden da nie hinkommen, ich will dir von was anderem erzählen …

da bin ich also schon sechs Wochen in Paris in einem kleinen kümmerlichen Hotel in Montparnasse, in der Rue Delambre um genau zu sein, ja nicht weit von hier, direkt neben dem Haus in dem Sartre wohnt, übrigens gestern Nacht, so gegen drei Uhr morgens, da habe ich ihn gesehen im La Coupole Sartre mit Boris Vian, ja und Boris Vian hatte sogar seine Trompete dabei, die sind wahrscheinlich von einer jam session irgendwo zurückgekommen, und sogar mein Freund Rybalka war mit von der Partie, weißt du Michel Rybalka, der franko-amerikanische Kritiker der viele schlaue Bücher über Sartre geschrieben hat, sie hatten ziemlich einen sitzen alle drei, nein das ist kein Witz, das ist wahr, ich habe sie persönlich gesehen, der ist ganz schön hässlich der Sartre, hast du ihn noch nie gesehen, er ist vielleicht intelligent dieser Monsieur, aber wie der schielt der *Tartre*, dieser schielende Goldfisch, wie Céline sagte …

verdammte Scheiße, du siehst ich bin unheilbar, jetzt bin ich schon wieder auf einen Umweg geraten, und diesmal auf einen ziemlich langen Umweg, okay ich springe bock über Sartre und seine Kumpel, ich sagte, sechs Wochen in Paris und gestern erhalte ich ein Telegramm von Susan …

ja Susan die kommuniziert immer per Telegramm und mir machen die Telegramme immer eine Heidenangst weil du drauf wetten kannst dass die Telegramme immer schlechte Neuigkeiten bringen, die verkünden immer einen Todesfall oder eine Krankheit oder eine Niederlage oder ein Scheitern, nie einen Erfolg oder dass du eine Million in der Lotterie gewonnen hast, nein die Telegramme die sind dazu da schlechte Neuigkeiten zu verbreiten, bad news, die sind dazu da um dir Angst zu machen …

wie auch immer also ich erhalte dieses Telegramm von Susan in dem steht dass sie in drei Tagen mit T-We-A ankommt, dass ich sie vom Flughafen abholen soll weil sie viel Gepäck haben wird, dass sie sorry ist mich angebrüllt zu haben, dass sie mich anbetet, dass du sehen wirst Darling Moinous …

ja doch so nennt sie mich dauernd, Darling Moinous, lach nicht, das ist kein schlechter Name, sie hat ihn für mich erfunden diesen Namen weil sie meinte dass uns das beiden ein Gefühl von togetherness gibt …

aber nein du Blödmann, nicht *tout-guerre-de-naisse,* du verstehst auch rein garnichts, **to-ge-ther-ness**, siehst du was ich meine, ein Gefühl von, von, wie soll ich dir das erklären, dass der eine im anderen ist, wenn du so willst, deswegen hat sie diesen schönen Namen für mich erfunden Moi-Nous, ja Sucette kann ein wenig Französisch, das sie übrigens mit einem köstlichen Akzent spricht, das müsstest du mal hören, wenn sie sagt **Darling Moëinuss** dann kommts mir, man könnte meinen dass sie ein großes Bonbon im Mund hat …

also in ihrem Telegramm schreibt sie dass sie ankommt und dass du schon sehen wirst Darling Moinous wir werden wieder bei Null anfangen und dieses Mal wird alles gut gehen wir werden uns eine kleine Wohnung suchen wir beide und uns nie mehr streiten und ich werde mich gut um dich kümmern und ich werde dir immer was Gutes kochen und ich kann es kaum erwarten dich wiederzusehen um dich zu umarmen und anzubeten …

von wegen das fehlt mir jetzt gerade noch, nein es sind weder Zärtlichkeiten oder Streicheleinheiten, noch *amour fou* oder Treue was ich jetzt brauche, schon eher eine müde Mark, Zaster, Moos, und die liebe Susan kommt dann reingeschneit, plumps mitten in meine Probleme, als ob ich nicht genug Probleme hätte, du wirst sehen, warte ich mache dir gleich eine Liste, ich werde es dir exakt auseinanderlegen …

Problem mit der Knete wie immer, total abgebrannt und nichts in Aussicht, absolut gar nichts, nicht einmal einen kleinen ruhigen Job wo ich mein Englisch brauchen könnte weil ich ich krieg jetzt mein Englisch ganz sauber hin auch wenn ich mit einem abscheulichen Akzent herumlabere, aber nein, auch mit meinen

Englischkenntnissen schaffe ich es nicht irgendwo eine ruhige gut bezahlte Kugel zu schieben, also so was Frankreich das kannst du auch vergessen ...

das findest du nicht, ah du findest *la Belle France* toll, Vaterlands- 25
liebe und Volksvermögen treiben dir die Tränen in die Augen, also warte ein bisschen, ich werde dir später ein wenig von diesem stinkenden Land erzählen, ich werde dir erzählen was hier während des Krieges passiert ist und wie ein Haufen Schweinehunde von Franzosen mit uns umgesprungen ist, ja mit uns ...

mach kein Gesicht, ah Frankreich, diese Drecksschlampe die es nicht erwarten konnte sich mit Hitler zu prostituieren während man dem größten Teil meiner Familie den Garaus machte, wir werden noch darauf zurückkommen ...

sieh mal du weißt das vielleicht nicht aber bei den Olympischen Spielen 1936 in Berlin als alle ausländischen Athleten an Hitler vorbeimarschiert sind haben sie alle mit Sieg Heil gegrüßt, außer die Engländer und die Amerikaner, das weiß ich weil ich in der Glotze einen Dokumentarfilm gesehen habe über diese berühmten Olympischen Spiele, also die französischen Athleten als die an der Tribüne vorbeigekommen sind auf der Hitler und sein Mörderhaufen standen haben sie nicht nur mit Sieg Heil gegrüßt sondern sie waren es auch die den Arm am höchsten gehoben haben und die Hand am weitesten ausgestreckt haben um nur ja zu zeigen wie eilig sie es hatten von Hitler in den Arsch gefickt zu werden, nein das ist nicht erfunden, das ist auf Film, das ist in die Geschichte eingeschrieben, unmöglich das zu löschen aus der Geschichte außer man zerstört den Film, du siehst also warum ich sage dass Frankreich ein stinkendes Land ist, aber wir werden auf all das später zurückkommen, reden wir vorläufig über meine unmittelbaren Probleme …

ah ich habe genug Probleme, Probleme mit den Bienen mit Susan natürlich die hier aufkreuzen und mir auf die Eier gehen wird mit ihren Zärtlichkeiten, aber auch mit einer anderen Kleinen, einer verdammt niedlichen Engländerin aus Manchester die ich vor zwei Wochen in der Métro aufgegabelt habe, hier in *Paname*, eine hübsche verdammt gut gebaute Brünette, mit einem *cul succulant*, einem arschfeinen Arsch, sie ist auch ein wenig verloren in Paris, sie arbeitet in einem *British* Reisebüro, und ein oder zweimal hat sie mir ein wenig Zaster zugesteckt, damit ich aus meinen finanziellen Schwierigkeiten rauskomme, okay aber ich werde dir später von dieser Engländerin erzählen …

außerdem Probleme mit der Familie, jedenfalls was von dieser Scheißfamilie noch übrig ist, die die nicht zu Seifen oder zu Lampenschirmen verarbeitet worden sind, du wirst sehen, aber vor allem werde ich dir von meiner Tante Rachel erzählen müssen, die Einzige meiner Tanten die nett gewesen ist zu mir …

ah meine Tante Rachel, warte bis ich dir ihr Leben erzähle, du wirst sehen was für eine fabelhafte Geschichte das ist ihr Leben, und meine Tante Rachel und ich wir haben, okay du wirst sehen, aber der Rest der Familie, alles Dreckschweine, Geizhälse, Stinker …

nein ich habe wirklich keine Lust sie wiederzusehen diese langweiligen Onkels und Tanten, aber was willst du, schließlich ist es die Not die mich hierher getrieben hat …

also letzten Sonntag, fast fünf Wochen nach meiner Rückkehr, völlig abgebrannt, keinen Pfennig in der Tasche, seit drei Tagen nichts zu futtern, und meine Engländerin die sich weigert mir noch Knete zu leihen, da habe ich mir gedacht Scheiße ich kann nicht mehr und habe mich also entschieden sie besuchen zu ge- hen, was willst du, ein feines Gratis-Mittagessen, wenn auch mit der Familie die man hasst, da darf man nicht zu, zu …

außerdem wer weiß vielleicht dass ich, dass ich ihnen ein wenig Zaster aus der Tasche locken könnte, schließlich ist es diese Familie, diese Bande von Dreckschweinen die mich an den Bettelstab gebracht hat bevor ich nach Amerika bin, du wirst sehen, ich werde dir das alles später erzählen …

nicht dass ich ein Bettler wäre, das nicht, du brauchst mich nicht für einen Schmarotzer zu halten so wie den Neffen von Rameau, nein ich ich habe es immer geschafft mich ganz alleine durchzuschlagen seit ich mit zwölf zum Waisen geworden bin, jedenfalls ich bin sie besuchen gegangen diese Onkels und Tanten, in der Hoffnung auf was, ja doch auf was …

wie bescheuert man doch manchmal im Leben sein kann, warum in den Trümmern seiner Vergangenheit herumwühlen, warum sich in den Scheiß dessen stürzen was man gewesen ist bevor man das wurde was man werden wollte auch wenn man es nicht geworden ist, verstehst du ein bisschen was ich meine …

nein okay macht nichts, ist gestorben, ich werde später drauf zurückkommen weil mich das alles nervt, mich krank macht …

ich sagte also, da bin ich nun sechs Wochen in Paris und gestern erhalte ich dieses Telegramm von der schönen Susan …

Oh du willst dass ich dir mehr über Susan erzähle …

… du willst dass ich dir ein bisschen mehr über Susan erzähle, also Susan, wie ich dir ja schon gesagt habe, das ist die Kleine die ich in New York gebumst habe bevor ich verduftet bin, die Kleine mit der ich mich zerstritten hatte, wir haben mehr als zwei Jahre zusammen gelebt in ihrer fabelhaften Wohnung auf der Westend Avenue nahe dem Riverside Drive, eine kleine Wohnung aber verdammt gut eingerichtet und supercosy …

oh meine eigene Wohnung in der Bronx, die von der ich dir gestern erzählte, für die mir Susan angeblich ein bisschen Knete geborgt hatte, aber die die gibt es nicht, ich habe die einfach erfunden damit die Geschichte die ich gerade erzähle weitergehen kann, was glaubst du denn, dass ich die Wahrheit sage, du kannst aber ganz schön blöd sein, das ist doch alles Fiktion was ich dir hier gerade erzähle, das ist ein Roman, ich erfinde in dem Maße wie ich weitererzähle, ich improvisiere, also wenn ich sage dass ich eine Wohnung in der Bronx hatte, dann musst du nicht glauben dass das wahr ist, du akzeptierst einfach die Tatsache dass es vielleicht da eine Wohnung in der Bronx gab in der ich once upon a time gelebt habe und damit hat es sich, lass uns doch nicht gegenseitig auf den Wecker gehen mit dieser Frage der Glaubwürdigkeit in der Fiktion, ich ich glaube nicht an die Glaubwürdigkeit, die Glaubwürdigkeit das behindert mich, und damit Schluss, weil für mich, weißt du, die einfache Tatsache zu sagen dass ich bei Susan wohnte also das das wird dann die vorläufige Wahrheit, die Wahrheit ich werde dir sagen was das ist die Wahrheit, das ist einfach nur das was du sagst und nicht das was du machst, im Leben sind die Worte immer echt und die Handlungen immer falsch, ich weiß dass ein Haufen Leute, vor allem die Antilogozentristen, klar die Antilogozentristen dir sagen werden dass es umgekehrt ist, aber das ist nicht wahr, ich weiß das, und frage mich nicht wer das gesagt hat, das war sicher dieser Spinner Namredef der das gesagt hat, ich klaue ihm nämlich immer Dinger dem Namredef …

Namredef ah ich habe dir das nicht gesagt, das ist der Name des Schreiberlings der sich in dem Zimmer einsperrt in dem Buch das ich gerade schreibe, der Nudler …

30   wie auch immer, um auf diese Frage der Wahrheit zurückzukommen, akzeptiere einfach die Tatsache dass wenn ich sage dass ich bei Susan wohnte in ihrer Wohnung also wenn ich das sage dann habe ich mich in der Wahrheit meiner Erzählung eingerichtet, und damit Schluss …

eh weißt du das ist nicht schlecht dieses kleine Restaurant, in das du mich geschleppt hast, man kann hier gut futtern, sag bestellen wir noch eine Flasche Wein, findest du nicht dass der verdammt gut ist, jedenfalls wenn du willst, du zahlst ja was …

okay ich mache weiter, ah es war ziemlich fein ihr kleines pad, kein großer Luxus aber comfy, gemütlich und hübsch, na *sympa*, mit Pflanzen überall, sogar im Bad, und ich wenn ich pissen ging oder duschen kitzelten mich die Pflanzen, und außerdem wie viele Bücher die hatte die Susan, ganze Regale voll bis hinauf zur Decke, in Englisch natürlich die Schmöker, sie kann kein Wort Französisch …

was gestern habe ich gesagt dass sie Französisch spricht, okay also ich habe mich geirrt, hör mal mein Alter, du fängst an mir langsam auf die Nerven zu gehen mit deinen Einwänden, gut ich habe mir widersprochen, na und, verstehst du nicht dass das alles hier reine Erfindung ist, Improvisation, glaube nicht dass das was ich gerade erzähle die Geschichte meines Lebens ist, ich müsste schon beknackt sein die Geschichte meines Lebens zu erzählen …

mein Leben, ah erzähl mir nichts, ein großes Loch, das ist mein Leben, ein Loch voller Mist, voller kleiner unsagbarer Sauereien, jedenfalls nichts um daraus Literatur zu machen die sich in der breiten Öffentlichkeit verkaufen lässt, nein was ich hier erzähle das ist eine Geschichte, egal welche, okay gut hin und wieder borge ich mir Dinge vom echten Leben, aber das das ist normal wenn du Fiktion fabrizierst, oder Autofiktion, wie das mein neu-

rasthenischer Freund Serge Doubrovsky macht, alle Romanschriftsteller machen das, aber ja alle Romanschriftsteller plagi-
ieren ihr eigenes Leben, das ist doch bekannt, die
Romanschriftsteller, wenn du so willst, das sind Plagiokopen und
was sie erzählen ist mehr oder weniger Plagiokopie ...

also langweile mich nicht mehr mit deinen Einwürfen und Aus-
rufen und lass mich mit Susan weitermachen, aber zuerst muss
ich dir eine Frage stellen, eine einfache Frage, und ich hätte gerne
dass du mir eine direkte und ehrliche Antwort gibst, was hältst
du von dem was ich dir hier gerade erzähle ...

was, spinnst du, ich mach auf Célino-Beatnik, du bist wohl am
Wichsen, ich mache auf Céline, also da da verstehst du wirklich
nichts von dem was ich dir erzähle, aber überhaupt nichts, Céline
ist etwas völlig anderes, er fabrizierte geschriebene Untergrund-
Rede mit seinem U-Bahn-Stil, wie er dem Prof Y erklärt hat, ja
sein Sämtliche-Nerven-magische-Schienen-über-drei-Punkte-
Schwellen-U-Bahn-Stil der sich dauernd an die Schrift erinnert,
er gab vor zu sprechen aber eigentlich schrieb er, während ich,
wenn du so willst, nur Gesprochenes fabriziere, die Geschichten
die ich erzähle die spreche ich aber ich schreibe sie nicht, also
nichts als Gesprochenes, oberflächlich populär Gesprochenes
das sich an nichts erinnert und das sich an Ort und Stelle erfindet,
Gesprochenes das nicht zu bissig ist und keinesfalls rassistisch
und sicherlich nicht antisemitisch wie er, das nicht, er war voller
spöttischem Zorn, voller Schweinereien, voller Hass, voller Ver-
achtung, Céline das war ein verdammt nervöser Lump, ein völ-
liger Hasser, ich bin im Vergleich zu ihm ruhig, nett, das ist der
große Unterschied, oder wenn du so willst Céline der fuhr mit
der Métro in vollem Tempo in den Worten und hasste jeden, er
schiss mit seinem Mund, er schlug auf alles hin mit seinen ra-
senden Worten, während ich ich gehe zu Fuß, ich bin ein Literatur-Fußgänger, ich gehe sachte in den Worten spazieren und
wenn mir manchmal die Galle hochkommt wegen der dummen
Ärsche dann heißt das nicht dass ich keine Hoffnung für die
Menschheit habe, auch wenn heutzutage die Menschheit nicht
bei guter Gesundheit ist ...

okay gut du wirst mir sagen dass ich nicht so aussehe als ob ich viel über die Menschheit wüsste, ja du hast sicher recht, ich könnte dir sicher mehr erzählen über die Topinamburs die ich während des Krieges gefuttert habe als über die Menschheit, ah weiß Gott ich habe ganz schön viele gefuttert von diesen Topinamburs ...

aber jedenfalls, ich muss sagen, ich ich achte Céline, und trotz all der Sauereien die er mir in den Arsch gerammt hat mit seinen Bagatelles und seinen Cadavres bewundere ich seine Arbeit, ja ich kleiner dreckiger entkommener Jude was der mir alles ins Gesicht geknallt hat dieser alte Griesgram von einem Antisemiten, okay aber bald wird es niemanden mehr geben außer den überlebenden Opfern der sich wird erinnern können dass dieser große Schriftsteller auch ein großes Dreckschwein und unser Zeitgenosse war mit seinem schändlichen Leben als nervenkranker Antisemit ...

oh du weißt nicht dass ich ein Jud bin, aber hast du meinen Zinken nicht gesehen, hier sieh mal, greif ihn an, hab keine Angst, siehst du diese Nase das ist ein topologisches Denkmal zur Erinnerung an die die man aus der Geschichte gestrichen hat ...

ah du findest dass mein Riecher nichts Besonderes ist, groß, klein, krumm oder nicht krumm das will nichts heißen, du sagst ich hätte keine Judenvisage, was willst du, dass ich an Ort und Stelle flugs die Hosen runterlasse um dir meinen Pimmel zu zeigen, glaube mir mein Alter, diese Nase hat mich leiden lassen in meinem Leben, eine große Judennase das ist eine kleine Tragödie mitten im Gesicht ...

aber kommen wir zu Susan zurück und vergessen wir die Frage die ich dir gestellt hatte, und auch die Jüdische Frage wie Sartre sagte mit seinem glasigen Fischauge in seinem nicht sehr koscheren existenzialistischen Fischglas, ah sie hatte ganz schön viele Bücher die Susan, vor allem einen Haufen Romane, Liebesromane, Abenteuerromane, Kriminalromane, philosophische Romane, sieh mal sogar völlig unlesbare Avantgarde-Romane, und eines Abends, nachdem wir eine feine Nummer geschoben hatten, als

Susan einschlief, da habe ich meinen Kopf in zwei große Kopfkissen verkeilt da in den Federn neben ihr und ich verbrachte fast den ganzen Rest der Nacht damit einen dieser Romane zu lesen den ich auf gut Glück aus den Regalen genommen hatte, siehst du, auf diese Weise habe ich die Literatur entdeckt, während der Nacht, auf gut Glück von Susans Regalen ...

eh ja auf gut Glück, weil für mich, siehst du, ich glaube dass jede Lektüre, wie übrigens auch jedes Schreiben, auf gut Glück passieren muss, wieder war es nicht ich der das erfunden hat, das war der Typ in meinem Roman, der Romanschriftsteller der Nudeln isst, erinnerst du dich, Namredef ...

der verzapft dauernd solche Dinger, Dinger die bedeutsam scheinen aber die eigentlich völlig bescheuert sind, natürlich das musst du verstehen weil ich der bin der diesen Roman schreibt also dass auch ich der bin der diese Worte in den Mund des Burschen legt der die Nudeln isst, oder der sie ihm aus seiner Feder kommen lässt wenn dir das lieber ist, das ist Teil des kreativen Prozesses, ein Prozess der einem anderen das weitergibt was dir gehört, oder vice versa, ich nenne das playgiarism fabrizieren, verstehst du, Plaspiel ...

aber nein, du bist aber doof, ein Plaspiel machen heißt nicht herumflirten, du hast aber wirklich einen lahmen Geist, das heißt das Spiel der Ersetzung des Ichs im anderen spielen, das ist playgiarism, aber weißt du die Literatur das ist immer ein Plaspiel, übrigens alles ist ein Spiel, alles im Leben muss ein Spiel sein, sonst ist das Leben tödlich, das habe ich erfunden und nicht mein Nudler, also wenn ich ihm Worte in den Mund lege dann gehört das zum Spiel das ich spiele wobei ich vorgebe zu glauben dass er es ist der den Roman erfindet den er gerade schreibt, das ist Plaspiel ...

okay das alles kommt dir vielleicht kompliziert vor und sogar blöd aber eigentlich ist das leicht zu verstehen und das ist auch nicht so blöd wenn du einen Sinn für Humor hast, aber wenn du keinen Sinn für Humor hast also dann mein Bürschchen wirst du nie verstehen was das ist die Plaspiel-in-Lachanfällen-Literatur, die Literatur die dich in deine Hose machen lässt vor Lachen wenn du sie liest, oder wie das mein Nudler nennt laughterature …

34 das ist keine schlechte Formulierung was, laughterature, unmöglich zu übersetzen, laughterature, *littérarire*, Literalachen das geht nicht, ah das amüsiert dich nicht diese kleinen Wortspiele, okay lohnt sich also nicht damit weiterzumachen, kommen wir vielmehr auf Susan zurück …

du wolltest wissen wie alt Susan ist, zehn Jahre älter als ich, ja zehn Jahre, aber mal dir nicht gleich aus dass wenn ich mit einer Kleinen schlafe die zehn Jährchen älter ist als ich dass ich an einem Mammikomplex leide, nein bei mir gibts kein originerves Zurück-in-die-Mammi, wie mein Freund Christian Prigent sagte, das nicht, auch wenn ich meine Mutter verloren habe als ich ein Kind war, ich glaube ich habe dir das gesagt, nein, dass ich Waise geworden bin mit zwölf, ich werde dir diese traurige Geschichte später erzählen, immerhin sogar als Waise habe ich keine Komplexe, jedenfalls, doch vielleicht einen klitzekleinen Minderwertigkeitskomplex weil ich es noch nicht geschafft habe im Leben, aber zerbrich dir nicht den Kopf, das wird schon kommen, ich werde es eines Tages schaffen, das ist unausweichlich, da bin ich sicher, wenn du so willst das steht da oben geschrieben, wie Jacques der Fatalist sagte, ich du wirst sehen eines Tages, nachdem mein Nudel-Roman veröffentlicht worden ist und einen Skandal auslösen wird, werde ich zu Tode interviewt und im Fernsehen gesendet werden …

ah das macht dich sprachlos wenn ich auf Diderot anspiele, aber ja ich habe ihn mir vorgenommen den Diderot, er war es übrigens der mich gelehrt hat dass man im Leben den anderen nur zuhört aus Lust daran das zu wiederholen was sie gesagt haben, du du wiederholst übrigens auch wie jeder egal welchen Schwachsinn ohne ihn zu verstehen, es reicht dass du ihn einmal gehört hast, aber den Schwachsinn muss man sich gut anhören um ihn zu wiederholen, hast du schon jemals einen Typen getroffen der fähig war einen Schwachsinn zu verzapfen den er ganz alleine erfunden hat, also ich siehst du wenn es scheint dass ich andauernd

Schwachsinn rede dann weiß ich wenigstens woher der kommt, in diesem Sinne kenne ich meine winzige Bedeutung ...

sieh mal sogar Susan sagte immer zu mir, Darling Moinous du wirst ein feiner Kerl werden, berühmt und vielleicht sogar reich, aber nur wenn du deinen Vierzigsten hinter dir haben wirst, also Geduld, mein Liebling ...

ah Susan, was für eine Klassefrau, und weißt du ich liebte sie sehr, und ich liebe sie immer noch und deswegen stört mich das ein bisschen dir dauernd von ihr zu erzählen, ich frage mich sogar ob ich nicht vielleicht ihren Namen ändern sollte damit man sie nicht wiedererkennt in dem was ich gerade über sie erzähle, weil Susan, die, die existiert wirklich, die habe ich nicht erfunden, so eine Frau kann man nicht erfinden ...

okay aber um diese Namensfrage werden wir uns später kümmern, wenn ich sehe dass das peinlich wird dann werde ich ihren Namen ändern den dieser lieben Susan ...

ah das stört dich dass ich das sage weil du diesen Namen liebst, du liebst meine Susan, ja aber hör mal, wenn Susan eines Tages auf dieses Dings hier stößt, nachdem es veröffentlicht worden ist sagen wir, und sie meine Geschichte zu widerlich findet und dass ihr das peinlich ist da drinnen vorzukommen, ist dir klar welche Scherereien mir das bringen könnte, man weiß ja nie bei den reichen Puppen, weißt du die haben Anwälte, um dir die Wahrheit zu sagen ich ich hätte einen anderen Namen lieber, was Einzigartigeres, Susans davon gibt es schon genug in Amerika, übrigens ich habe ihren Namen nie sehr geliebt den der Susan, das ist ein Name der mir immer ein bisschen zu fromm zu sein schien, Susan Susanna Suzanne, siehst du was ich meine, zu biblisch für mich, und dann einmal als wir in der Falle waren und uns gerade ziemlich befummelten vorm Liebemachen ich in der momentanen Erregung, einfach so ohne darüber nachzudenken, flüsterte ich in Susans Ohr, oh Judy, Judy, ich bete dich an ...

ja ich liebe diesen Namen sehr Judy, deswegen ist das der Name der mir unbewusst in den Mund gekommen ist in dieser Nacht während wir uns befummelten und sofort hat Susan wissen wollen wer das war diese Judy …

Judy, wie sie anfängt zu brüllen die Susan, wer ist das Judy, und sofort beginnt sie sich auszumalen dass ich mir eine andere Biene aufgerissen habe die ich gleichzeitig mit ihr bumse, jedenfalls nicht zur gleichen Zeit im gleichen Bett, aber du siehst was ich meine, ja sie war verdammt eifersüchtig die Susan, und besitzergreifend, für sie war ich ein bisschen wie eines ihrer Möbel in ihrem pad, siehst du das ist typisch für den amerikanischen Materialismus, und die reichen Kleinen wie Susan die viele Dinge haben also die behandeln die Männer immer ein bisschen wie Objekte, also du kannst dir die Situation vorstellen, siehst du mich, mich als Objekt, als ob ich ein Stuhl wäre oder ein Hocker in ihrer Bude, mit mir nicht, da erhebe ich Einspruch, wie ich ihr sagte als sie mich wie ein Objekt behandelte, it's abject to take me for an object …

ich gebe zu dass das ein bisschen blöd von mir war diesen Namen auszuplaudern, aber was willst du, es war passiert, also ich da im Bett, nackt, völlig ratlos, mit meinem Schwanz hab acht, ich versuche es ihr zu erklären der Susan dass wenn ich Judy gesagt habe einfach so dass das ein Unfall war dass ich nicht weiß, dassdass dassdass dudu, du verstehst das, der ist mir so rausgerutscht dieser Name ohne dass ich wirklich wüsste woher, das ist ein Name den ich sehr liebe und ich habe ihn einfach so gesagt ohne zu wissen warum, vielleicht weil ich neulich einen Film gesehen habe oder weil ich einen Schmöker gelesen habe in dem es eine Judy gab, das ist es was ich Susan zu erklären versuche, aber natürlich glaubt sie mir nicht, sie besteht darauf, sie will die Wahrheit wissen und ich der ich ein schlechter Lügner bin auch wenn ich die Wahrheit sage ich werde mehr und mehr nervös, ich winde mich da in der Falle hin und her und Susan brüllt immer lauter und lauter, sie will absolut dass ich ihr sage wer diese Judy ist oder ich soll mich sofort anziehen und aus ihrer Wohnung verschwinden, also ich um sie zu beruhigen, und vor allem um mich nicht nach draußen scheren zu müssen weißt du weil sie mich schon vorher zwei- oder dreimal aus ihrer Wohnung geschmissen hatte in ähnlichen Eifersuchtskrisen und vor allem weil es in dieser Nacht draußen Bausteine regnete und ich keine Lust hatte auf einer Bank schlafen zu müssen wie der Typ in diesem Roman von Georges Michel, hast du *Les Bancs* gelesen, das ist ein gutes Buch, ich beginne irgendeine Judy zu erfinden, das ist die Geschichte eines alten Penners der auf einer Bank zusammenbricht und der nicht mehr aufstehen kann, ja ich erfinde egal welche Judy, ein solches Bild begleitet dich dein ganzes Leben, schließlich gibts einen ganzen Haufen davon, Millionen von Judys in Amerika …

ich erzähle Susan sogar dass ich einmal, ziemlich lange bevor ich sie kennenlernte, darauf bestehe ich damit sie nicht noch eifersüchtiger wird, eine Kleine gekannt habe, das war in Detroit, die Judith hieß, und wahrscheinlich dachte ich an sie als ich Judy gemurmelt habe, dass vielleicht jedenfalls, vielleicht, sage ich weiter zu Susan obwohl es besser gewesen wäre meine Klappe zu halten, als ich gerade deine Brüste berührte also da war ich dermaßen erregt dass ich im Innersten meines Unterbewussten ein bisschen gemerkt habe dass deine schönen Brüste mein Liebling in ihrer Sanftheit und ihrer Blässe jenen dieser Judy aus Detroit ähneln, aber das soll überhaupt nichts heißen, das soll nicht heißen dass ich dir im Moment nicht treu bin und dich nicht liebe, aber nein das war einfach nur durch freie Assoziation dass ich diesen Namen gesagt habe Judy …

das ist es was ich Susan versucht habe zu erklären, aber je mehr ich ihr von diesem Schwachsinn erzählte desto mehr versank ich im Treibsand meiner Erfindungen …

oh nein nein sie hat mich nicht vor die Tür gesetzt, dieses Mal nicht, schließlich hat sie sich beruhigt die Susan und wir haben furchtbar gut gebumst an jenem Abend, wahrscheinlich hatte sie die Eifersucht erregt, das passiert oft weißt du dass die Eifersucht die Liebenden erregt, und wie wir alle beide gemeinsam gekommen sind in jener Nacht und danach waren wir dermaßen kaputt dass wir wie Engel geschlafen haben in den Armen des anderen und Susan hat im Schlaf diese Judy vergessen, also vergessen wir sie auch, ich weiß übrigens nicht mal mehr warum ich dir diese Geschichte erzählt habe …

ah aber du willst mehr wissen über diese Judy, die machen dir Spass die Arschgeschichten, kleiner Drecksack, Spanner, okay also schnell ich erzähle dir von Judith aus Detroit …

38 Judith ja Judi-TH, ich ich liebe diesen Namen sehr Judith wegen des TH, wir Franzosen wir tun uns schwer die TH auszusprechen wenn wir Englisch oder *amerloque* sprechen, ja bei den Tee-Hacken weiß man nie wie man die Zungenspitze zwischen die Zähne legen sollte wie es sich gehört, wir wissen wie man Zungenküsse macht, das ja, aber nicht diese …

oh du liebst auch diesen Namen Judith aber du kannst keine Tee-Hacken machen, das wundert mich nicht, für uns sind die Tee-Hacken ein Ding der Unmöglichkeit, aber das macht nichts denn in Amerika sagt man immer Judy nie Judith, ja da drüben verkleinert man immer die Namen, man kürzt sie auf kleine Silben die manchmal ein bisschen porno sind, Richard ist Dick, Robert ist Bob, William ist Bill, Theodore ist Ted oder Teddy, Charles ist Chuck, Lucien ist Lou, Joseph ist Joe, James ist Jim, Thomas ist Tom, und es gibt noch Schlimmeres, zum Beispiel hast du Rusty für die Rothaarigen, Lefty für die Linkshänder, Whitey für die Typen die Albinos sind, und dann gibts noch die ethnischen Dinger, Dagos für die Italiener, Krauts für die Deutschen, Japs für die Japaner, Gooks für die Koreaner, Meatheads für die Polen, Spades oder Jungle Bunnies für die Neger, Kikes für die Juden …

die Franzosen ah die Franzosen, also die nennt man Frenchies, oder noch besser, Frogs, ja Frösche, frage mich nicht warum, sag haben wir du und ich etwa Froschgesichter, du und ich sehen wir so aus als ob wir *krak krak* und *krik krik* machen würden …

ah sieh an, du hast vielleicht recht, aber ja natürlich das kommt weil wir in Frankreich Froschschenkel futtern dass man uns so nennt, ich wusste das nicht, das musst du dir vorstellen Mann, zehn Jahre Amerika und ich habe das nicht verstanden, da lehrst du mich was, siehst du wie das kompliziert ist dieses Amerika …

ja da drüben kürzen sie alle Namen auf kleine nichtssagende Dinger, Pam Tim Chris Max Stan Sue Tom Ray, ah der letzte da macht mich wirklich wütend weil das mein Name ist und da drüben nennt man mich nie Raymond, nein nie, sondern immer Ray, ich habe es satt dieses Ray Ray …

aber siehst du wie ich wegen nichts einen Koller kriege und es nicht mehr schaffe dir zu erzählen was ich dir eigentlich erzählen wollte, ich verliere mich dauernd in den Abschweifungen, in the fucking digressions, das ist gar nicht gut, nein das ist gar nicht gut so von einem Ding zum anderen zu steuern, ich muss höllisch aufpassen, sonst werde ich mich noch in meiner eigenen Geschichte verirren und ich werde es nicht schaffen dir zu erzählen was ich dir erzählen muss, nämlich die Geschichte meiner Tante Rachel, ja von ihr handelt das hier wirklich alles, aber nur Geduld, Tante Rachel wird die Szene im richtigen Augenblick betreten, während wir warten muss ich mich wieder ein bisschen zurechtfinden …

wo war ich und worum ging es, fange nicht an zu glauben dass wenn ich jetzt nach vorne zu gehen scheine ganz ohne Ziel dass das für nichts ist, und auch nicht dass ich ohne Ziel nach Frankreich zurückgekommen bin, ich gehe in meiner Erzählung mit einem Ziel weiter das sich letztendlich abzeichnen wird, wenn ich auch im Mist steckte bevor ich wieder hierher kam und wenn ich jetzt wieder drin zu stecken scheine dann heißt das noch nicht dass ich es nicht schaffen werde dem zu entkommen was ihr Franzosen, Irrtum vorbehalten, glaube ich, *embrouillamini* nennt, ein völliges Durcheinander, oder verwechsle ich das mit den Belgiern …

du nickst mit dem Kopf also muss ich auf dem richtigen Weg sein, ich mache flugs weiter, konzentriere dich …

ja ja mach nur gieß mir noch ein bisschen Wein ein, der ist gut weißt du, das ist ein Beaujolais, welches Jahr … weißt du dass Voltaire den Beaujolais sehr liebte, nein das stimmt, das war Michel Serres, der Kackademiker, der mir das gesagt hat, und ich erzähle es dir so im Vorbeigehen weil man ja nie weiß eine solche Auskunft könnte dir eines Tages helfen gewisse Leute zu beeindrucken, vor allem diese kleinen in der menschlichen Unermesslichkeit verlorenen Nichtsnutze die sich für was halten, für die Elite, einfach nur weil sie einen Viertel-Einfall im Hirn haben, vier Pfennige in der Tasche und vorgeben sich bei Weinen auszukennen, und vor allem weil diese kleinen Nichtsnutze eher in Trifouillis-la-Tirelire geboren sind als in Sans-Sous …

verdammte Scheiße, ich habe mich schon wieder verlaufen, warte, warte, ich sagte, ich verliere mich in meinen Froschspringereien …

yes of yourse natürlich ging es um Susan, so ist es, du du wolltest mehr über sie wissen, wie sie aussieht, wie alt sie ist, wie viel Knete sie hat, etcetera, etcetera, aber mitten in dem was ich dir über sie erzählte bin ich auf Judy abgewichen und jetzt willst du noch mehr über diese Judy aus Detroit wissen, also deswegen machen wir schnell schnell mit dieser Kleinen Schluss die ich wirklich in Detroit gebumst habe wo ich zwei Jahre lang gelebt habe, am Anfang, als ich nach Amerika gekommen bin nach dem Krieg, ah was für eine widerliche Stadt dieses Detroit …

aber ja das stimmt ich habe dir noch gar nicht erzählt dass ich im Nabel Amerikas gelebt habe, Motown, shitcity wie die Leute sagen, ich muss dir unbedingt auch von dieser stinkenden Stadt erzählen, aber später, vorläufig noch einige Sätze über diese Judy die ich in Detroit aufgegabelt habe, weißt du das hat nicht lange gedauert, nur zwei Tage, ja zwei Tage und zwei Nächte, aber was für eine monströse Bumserei, achtundvierzig Stunden fucking ohne Unterbrechung …

die Biene arbeitete als Verkäuferin in einem Schuhgeschäft und ausgerechnet ich brauchte ein neues Paar Treter also gehe ich in dieses Geschäft und während sie gerade dabei war mir die Treter anzuprobieren vor mir kniend die Beine etwas gespreizt mir ein kleines Stück ihrer ziemlich verlockenden Schenkel zeigend habe ich nicht widerstehen können und ich bin ihr mit der Hand durch ihre Haare gefahren und habe zu ihr gesagt dass sie wunderschöne Haare hat, und ihre Matte war wirklich schön, ein bisschen gelockt lang und glänzend in dunkles Kastanienbraun gehend, also die Kleine hebt rasch wieder den Kopf und ich erwarte dass sie anfängt zu brüllen und einen Aufstand macht weil ich sie berührt hatte, jedenfalls nur ihre Haarpracht, aber nein im Gegenteil sie sagt zu mir, oh Monsieur Monsieur das dürfen sie aber nicht machen, mit einer derart schmachtenden Stimme und einem ziemlich sinnlichen und herausfordernden Lächeln dass ich in Windeseile wie ein Irrer einen Steifen einen Übersteifen in meiner Hose bekomme und ich glaube dass die Kleine ihn bemerkt weil sie nämlich ein bisschen rot wird ...

du willst dass ich weitermache, das interessiert dich immer, okay aber ich überspringe die Details, was ich dir erzählen will das ist was später während des Abends passiert ist, also als sie das Geschäft geschlossen haben war ich draußen an der Straßenecke und wartete auf die Puppe, ich sah eher bemitleidenswert aus da im Gedränge, ein bisschen lausig, aber ich habe jedenfalls gewartet, und als die Kleine mich gesehen hat weil sie sofort verstanden hat dass sie es war auf die ich wartete, siehst du ich bin immer etwas schüchtern gewesen, aber nein lach nicht das ist wahr, und ich hatte mich nicht getraut die Kleine zu fragen während sie mir die Treter anprobierte und diese herrlichen oh Monsieur Monsieur von sich gegeben hat ob sie Mademoiselle nicht zufällig an diesen Abend frei sind, nein das hatte ich mich nicht getraut, aber als ich dann aus dem Geschäft raus war habe ich mir gedacht sieh mal an auf diese Kleine auf die werde ich warten, ich glaube die hat es nötig, und deswegen habe ich da einfach so gewartet mehr als zwei Stunden lang bevor das Geschäft geschlossen hat, und als die Süße mich gesehen hat ist sie wieder ein bisschen rot geworden und hat mich gefragt was ich hier mache, als ob sie das nicht wusste die Drecksschlampe ...

die Latschen, ah du willst wissen ob ich sie gekauft habe, nein nein ich habe sie nicht gekauft nicht mal die die mir am besten passten und die mir gefielen, schwarze italienische Treter ganz aus Leder, nein ich habe sie nicht gekauft weil sie wirklich zu teuer waren, und die niedliche Kleine merkte sehr wohl dass ich sie wollte diese schönen Treter aber dass ich sie mir nicht leisten konnte und sie hatte ein bisschen was über für mich, ja ich ich habe das sofort gespürt als sie zu mir gesagt hat mit einer derart sanften und netten Stimme, well maybe next time, maybe you'll come back when we have a sale, after Christmas we always have a sale, don't forget …

aber sicher hat mir die Kleine das auf Englisch gesagt, du Vogel, hör auf mich zu unterbrechen, du brauchst gar nicht glauben dass diese arme kleine Schuhverkäuferin plötzlich anfing Französisch zu sprechen nur weil sie vielleicht bemerkt hatte dass ich einen französischen Akzent hatte, alles was ich dir gerade über sie erzählt habe ist auf Englisch passiert …

also sie sieht mich dort an der Straßenecke, ein wenig mit Zitteritis, ich habe vergessen dir zu sagen dass das im Winter war kurz vor Weihnachten und dass es saukalt war, grimmig an jenem Tag, ich erinnere mich wieder, ja sieh mal manchmal ist es verdammt kühl in Detroit, und obendrein hatte ich keinen Wintermantel, nur eine etwas zu dünne Jacke, ich saß eher in der Klemme zu der Zeit, ich weiß wirklich nicht mehr wieso ich in dieses Geschäft gegangen bin, ich konnte mir ganz sicher kein Paar neue Treter leisten, nein sicher nicht, vielleicht bin ich in dieses Schuhgeschäft gegangen um mich wieder etwas aufzuwärmen, jedenfalls versteht die Kleine sofort dass sie es ist für die ich mir gerade den Arsch abfriere dort an der Straßenecke, die Hände in den Hosentaschen und den Kragen meiner Jacke über beide Ohren gezogen, kannst du dir die Szene ausmalen, ich kam mir eher wie ein Penner vor …

okay I leap-frog das ganze übrigens eher banale Gespräch das wir im coffee shop geführt haben wohin wir auf einen Kaffee gegangen sind um uns wieder aufzuwärmen und komme in Windeseile zu dem was eine Stunde später passiert ist als ich mich in ihrer Wohnung wiedergefunden habe, aber ich muss dir auf der Stelle sagen dass ihr pad nicht gerade luxuriös war, nicht so wie das von Susan, nein, aber schließlich war die Kleine ja keine Millionärin wie Susan, eine einfache kleine Schuhverkäuferin, ja ja eher kümmerlich und verdammt unordentlich ihre Bude, ich hatte noch nie ein vergleichbares Chaos gesehen, schmutzige Wäsche überall, Slips BHs fleckige Schlüpfer die auf dem Boden verstreut waren, in den Ecken aufgetürmte Schuhe, Kartons voll mit getragener Kleidung, okay ich werde dir jedenfalls kein Inventar aufstellen, nein ich versuche dir einfach eine Vorstellung von der Unordnung bei dieser Kleinen zu geben, das hat mich umgehauen als ich reingegangen bin, es war dermaßen widerlich, und dann war da noch son komischer Geruch, da warn schmutzige Teller im Abwasch, das Bett war nicht gemacht und die Bettlaken sahen ein bisschen zweifelhaft aus, das hat mich ein wenig erstaunt weil die Kleine im Geschäft eher sauber und elegant aussah, na gut angezogen, gut geschminkt, die Nägel gut gefeilt, die Haare gut gekämmt, aber bei ihr daheim also der reinste Saustall, okay aber ich war nicht gekommen um aufzuräumen und übrigens hatte ich keine Zeit mir das Chaos genauer anzusehen denn kaum war die Tür zu schmeißt sich die Süße auf mich stopft mir ihre Schlangenzunge in den Mund und beginnt ihre Pubis dermaßen wild an mir zu reiben dass ich total baff gewesen bin, die Kleine hatte es aber nötig, mein sexuelles Thermometer knallte an die Decke, also zögere ich nicht und in null Komma nichts ziehe ich

sie aus und sie mich auch und da sind wir schon beide nackt in den Federn und dabei Porno-erotische-mach-schon-Mann-volles-Rohr-Gymnastik zu treiben wie du sie noch nie gesehen hast ...

44

was für einen Körper sie hatte, okay ich umgehe die anatomischen Details wegen der Zensur, aber lass dir sagen, der war umwerfend der Käfer, ah wie lasterhaft und fabelhaft das war was wir beide getrieben haben ...

ich bin zwei Tage lang bei ihr geblieben ohne rauszugehen, zwei ganze Tage, ah ich hätte dir sagen müssen dass das an einem weekend war diese große Bumserei, dass es an einem Freitag war als ich auf die Kleine gewartet habe und dass sie an diesem weekend nicht arbeitete, deshalb habe ich bei ihr bleiben können von Freitagabend bis Montagmorgen nur um zu ficken und zu futtern, um alles zu verfuttern was sie in ihrem Kühlschrank hatte, nicht viel übrigens, Reste von Dingern die sie vor mindestens einer Woche gekocht hatte, ein halbes Hühnerskelett, zwei drei hot dogs, gekochte Kartoffeln, ein Stück Käse aus Wisconsin ohne Geschmack und etwas angeschimmelt, trockenes Weißbrot, zwei ein wenig faule Tomaten, jedenfalls hatte sie Bier, davon hatte sie eine Menge, wir mussten uns mindestens so um die dreißig Flaschen einverleibt haben in den zwei Tagen und außerdem zwei Flaschen Bourbon, wir haben uns über alles hergemacht zwischen den Augenblicken des Besteigens und des Übersteigens, ah welche Kraxeleien wir zustande gebracht haben, du kannst dir die Orgie nicht vorstellen die wir beide veranstaltet haben während dieser zwei Tage, ah was für ein Gelage übersinnlicher Lüste, nichts als Sex und wieder Sex und Futtern und Saufen und natürlich auch die obligatorischen Bums-Zigaretten, zu dieser Zeit rauchte ich Pall Malls, sie Chesterfields ...

wir haben kaum miteinander gesprochen sie und ich während dieser beiden Tage, nein das ist wahr, wir haben uns nicht mehr als zehn Worte gesagt, ich habe ihr meinen Namen gesagt, Raymond, sie hat mir den ihren gesagt, Judy, und danach keine Fragen, kein Geschwätz, keine Inquisition, nein keine *inquisitoire*, kein Widerstand, nichts als Bumsen, sie auf mir, ich auf ihr, auf dem Bett, auf dem Boden, auf dem Tisch, auf der Couch, im Stehen in der Küche gegen den Kühlschrank, sogar im Scheißhaus auf dem Waschbecken, in der Dusche, wie die Viecher was, ich schleckte sie, sie blies mir einen, aber weißt du mein Freundchen manchmal tut das unheimlich gut Liebe zu machen ohne quatschen zu müssen, ohne einem vom Pferd zu erzählen, ohne sich Fragen zu stellen, einfach nur um Sport zu treiben, und vor allem ohne belangloses Zeugs reden zu müssen, und gerade ich war ja zu jener Zeit überhaupt kein Redner …

doch doch das ist wahr, glaubst du mir nicht, aber ja, nur weil ich jetzt nicht aufhöre dauernd zu quatschen heißt das noch lange nicht dass ich nicht das Schweigen gekannt habe, ja ich ich habe eine lange Periode in meinem Leben durchquert, fast fünf Jahre nach meiner Ankunft in Amerika, während der ich nicht gesprochen habe, und nicht weil ich kein Englisch konnte, nein, Englisch habe ich schnell gelernt, das ist eine Sprache die leicht zu lernen ist weil du im Englischen die grammatikalischen Regeln nicht zu beachten brauchst, du sagst egal was in egal welcher Reihenfolge und das funktioniert, das macht übrigens die Schönheit des Englischen aus, seine grammatikalische Irrationalität, also ich habe fünf Jahre lang nicht gesprochen, außer natürlich um Worte zu sagen die man jeden Tag sagen muss um zu überleben, die Jas, die Neins, die Ich-weiß-nichts, die Dankes, die Guten-Tags, die Hallos, die Auf-Wiedersehens, die Vielleichts, die Wie-viel-kostet-das, die Wo-ist-das-Scheißhaus, solch blöde Dinger, aber das das ist nicht Sprechen, aber nein, das ist Stammeln …

siehst du ich ich habe fünf Jahre im Schweigen verbracht, meine große Stammel-Periode, ich hatte nichts zu sagen, das erstaunt dich was, vor allem ich der jetzt so viel zu sagen zu haben scheint, also lass es mich dir erklären, zu jener Zeit hatte ich keine einzige Idee im Kopf, nicht dass ich heutzutage viele hätte, übrigens wer hat denn schon Ideen, du du hast welche, aber nein du Blödmann, die Ideen die kann man nicht so einfach haben, sieh mal es war Descartes der gesagt hat dass normalerweise ein denkendes Wesen nur eine einzige Idee pro Jahr im Kopf hat, und Descartes meinte sicher mit **denkendem Wesen** einen Philosophen, egal welchen, und dieser Typ da der eine kleine blitzartige Idee in seinem Hirn hat also der verbringt den Rest des Jahres damit diese zu überdenken und das gibt ihm dann schließlich den Eindruck zu sein, aber die die keine Ideen haben und also nichts zum Überdenken die können nicht einmal eine Vorstellung davon haben zu sein, daher für die kein ergo sum, siehst du so war ich zu der Zeit in der ich diese zwei Tage mit dieser Judy aus Detroit verbracht habe, wenn du so willst war ich ein vor Leidenschaft vibrierender Körper aber ohne Ideen und ohne Worte, also ein Nicht-Wesen ohne cogito ...

das ist es was ich dir über diese Kleine erzählen wollte, mit ihr zu bumsen, wenn du so willst, das war rein körperlich, Sport, großartige olympische Gymnastik, und du wirst mir sicher nicht glauben aber es kann sein dass wir sogar den Weltrekord im Bumsen gebrochen haben in diesen beiden Tagen, ich will mich nicht brüsten aber es war unglaublich was wir zusammen gemacht haben, es ist schade dass ich nicht gezählt habe wie oft ich sie bestiegen habe um es ihr zu besorgen, das war wahrscheinlich ein Rekord ...

jedenfalls, verstehst du, was ich dir über Judy erzählen wollte, das ist dass ich es einmal in meinem Leben geschafft habe achtundvierzig Stunden lang Liebe zu machen und sogar ohne Unterbrechung außer für einige Minuten zwischen den Abstiegen und den Aufstiegen um ein Sandwich zu verdrücken oder ein Bier zu trinken oder eine Pfeife zu rauchen, ansonsten in and out in and out in and out, up and down up and down, dann zwei oder drei Minuten Rast um wieder Luft zu holen und bang bang in and out up and down, und die Kleine mein Alter die hat verdammt lang ausgehalten, sogar länger als ich, zum Schluss war sie es die mich bestieg, die mich anfeuerte, sie die mich wieder steif machte mit ihren Händen oder mit ihrem Mund ...

okay komm das reicht, ich darf nicht zu weit gehen sonst wirst du noch geil wie ein Stier und du wirst mir nicht mehr zuhören können, ich sehe übrigens dass du rot wirst, also kommen wir auf Susan zurück, mit Susan zu bumsen das war eine völlig andere Sache, kein Sport, nein im Gegenteil, das war Kunst, ein Tanz wenn du so willst, klassisches Ballett, man musste sich darauf vorbereiten im Vorhinein, fast schon Proben machen, sich langsam auszuziehen, man musste ein Bad nehmen, ein wenig plaudern, sich dann sachte befummeln, und dann gab es langsame und gut synchronisierte Bewegungen, keine Schreie, keine überstürzten Bewegungen, nur Seufzer und tiefes Atmen, das gibt dir eine Vorstellung davon wie das war mein Liebesleben mit Susan, und jetzt da sie wieder in Paris aufkreuzt ...

okay gut es freut mich zu wissen dass ich sie wiedersehen werde die schöne Susan, aber also ihr timing, das ist nicht das beste, nein ihre Zeiteinteilung ist nicht großartig, was werde ich nur mit meiner Engländerin machen, die die ich letzte Woche in der Métro aufgegabelt habe ...

was, oh gestern habe ich gesagt dass ich sie mir vor zwei Wochen aufgerissen hatte diese Engländerin, ja das kann schon sein, okay dann habe ich mich geirrt, du brauchst jedenfalls nicht zu glauben dass ich auf die Chronologie meiner Erzählung achtgeben werde, du bist aber ganz schön pingelig wenn es um die Zeit geht ...

ah das stört dich dass ich solche Fehler mache, du sagst dass diese zeitlichen Verschiebungen die sich nicht halten lassen meine Geschichte verpfuschen werden, aber es ist doch nicht die Einhaltung der bescheuerten Zeit die das Schöne an den Geschichten ist, es ist der Ton, der Rhythmus, und außerdem langweilst du uns mit deinen Zeitfragen, okay gut ich respektiere die chronologische Ordnung der Dinge nicht na und, gestern habe ich gesagt dass es vor zwei Wochen war und jetzt sage ich letzte Woche, wer weiß morgen werde ich vielleicht vor einem Monat sagen und übermorgen werde ich was anderes sagen, egal welche Lügengeschichten über das was ich in der Vergangenheit gemacht habe oder nicht oder sogar was ich in der Zukunft machen werde oder nicht, was glaubst du denn was das ist die Zeit, eine gerade Linie die in eine einzige Richtung geht, etwas das sich nicht bewegt, etwas das sich immer am gleichen Ort befindet, du kannst aber auch naiv sein mein Alter, die Vergangenheit oder die Zukunft das ist kein fixer Ort auf einer Postkarte, das ist es was die meisten Leute nicht verstehen, gestern, heute, morgen, das nächste Jahr, die Leute sehen die Zeit immer als eine Art Ziel, man kommt von dort und geht dorthin, ist dir eigentlich klar wie langweilig das wäre sein Leben so zu verbringen als ob man eine kleine Zugfahrt machen würde und schon vorher weiß wo die ganzen Stationen sind wo die Endstation ist und wann man ankommt, dann gäbs keine Überraschungen mehr im Leben, aber Überraschungen braucht man doch, auch wenn sie nicht lustig sind, sonst würde das Leben sich nicht lohnen gelebt zu werden, weil sogar das Leben selbst eine Überraschung ist …

zum Beispiel für mich die Überraschung des Telegramms von Susan also wenn du so willst ist es das was meine Geschichte interessant macht und was sie auch vorantreibt auch wenn meine Geschichte nur stolpernd vorankommt, aber dass Susan ankommt in drei Tagen oder in vier oder nächsten Monat oder am Sankt Nimmerleinstag das ändert nichts an meinen Problemen, nicht wann sie ankommt stört mich, sondern die Tatsache dass sie ankommt, also das ist der Grund warum ich die Zeit nur annähernd schätze, natürlich in der Endversion werde ich die Dinge vielleicht etwas besser organisieren müssen sonst wird niemand mein Dings veröffentlichen wollen, aber vorläufig wenn ich gesagt habe dass ich diese Engländerin mit den kleinen festen Titten vor zwei Wochen aufgegabelt habe und dann sage dass es letzte Woche war dann ändert das absolut nichts an meiner Geschichte, außer dass das die Dinge mit Susan verkompliziert, das ist sicher, und das ist Scheiße …

aber sag mal Mann wenn ich vielleicht nicht mehr von dieser Kleinen erzähle, wenn ich nichts mehr über sie sage wird sie aus meiner Geschichte verschwinden, sieh an das ist keine schlechte Idee, was hältst du davon, wenn man über etwas nicht spricht dann ist das so als würde das nicht existieren, weil alles im Leben wie es scheint, das meinen bestimmte zeitgenössische Denker, einzig und allein in der Sprache existiert, im Logos, also das ist einfach, kein einziges Wort über diese Engländerin obwohl sie verdammt niedlich ist, einverstanden, und vor allem nicht wenn Susan da sein wird in drei Tagen oder vier oder nächste Woche, dann halten wir die Klappe …

Die Familie, ah du willst dass ich dir sage …

… du willst dass ich dir sage was passiert ist als ich die Familie besuchen ging, aber ja ich bin hingegangen um sie zu sehen die Onkels und die Tanten mütterlicherseits, ja ich spreche von den Verwandten meiner Mutter, von denen meines Vaters werde ich dir vielleicht später erzählen oder auch nie, auf dieser Seite ist nicht mehr viel übrig, man hat ihnen fast allen den Garaus gemacht, aber mütterlicherseits gibt es noch welche, und ausgerechnet von dieser Seite habe ich von den Onkels und den Tanten einen ganzen Haufen Schweinereien einstecken müssen, und von den Cousins und Cousinen auch, ah diese Dreckschweine wie die mich sabotiert, geplündert, mit Scheiße beworfen haben, aber was willst du, ich konnte nicht mehr, keinen Heller mehr nichts zu futtern seit drei Tagen, also bin ich sie besuchen gegangen nicht um zu betteln, nein einfach um ihnen zu zeigen dass ich noch immer am Leben war, dass alles gut lief, dass ich mich gar nicht schlecht durchgeschlagen habe in Amerika während dieser zehn Jahre, jedenfalls verstehst du das ist es was ich ihnen gesagt habe, ich habe ihnen gesagt dass alles für mich fantastisch gut gelaufen ist da drüben, ja ja ich habe sehr ernste Studien in Literatur und Philosophie betrieben an der Universität von New York und dann habe ich einige Zeit ein wenig unterrichtet, aber jetzt bin ich Schriftsteller geworden und beende gerade einen großen Roman, das ist übrigens auch der Grund warum ich in Paris bin, um Details zu überprüfen, weil dieser Roman nämlich mehr oder weniger auf meinem Leben beruht, das ist es was ich ihnen gesagt habe, natürlich habe ich ihnen nicht, wie dir, das Nudel-Dings erklärt, das hätten sie nicht verstanden, weil sie nämlich blöd sind meine Onkels und meine Tanten, aber ich hatte auch keine Lust ihnen davon zu erzählen, also …

ich habe sogar ein Exemplar einer der Zeitschriften mitgenommen in welcher ich drei Gedichte veröffentlicht habe, wenigstens, habe ich mir gedacht, werden sie so beeindruckt sein wenn sie meinen Namen in einer Zeitschrift gedruckt finden auch wenn sie die Gedichte nicht verstehen werden die in Englisch sind …

ich bin zu meiner Tante Marie nach Montrouge gegangen letzten Sonntag als ich mich entschieden habe ihnen zu zeigen dass ich noch am Leben war und zurück in Paname nach zehn Jahren auf der Verliererstraße in Amerika, ich wusste dass sich jeden Sonntag die ganze Familie mütterlicherseits bei Tante Marie trifft, das ist ein alter Brauch diese sonntäglichen Treffen der ziemlich weit in meine Kindheit zurückreicht …

ah du willst wissen wie viele Tanten und Onkels an jenem Tag da waren als ich dorthin gegangen bin, fünf, ja doch fünf, vier Tanten und ein Onkel, aber nur ein Cousin, Marco, der Sohn von Tante Marie und Onkel Léon, sieh mal mein Cousin Marco von dem muss ich dir auch erzählen, ah dieser Hund, welche Sauereien der mir angetan hat als wir noch Kinder waren, weißt du wir lebten im gleichen Haus, er und ich, in Montrouge, ja dort habe ich meine Jugend verbracht, in Montrouge, aber Marco war fünf Jahre älter als ich und so hat er mir immer Riesenprügel verpasst, und einmal, ah er musste so um die vierzehn oder fünfzehn gewesen sein und ich neun oder zehn, das war vor dem Krieg das was ich dir jetzt sage, er hat gewollt dass ich ihm den Schwanz lutsche, wir waren in seinem Zimmer eines Tages als er mir half meine Schulaufgaben zu machen weil er er hatte schon die Matheaufgaben gemacht die ich nur schwer verstand, er hatte seine Rechnungen schon fertig weil er älter war als ich, also als er mir befohlen hat ihm den Schwanz zu lutschen, da habe ich nein gesagt, ich habe gesagt dass das zum Kotzen ist von seinem kleinen Cousin zu verlangen so etwas zu tun, aber er hat mich fast gezwungen, er hat meinen Kopf mit seiner Hand genommen, da hinten, im Genick, und er hat ihn nach unten gedrückt zu seinem erigierten Pimmel den er aus seiner Hose gezogen hatte, sieh mal meine Nase hat sogar seinen Schwanz berührt und das hat sich komisch angefühlt, weißt du noch lange danach wischte ich mir dauernd die Nase mit meiner Hand als ob ich dieses Gefühl auslöschen wollte, das wurde fast zu einem Tick, meine Mutter sagte immer zu mir, aber hör auf dir die Nase so zu wischen, die wird noch ganz rot werden und die Leute werden sich über dich lustig machen, die werden dich für einen Säufer halten, ah wie ich mich geschämt hatte, jedenfalls habe ich es trotz seiner Stärke geschafft mich zu befreien und ich habe ihm gesagt dass wenn er das noch einmal macht dann werde ich es seinem Vater sagen, Marco hatte nämlich Angst vor seinem Vater, übrigens alle in unserer Familie hatten Angst vor Léon weil er ein verdammt großer Schreihals war, ah aber mein Cousin Marco, was für ein Dreckschwein, und trotzdem spielten wir oft zusammen als wir Jungs waren, weißt du außerdem waren seine Eltern reich während meine arm waren, deswegen gab mir Marco oft alte Sachen zum Anziehen die zu klein für ihn waren, Schuhe, Hosen, Hemden, aber auch Bücher, vor allem Comics, *Tarzan*, *Mandrake le Magicien*, *Les Piedsnickelés*, *Tintin*, und dann hat er mir auch seinen ganzen Jules Verne geschenkt, also siehst du er war trotzdem …

ah das interessiert dich nicht die Dinger die mein Cousin Marco und ich in unserer Jugend lasen, du willst eher wissen wo die anderen Tanten und Onkels waren die an diesem Tag nicht gekommen waren, also die, die am Sonntag nicht da waren, die waren entweder tot oder sie kamen nicht mehr zu Tante Marie weil sie sich gestritten hatten, in dieser Familie stritten sich die Onkels und Tanten dauernd, vor allem wegen der Knete, das musst du verstehen, vor dem Krieg gab es insgesamt acht Brüder und Schwestern mütterlicherseits, ah das war vielleicht eine Sippschaft, und außerdem gab es da natürlich noch die Schwägerin-

nen und Schwager, und ihre Kinder, meine Cousins und Cousinen
die heute keine Kinder mehr sind weil sie ungefähr gleich alt sind
wie ich, also jeden Sonntag vor dem Krieg schleppte sich der
ganze Haufen zu Tante Marie weil sie die älteste war und auch
weil sie die reichste war, du verstehst also warum ich wusste
wohin ich letzten Sonntag musste …

ja am Anfang gab es acht Brüder und Schwestern mütterlicherseits, zwei Bruderherzen, Maurice und Jean, und sechs
Schwesterherzen, Marie Fanny Léa Sarah Rachel und meine Mutter Marguerite, aber wie ich dir schon gesagt habe, meine Mutter
die hat man während des Krieges vernichtet mit meinem Vater
und meinen beiden Schwestern, aber das das ist eine andere Geschichte die ich übrigens schon öfters erzählt habe, deswegen
werde ich dich nicht langweilen mit diesen traurigen Sachen,
vielleicht ist es später notwendig, in dem was noch kommt, dass
ich darauf zurückkomme damit du verstehst warum ich der große
Überlebende des menschlichen Schwachsinns nach Amerika
gegangen bin, aber kehren wir vorläufig zu meiner Tante Marie
nach Montrouge zurück und ich erzähle dir was am Sonntag
passiert ist …

ich komme also kurz vor Mittag an und weiß dass sie sich aus
Gewohnheit alle an den Tisch setzen um so gegen eins das große
sonntägliche Mittagessen zu vertilgen und so werden sie wohl
gezwungen sein mich auch einzuladen, das muss ich dir sagen,
ich war in keiner guten Stimmung an jenem Tag, es gab die Probleme mit meiner Engländerin, mit meinem Roman der nicht
funktionierte, und obendrein sagte mir die Olle aus meinem
Hotel wenn ich das Zimmer nicht bezahle also dann Monsieur
raus hier …

aber nein du Vollidiot, ich hatte von Susan noch nicht das Telegramm bekommen, das passiert später, du verwechselst alles, nur
weil ich mich nicht an die Chronologie der Geschichte halte
musst du nicht gleich alles vermischen, das was ich dir gerade
erzähle, gerade erfinde wenn du so willst, das passiert vor dem
Telegramm von Susan, pass doch etwas mehr auf oder du wirst
dich noch in meinen Geschichten verirren, was nützt es wenn

ich dir diese schönen Sachen erzähle wenn du alles durcheinanderbringst …

was, oh du musst pissen gehen, okay beweg deinen Arsch, sonst werde ich noch vergessen was ich dir sagen wollte, na los geh schon ich warte hier auf dich, aber spiel vor allem nicht mit deinem Dings rum was …

tatataduumm tata ta taduumm those foolish things remind me of you humhum tatatduumm tata dudumdum … Entschuldigung … nein nein, die Rechnung bekommt der Monsieur der gerade auf dem WC ist aber wenn er wieder zurückkommt … *tatataduum tata …*

ah da bist du wieder, he wars fein dein Pipi, weißt du Alter warum du dauernd pissen musst, weil du zu viel säufst …

okay wo waren wir, ah ja stimmt ich erzählte dir von den sonntäglichen Mittagessen bei Tante Marie in Montrouge …

oh du kennst Montrouge nicht, aber das ist nicht weit weg, du nimmst die Métro bis zum Porte d'Orléans und dann sind es zehn Minuten zu Fuß, sieh mal ich habe eine Idee, eines Tages werden wir einen Ausflug nach Montrouge machen damit ich dir das Haus zeigen kann in dem Tante Marie wohnt weil ich dort auch meine Jugend verbracht habe, ja im gleichen Haus, wie ich dir schon gesagt habe, aber Tante Marie Onkel Léon und Marco die wohnten im zweiten Stock, in einer großen schicken Wohnung mit fünf Zimmern, während wir im dritten Stock hausten, in einer winzigen Wohnung mit nur einem Zimmer mit einer klitzekleinen rechteckigen Küche die wie ein Gang war, ein Loch war unsere Bude, und wir wohnten da drin zu fünft, meine Eltern meine zwei Schwestern und ich, wir wir waren nicht reich so wie Tante Marie, übrigens das Haus das gehörte Tante Marie und Onkel Léon, die waren die Besitzer des Hauses in dem wir wohnten, und weißt du sie hatten noch andere Häuser, sie waren stinkereich Léon und Marie, sieh an das wäre keine schlechte Idee dir zu zeigen wo ich gelitten habe in meiner Jugend …

nein wir werden nicht reingehen, bist du bescheuert, ich will nur dass du das Haus siehst und auch die Straße auf der ich spielte als ich ein Kind war, nein ich habe wirklich keine Lust sie wiederzusehen, Tante Marie Onkel Léon und diesen Snob von Cousin Marco, vor allem nicht nach dem Reinfall dieses sonntäglichen Mittagessens …

du willst dass ich dir die Details erzähle, okay also hier sind sie …

ich komme bei Tante Marie kurz vor Mittag an, nichts hatte sich verändert, verstehst du das waren immerhin zehn Jahre dass ich nicht mehr dort gewesen war, aber ich habe sofort alles wiedererkannt, außer dass alles ein bisschen kleiner und ein bisschen älter aussah, aber das das ist normal wenn du aus den Vereinigten Staaten kommst, alles hier in Frankreich kommt dir kleiner und älter vor, aber es waren die gleichen alten Möbel, massiv und solide, die gleichen orientalischen Tapeten, und außerdem auch das gut geputzte Klavier, Marco nahm vor dem Krieg Klavierstunden und er studierte Medizin, aber jetzt, wegen dem was während des Krieges passiert ist, ist er Maßschneider geworden, wie sein Vater …

ja in meiner Familie da waren alle entweder Schneider oder Kaufleute, außer mein Vater, der hat gemalt, habe ich dir das gesagt, er war Künstler, und das war wahrscheinlich der Grund warum wir arm waren, mein Vater, wenn du so willst, war ein *starving artist* …

gut aber ich gehe wieder zu Tante Marie zurück, ich beschrieb dir die Möbel, da gab es den riesigen Spiegelschrank im Schlafzimmer mit dem großen Bett wo meine Tante Geld unter der Matratze versteckte, das weiß ich weil ich als ich ein Knirps war sie einmal, ohne dass sie mich sah, gesehen habe wie sie die Hand vorsichtig unter die Matratze steckte und daraus große Hundert-Eier-Geldscheine hervorzog, und im Salon gab es auch den schönen geblümten Diwan mit großen Kissen und Lederfauteuils auf jeder Seite, und im Esszimmer die großen chinesischen Vasen auf dem Kamin, es scheint so dass die in Mode waren vor dem Krieg die großen chinesischen Vasen mit Buddhas und Drachen drauf, die müssten ein Vermögen gekostet haben diese Dinger, und der Parkettboden, ah wie schön der gebohnert war, derart gut gewichst dass man Stofflatschen anhaben musste wenn man die Wohnung betrat, das musst du dir vorstellen, wir aber in unserer Wohnung da oben im dritten Stock das war nur ein Zim- mer das durch einen großen Vorhang zweigeteilt war, so hatten wir auf der einen Seite ein Esszimmer und auf der anderen ein Schlafzimmer, aber es war nicht groß was, meine Eltern die schliefen hinter dem Vorhang und manchmal in der Nacht hörte man sie ziemlich stark atmen, ich ich schlief in einer Ecke des Esszimmers auf einer kleinen Couch und meine zwei Schwestern schliefen zusammen in einem Klappbett das wir jeden Abend in der Küche aufstellten, das war nicht praktisch denn wenn dieses Klappbett aufgestellt war dann versperrte es die Küchentür, also wenn mein Vater oder sogar ich pissen gehen mussten in den Abwasch in der Küche dann mussten wir über das Bett meiner Schwestern steigen, und die meckerten ziemlich, vor allem Sarah, die größere, ihr seid ekelhaft ihr beiden, wie sie sagte, ihr habt keine Manieren, das stinkt hier, könnt ihr nicht runtergehen und dort eure Schweinereien machen …

aber nein was glaubst du denn es gab kein Scheißhaus bei uns, bei Tante Marie ja da gabs eins, es gab sogar ein Badezimmer, aber bei uns hieß es entweder Abwasch oder Nachttopf, ja der Nachttopf weil meine Schwestern und meine Mutter doch nicht in den Abwasch machen konnten, also war es unbedingt not- wendig dass wir einen Nachttopf hatten, und sogar einen Eimer …

ah du weißt nicht was das ist ein Eimer, ein Kloeimer, du musst wohl in einem guten bürgerlichen Haus aufgewachsen sein, wir wir hatten einen Eimer und es war ich der morgens nach unten gehen musste um ihn auszuleeren in die Toiletten hinten im Hof des Hauses, ah wie ich das hasste …

sieh mal ich beschreibe ihn dir diesen Scheißeimer weil er ein wirklicher Teil meiner Kindheit war, ich habe mich ganz schön beschwert jeden Morgen bevor ich diesen ekelhaften Eimer vol- ler Kacke und Pipi hinunterbrachte dass immer ich es war der diese dreckige Arbeit machte, ja doch warum konnten meine

Schwestern ihn nicht hinuntertragen diesen Eimer, sagte ich, vor allem Sarah die zwei Jahre älter war als ich und die so viel stärker war als ich, sie verpasste mir immer Fußtritte und Faustschläge wenn wir uns prügelten, ja warum konnte sie ihn nicht hin und wieder ausleeren gehen diesen Eimer, warum immer ich, aber mein Vater sagte dass das keine Arbeit für Mädchen wäre, und wenn ich zu viel meckerte knallte er mir eine und brüllte raus hau ab du dreckiger Nichtsnutz oder ich knall dir noch eine, also bin ich jeden Morgen die drei Stockwerke hinuntergegangen mit meinem Eimer in der Hand, ah wie mich das anpisste …

nein mein Vater war kein Fiesling, aber wenn ich Schwachsinn baute dann zögerte er nicht mir eine Tracht Prügel zu verpassen, und das ging er gar nicht sachte an, ah mein Vater der konnte ganz schön rumbrüllen, aber lass mich die Geschichte des Eimers unserer Notdürfte zu Ende bringen, ich werde dir von meinem Vater später erzählen …

also jeden Morgen ging ich die drei Stockwerke hinunter mit diesem Emaileimer in der Hand um ihn im Scheißhaus hinten im Hof auszuleeren, ich musste aufpassen dass ich mich nicht anspritzte wenn ich ihn ausleerte diesen Eimer sonst war ich voll Scheiße auf den Schuhen und den Beinen, dann musste ich diesen Eimer ausspülen unter einem kleinen Wasserhahn aus Kupfer neben der Toilette, im Winter war das Wasser verdammt kalt also hatte ich ganz rote Hände als ich wieder zu uns in den dritten Stock raufging, du kannst gar nicht wissen wie ich diesen Eimer hasste, aber es war nötig ihn zu verwenden weil wir jedenfalls nicht vom dritten Stock in den Hof gehen konnten mitten in der Nacht oder sogar am Abend bevor wir schlafen gingen wenn es dunkel war, für meinen Vater und mich war das leichter als für meine Mutter und meine Schwestern weil wir wenigstens in den Abwasch pissen konnten, natürlich störte das meine Mutter sehr wenn wir in den Abwasch machten, sie sagte dass es nicht hygienisch sei seine Notdurft da hinein zu verrichten wo man das Essen macht, außerdem ist das nicht gut für die Kleinen, wie ich dir gesagt habe brüllten meine Schwestern ziemlich rum wenn wir über ihr Bett stiegen, und sie sagten immer wir schauen nicht hin, wir machen die Augen zu, sie sagten das indem sie den

Kopf unter die Decke steckten oder die Hände vor die Augen hielten, aber ich ich glaube dass die große und sogar Jacqueline, meine kleine Schwester, dass die mogelten und unseren Pimmel anguckten wenn mein Vater oder ich pissten auch wenn wir versuchten ihn zu verstecken indem wir ihn mit der ganzen Hand hielten, natürlich konnten wir die Kacke nicht in den Abwasch machen also begreifst du die Notwendigkeit des Nachttopfes und vor allem die des Kloeimers ... 57

ich hoffe das langweilt dich nicht zu sehr was ich dir gerade erzähle aber es ist wichtig dass ich unsere Lebensbedingungen vor dem Krieg beschreibe damit du verstehst warum ich geworden bin was ich heute bin, ein Leben, wie Jean-Paul Sartre irgendwo gesagt hat, das ist eine Kindheit die für alles mögliche verwendet wird, und ihm zufolge sind wir alle geprägt von den Lebensumständen in unserer Kindheit, oder um es besser auszudrücken, wir sind erfüllt von der Verhunzung die wir haben erleiden müssen als wir Kinder waren, du zuckst mit den Schultern, okay das ist vielleicht nicht sehr tiefschürfend, nicht sehr originell, aber das ist jedenfalls wahr, und weil das nicht ich war der das gesagt hat, das war Sartre, kannst du ja ihm ein Gesicht machen gehen aber lass mich mit der Verwendung des Nachttopfes und des Eimers in unserer kleinen Wohnung weitermachen ...

wenn wir den Eimer oder den Nachttopf verwenden wollten mussten wir uns in der Küche verstecken wenn niemand dort war oder hinter dem Vorhang wenn die anderen im Esszimmer waren, natürlich in der Nacht wenn es dunkel war brauchten wir uns nicht zu verstecken, der beste Ort um den Eimer zu verwenden war hinter dem großen Vorhang der das Schlafzimmer abtrennte, das

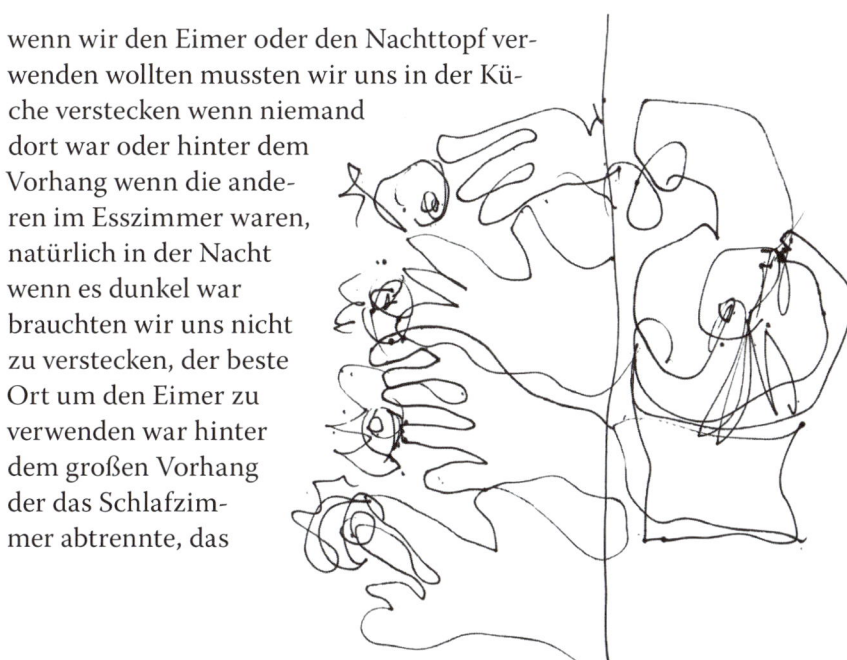

war meine Mutter die diese Idee hatte das Zimmer zweizuteilen mit diesem großen Vorhang, ich glaube dass sie die Idee mit dem Vorhang gehabt hat als meine Schwestern und ich das Alter erreicht hatten in dem wir ein bisschen verstanden was Eltern manchmal im Bett machen wenn sie schwer atmen ...

aber ja unsere Eltern wenn die schwer atmen weiß man doch was das bedeutet, du hast du deine Alten noch nie gesehen wie sie sich besteigen in ihrer Falle, ich ich habe sie oft gesehen in diesem winzigen Loch in dem wir lebten, also du siehst dass das bei uns zu Hause nicht lustig war, in der Nacht wenn eine meiner Schwestern oder ich den Eimer brauchten mussten wir ihn suchen gehen hinter dem Vorhang nahe dem Bett auf der Seite wo mein Vater schlief weil er ihn oft verwendete, vor allem um reinzuspucken, mein Vater pisste nicht oft, ihm tat das Pissen weh weil er an Nierensteinen litt, wie Montaigne, weißt du dass Montaigne Nierensteine hatte, nein das ist wahr, er sagt es in seinen Essays, wie auch immer für meinen Vater war das ein Riesentheater wenn er urinieren musste, aber wie der gespuckt hat, sogar Blut, weißt du weil mein Vater tuberkulös nämlich war, und das war auch der Grund warum mich in der Schule als ich klein war die anderen immer *fils de tubard* nannten, Röchler-Sohn, und sich nie jemand neben mich setzen wollte in der Klasse, die Burschen in der Schule die hatten Angst angesteckt zu werden ...

man hatte ihm einen Lungenflügel rausgenommen meinem Vater und statt dessen hatte man ihm ein kleines ballonartiges Dings in die Brust gesetzt das sich Pneumothorax nannte und einmal in der Woche musste er ins Krankenhaus von Montrouge um sich Sauerstoff hineinpumpen zu lassen, das taten sie mit einer langen Nadel, ich ich habe gesehen wie man das machte weil ich oft mit ihm ins Krankenhaus ging, am Ende der Woche wenn er fast keinen Sauerstoff mehr in seinem Pneumothorax hatte dann hatte mein Vater Schmerzen beim Atmen und so gab er in der Nacht wenn er schlief kleine Pfiffe von sich die uns am Schlafen hinderten und er beugte sich oft zum Eimer hinunter um Blut reinzuspucken, ah mein Vater hat kein leichtes Leben gehabt, weißt du er hatte einen ziemlichen Teil seines Lebens im Krankenhaus verbracht bevor man ihn mit siebenunddreißig zu

Seife verarbeitete, das war ein Künstler mein Vater, er malte surrealistische Bilder, aber seine Bilder die verkauften sich nicht sehr gut, das ist der Grund warum meine Mutter zu anderen putzen gehen musste um uns zu ernähren uns die Kinder, ah das ist alles ganz schön traurig, ja mein Vater war schon eine ziemlich seltsame Kanone, ein Tbc-kranker Künstler, aber auch ein großer Schürzenjäger, scheints, ich kann dazu nichts sagen weil das meine Tanten und meine Onkels mütterlicherseits waren die immer sagten dass er meine Mutter betrog, ja das das glaube ich weil mein Vater, trotz seiner Tuberkulose, der war ein fescher Kerl, gut gebaut, fesche Visage, meine Tanten und meine Onkels sagten auch dass mein Vater ein Spieler war, dass er anstatt zu arbeiten seine Zeit auf Pferderennplätzen verbrachte oder in Cafés beim Kartenspielen, jedenfalls scheints so, ich weißt du ich kannte meinen Vater nicht sehr gut, er war nicht sehr oft zu Hause, und wenn er zurückkam dann vor allem um sich mit meiner Mutter zu streiten oder mit dem Rest der Familie, weil mein Alter noch obendrein ein Politikfanatiker war und er stritt sich immer mit allen wegen der Politik, aber vor allem mit meinem Onkel Léon, er mein Vater war Kommunist, jedenfalls sagte man das, während Léon das war ein Rechter, aber das das ist normal weil Léon reich war, während mein Vater immer in der Klemme saß, und das war der Grund warum wir die Kinder manchmal Kohldampf schieben mussten und meine arme Mutter putzen gehen musste um uns zu ernähren, und einmal, als wir in Frankreich eine große Wirtschaftskrise erlebten, ich musste so um die sieben oder acht gewesen sein, da hat uns meine Mutter zum Essen mitgenommen zur *soupe populaire,* ah wie sie sich schämte, während ich und meine Schwestern wir fanden das eher lustig eine Schlange zu machen mit den anderen Hungernden des Viertels …

sieh mal weil wir schon von meinem Vater reden könnte ich dir das Prosagedicht zeigen das ich neulich zu seiner Erinnerung geschrieben habe, es ist vielleicht die Tatsache wieder an Orten zu sein an denen dermaßen viele traurige Dinge passiert sind die mich zu diesem Dings inspiriert hat, ich weiß nicht ob es gut ist, du wirst ja selbst urteilen können, wie auch immer hier ist es dieses Gedicht …

Dieser Fremde, von dessen Fleisch wir nie gegessen haben, der sich, vielmehr, mit uns an den Tisch setzte zu essen, der sich für uns in Häute kleidete wie die unsrigen und weit weg anderswohin ging für immer, bis er, von einem sternartigen Weg unsere Straße hinunter-stürzend, in der Türe stand, einen Laib Dämmerung unter dem Arm, und das Licht der Lampe in der einen Ecke des Wohnzimmers packte, wo er uns zu sich rief und uns sagte, dass wir ihm gehören; in Gedanken verloren, hieß er unsere kleine Armee von Nachahmern in die tiefen Alleen des Schweigens marschieren.

Von unserer Mutter aßen wir immer und reichlich, ihren Körper, es stand uns zu, ihn zu besitzen, und wir teilten ihn, ohne daran zu denken, aber ohne davon abzulassen, ihn zu verehren.

Aber wie sollen wir diesen Fremden verstehen? Und wie sollen wir ihn jemals entschädigen,

ihn, der die Macht hatte, von uns zu essen, und es nie tat, ihn, der es hinnahm, in einem Haus zu leben mit uns und die Sonne herab-steigen hieß zur Stunde des Abendmahls und dem Brot befahl, sich jeden Tag aus dem weißen Staub zu erheben, es mit geheimnisvoller Leere bevölkernd, und der, Nacht für Nacht, die fremden Gerüche von seinem Körper wusch mit Schlaf und seine Fremdheit vergaß, und bei Tagesanbruch einen Augenblick wieder klein wurde, aus-gehungert wie wir, wie wir darauf wartend, ernährt zu werden?

Wie also sollen wir ihn wiedererkennen, diesen im Mann verlorenen Jungen, diesen von der Welt abwesenden Mann, der zwischen all dem einhergeht, was unerklärbar bleiben muss? Und wie sollen wir ihm danken, wie es sich gehört, ihm, dessen Abschied Bitternis auf unsere egoistischen Zungen legt, ihm, der uns seinen Namen gab, damit wir ihn bedenken, weitergeben, bewahren?

das ist nicht schlecht was, aber sag nichts, ich will nicht wissen was du über mein Gedicht denkst, und übrigens weißt du was, also das war eigentlich nicht ich der dieses Gedicht erfunden hat, ich habe es in meinem Kopf gehört während einer Nacht als ich schlief, eine leise entfernte Stimme hat es mir diktiert in einem Traum, aber weißt du es ist möglich dass diese leise Stimme dieses Gedicht selbst von einer anderen Stimme geklaut hat, der Stimme eines Dichters der auch einen Vater wie den meinen hatte, einen tuberkulösen und etwas kannibalischen Vater, ja doch die Dichtung weißt du die zirkuliert einfach so im Kopf der Leute, ich habe eine Menge davon in meinem Kopf Gedichte anderer die ich auswendig gelernt habe, jedenfalls Trümmer von Gedichten die mir jetzt gehören weil sie da in meinem Kopf sind, also manchmal wenn mir das was ich erzähle unhaltbar vorkommt also dann führe ich da Dinger ein die von etwas anderem sprechen und die mein Geschwätz verschönern, so wie ich das gerade mit diesem Gedicht gemacht habe, es ist schön dieses Gedicht,

nicht, weißt du weil mich sprechen immer mehr anekelt, nein nein, das ist wahr, auch wenn ich nicht aufhöre dauernd wirres Zeug zu reden gelingt es mir doch nicht etwas Schönes und Wahres zu sagen, ich habe den Eindruck in einem Morast falscher und blöder Worte herumzuwaten, leerer Worte, und deswegen borge ich mir oft Worte von anderen, auf diese Art gelingt es mir nicht nur meine Sprachlöcher aufzufüllen sondern auch meine Erinnerungslücken …

okay komm das reicht, vergessen wir die Dichtung und auch meinen Vater und kommen wir auf meinen Eimer zurück, ich schweife dauernd viel zu viel ab, siehst du sogar in den Abschweifungen mache ich noch Abschweifungen, ich werde es nie schaffen wenn ich so weitermache …

mein Eimer, wie das stank da drinnen als ich den Klodeckel hob um ihn auszuleeren, das war ein weißer Emaileimer mit einer blauen Borte auf dem Deckel, um ihn zu tragen war da ein eiserner Henkel mit einem kleinen Holzgriff, sieh an sogar heute spüre ich diesen Griff noch in meiner Hand wie eine Erfahrung von unbewusster Erinnerung …

was ich dir gerade erzählt habe ich hoffe dass dich das nicht zu sehr schockiert, zu sehr deprimiert, nicht dass ich hier Miserabilismus à la Zola fabrizieren will, ich versuche jedenfalls etwas Bewegendes zu schaffen, also wenn ich hier so dick auftrage dann geschieht das um meine potenziellen Leser besser ansprechen zu können, es versteht sich natürlich von selbst dass ich ein bisschen übertreibe, dass ich die Dinge noch trauriger und ekelhafter mache um einen größeren Effekt zu erzielen, aber im großen und ganzen folge ich den groben Linien des Lebens, meines Lebens, dem wirklichen oder dem imaginären, das ist dasselbe …

aber siehst du wie ich mich schon wieder verirrt habe, ich wollte dir von meinem Besuch bei Tante Marie erzählen und da bin ich schon wieder in die Scheiße gefallen wenn man das so sagen kann während ich dir von diesem Kloeimer erzählte, es ist einfach unglaublich wie eine Idee, ein kurzer Satz, ein Wort, ein Eimer, dich in die falsche Richtung mitreißen können, das ist es was man freie Improvisation nennt, und ich siehst du ich bin ein großer Improvisierer, aber das kommt daher weil ich in Amerika Jazz gespielt habe, wusstest du das, nein …

ja ja ich habe Sax gespielt, Tenor, in Detroit vor allem, und das ist vielleicht der Grund warum das was ich erzähle ein bisschen einem großes Bebop-Solo gleicht, ah aber das stimmt ich habe dir nicht gesagt dass ich in Detroit Jazz gespielt habe, willst du dass ich das erzähle, das ist eine lustige Geschichte, übrigens in dem Roman den ich gerade schreibe, der mit den Nudeln, gibt es einen Haufen ziemlich guter Stellen die auf meinem Leben als jazzman in den Gettos von Detroit beruhen, willst du dass ich dir das erzähle, du wirst sehen das ist sehr schön, sehr amerikanisch …

nein nicht jetzt, du willst lieber dass ich mit der Geschichte des Besuchs bei Tante Marie weitermache, gut ich werde dir von meinem Leben als jazzman ein anderes Mal erzählen, aber sag, wenn wir von hier verduften und ein wenig spazieren gehen würden, wär dir das recht, ich muss mir ein bisschen die Beine vertreten, außerdem erzähle ich auch besser im Gehen als im Sitzen, ich habe dir ja gesagt dass ich ein Literatur-Fußgänger bin …

he hast du nicht vergessen ein Trinkgeld da zu lassen, der Typ hat uns gut bedient, er hat uns extra Brot gegeben …

wie schön es heute ist, findest du nicht, und ich ich erzähle dir traurige Dinge, okay ich werde versuchen ein bisschen lustiger zu sein, sieh mal wenn wir in den Parc Montsouris gehen würden, dorthin brachte uns meine Mutter zum Spielen meine Schwestern und mich als wir klein waren, du wirst sehen es ist nett dort, es gibt dort sogar einen kleinen Zoo, außerdem wenn ich einen Ort wiedersehe an dem ich immerhin einige schöne Augenblicke verbracht habe wird mich das in eine bessere Stimmung bringen um mit meiner Geschichte weiterzumachen …

hier ist sie, also ich komme kurz vor Mittag bei Tante Marie an, sie waren schon alle dort, du kannst dir ihre Visagen nicht vorstellen als sie mich gesehen haben wie ich in den Hof kam, Tante

Rachel und das Dreckschwein Marco waren am Fenster im zweiten Stock am Plaudern als ich in den Hof gekommen bin, es war
schön an diesem Sonntag, und Marco als der mich wiedererkannt
hat hat er sofort angefangen zu brüllen, aber das ist ja Raymond,
er ist es, aber das gibts ja nicht, was macht der denn hier, es ist
Raymond, der ist aus Amerika zurückgekommen mein kleiner
Scheißer von einem Cousin, also alle anderen als die das gehört
haben haben sie sich aus den anderen Fenstern gelehnt, es gab
da fünf in der Wohnung von Tante Marie, fünf große Fenster,
was für eine Galerie von Hampelmännern das ergab diese von
den Fenstern eingerahmten Köpfe, und ich bin da unten wie an-
gewurzelt stehengeblieben im Hof wie ein Dummkopf, ein
Schwachkopf, ein Schafskopf ...

ja ein Schafskopf, so hat mein Onkel Léon, der Arschficker, mich
immer genannt als ich ein Knirps war, also bin ich dort unten
mit einem großen unentschlossenen Lächeln auf dem Gesicht
stehen geblieben und habe ihnen mit der Hand zugewunken,
mich dabei fragend ob ich nicht kehrtmachen sollte, verduften
und sie ein für alle Mal vergessen, aber da fangen sie auch schon
alle an im Chor zu brüllen, es stimmt es ist Raymond, ja er ist es,
das gibts ja nicht, woher kommt der denn, der ist doch in Amerika,
als ob ich ein Phantom war was, oder ein Wiedergänger, es gab
sogar eine Tante die gesagt hat, he seht doch wie groß er geworden ist ...

kannst du dir vorstellen welchen Schwachsinn man einem Burschen vorsetzen kann den man seit zehn Jahren nicht gesehen
hat, ich war immerhin achtzehn als ich nach Amerika ging, also
hatte ich schon meine Maximalgröße erreicht, einen Meter fünf-
undsiebzig, aber sie hielten mich immer noch für einen kleinen
Knirps, mich den großen Reisenden der den Atlantischen Ozean
überquert hatte um die Neue Welt zu entdecken, mich den Aben-
teurer der auch den Pazifik überquert hatte um im Fernen Osten
Krieg zu führen, in Korea, ja ich der ich da drüben gegen die
Schlitzaugen gekämpft hatte, ich der ich wie ein Sklave geschuftet hatte in den Autofabriken von Detroit, ich der ich Tenorsaxo-
fon gespielt hatte mit Burschen wie Tommy Flanagan, Kenny
Burrell, Frank Foster, den Giganten des Jazz, und einmal sogar

hat Charlie Parker höchstpersönlich auf meinem Saxofon gespielt, du wirst mir nicht glauben aber das ist wahr, das war im Blue Bird in Detroit, übrigens erzähle ich das im Nudel-Roman, das ist eine großartige Szene weißt du, ein historischer Augenblick, musst du unbedingt lesen, ja ich der ich in Las Vegas Poker und Black Jack gespielt hatte, ich der ich sogar versucht hatte in Hollywood Kino zu machen, nein das ist kein Witz, gut das hat nicht geklappt aber ich habe es immerhin versucht, ich habe Auditions gemacht, ich der ich einen Haufen kleiner Japanerinnen mit Schlitzaugen und O-Beinen in Shimbashi gebumst hatte, und die Familie behandelt mich immer noch wie ein Kind, ah das ist einfach unglaublich dass es solche Leute gibt ...

aber komm doch rauf, komm rauf schnell mein Großer damit wir dich aus der Nähe sehen und dich umarmen und küssen können, wie sie alle anfangen zu schreien als ob sie glücklich wären mich wiederzusehen, von wegen, ah von wegen, sie hätten sich eher fragen müssen ob ich nicht da war um sie an all die Schweinereien zu erinnern die sie mir angetan hatten und um die Rechnungen zu begleichen, ob ich nicht da war um ihnen die Meinung zu geigen, oder besser noch um ihnen in die Fresse zu hauen und in den Arsch zu treten wegen all der Sauereien die sie mir angetan hatten, aber ich anstatt sofort raufzugehen ich bleibe regungslos im Hof stehen damit sie mich nur alle gut sehen können, glücklicherweise hatte ich mein bestes Sakko angezogen, einen marineblauen Blazer, und meine grauen Flanellhosen, ich hatte sogar eine Krawatte getragen an diesem Tag um sie zu beeindrucken, eine schöne Krawatte aus Seide, und ich hatte meine Treter fein poliert damit sie wie neu aussehen, ich wollte ihnen jedenfalls nicht zeigen dass ich in der Patsche saß, ah nein, im Gegenteil, ich wollte ihnen zeigen dass ich mich da drüben in Amerika jedenfalls nicht schlecht durchgeschlagen hatte, man sagt dass Klamotten keine Typen machen aber ...

was ah du findest dass ich zu viele Details erzähle über die Klamotten, du willst dass ich das alles überspringe und schneller mache, du bist eine ziemliche Nervensäge weißt du das, hast du es eilig, hast du ein Stelldichein, ich ich finde dass diese Details wichtig sind, und außerdem werden wir das alles später durchstreichen können vor der Veröffentlichung wenn der Verlag darauf besteht, aber ich werde den Typen jedenfalls nicht wieder ausziehen der ich an dem Tag war an dem ich meine Familie besuchen ging, nur weil Monsieur findet dass ich meine Zeit mit kleidungsmäßigen Details verplempere, es ist jedenfalls unbedingt notwendig dass ich dir mein Aussehen an jenem Tag begreiflich mache, das Aussehen das ich ihnen präsentiert habe, daher die Notwendigkeit der Beschreibung des Anzugs, und ich habe noch gar nicht das weiße Taschentuch erwähnt das ich in die Brusttasche meines Sakkos gesteckt hatte um noch schicker auszusehen ...

wenn wir schon von Details sprechen, wenn du so nett bist und mir noch eine andere Abschweifung erlaubst, oder sagen wir einen kleinen erzählerischen Zusatz, ich habe vergessen dir zu sagen dass die einzige gute Sache in unserer ekelhaften Wohnung im dritten Stock der *salamandre* war, ja der grüne Ofen mit seinen kleinen glitzernden Kacheln, man hätte ihn für eine große Kröte halten können da in einer Ecke der Wohnung, eine große sehr nette Kröte die uns in einer Tour ansah mit ihren großen glitzernden Augen, es gab sogar eine Kachel die ein Loch hatte also wenn der Ofen beleuchtet war durch die Kohle die drinnen glühte dann war dieses Auge da ganz rot, ich weiß nicht warum mir dieser Ofen plötzlich in den Sinn kommt mitten in dem was ich dir gerade erzähle aber da er mir schon mal in den Kopf gekommen ist muss ich ihn auch erwähnen, man weiß ja nie, schließlich könnte er vielleicht eine Rolle in dieser Geschichte spielen, weißt du es gibt oft solche Objekte aus unserer Vergangenheit die in uns schlummern und die eines Tages eine symbolische Bedeutung annehmen die einen Haufen Dinge erklärt die man im Leben schwer begriffen hat, außerdem weißt du manchmal, vor allem wenn du Dichter bist, kannst du Gedichte machen mit diesen Objekten die in dir versteckt sind, du machst aus diesen Objekten das was Francis Ponge *objeux* nennt, Spieldinge, schließlich kannst du dich mit diesen Objekten unterhalten, also das ist der Grund warum ich dir von unserem Ofen erzählt habe, wer weiß, eines Tages wenn mir die Eingebung kommt werde ich aus ihm vielleicht ein Spieldings machen ...

wenn wir schon von Möbeln sprechen, also ich habe mich oft gefragt nach dem Krieg als ich zu mir nach Hause nach Montrouge zurückgekehrt bin, nachdem ich drei Jahre lang gelitten hatte versteckt auf einem Bauernhof, wenn man überhaupt von einem Zuhause sprechen kann, in dieser winzigen Wohnung im dritten Stock die völlig ausgeräumt worden war, ja weißt du alles war weggeschafft worden, gestohlen, geplündert, angeeignet, von den Nachbarn wie Tante Marie zu mir gesagt hat, von wegen, aber ich weiß dass sie es waren, die Onkels und Tanten, die mir alles gestohlen haben, du kannst dir ja vorstellen wie die sich bedient hatten als sie gesehen haben dass meine Eltern nicht zurückkommen würden, sich die Möbel unter den Nagel gerissen hatten und alle Siebensachen unseres kläglichen *chez nous,* die Vorhänge, den Teppich, okay der war in keinem guten Zustand aber immerhin war das unser Teppich, die Sessel, auch wenn die etwas wackelig waren, den Tisch, das Klappbett meiner Schwestern, meine Couch, und alle Kochtöpfe aus der Küche, die Gabeln und die Messer, sieh mal sogar den Nachttopf und auch meinen Eimer, und natürlich den Ofen, alles war weggekarrt worden, die müssen das alles auf dem Flohmarkt verkauft haben, ah die Onkelchen und Tantchen und wie die sich gesundgestoßen haben, die mussten sich gedacht haben da sie nun mal von dort nicht wiederkommen werden wo man sie hingeschickt hatte braucht man all das jedenfalls nicht zu verschwenden, also haben sie alles an sich gerafft, diese Dreckschweine, ja doch ich bin sicher dass sie es waren die mir alles geklaut haben, und natürlich als ich wieder aufgetaucht bin nach dem Krieg haben sie sich geschämt mir zu sagen was sie mit meinen Möbeln gemacht hatten …

ja doch ich ich habe mich oft gefragt wie das ging dass bei Tante Marie alles intakt geblieben war wie vor dem Krieg, nichts hatte sich verändert, nichts war von der Stelle gerückt worden, alles war dort auf seinem Platz, als ob es keinen Krieg gegeben hatte, keine Niederlage, keine Besatzung, keine Deportation, keine Vernichtung, natürlich waren sie während des Krieges weil sie die Mittel hatten irgendwo untergetaucht in einem kleinen Kaff auf dem Land während man meine Eltern und meine Schwestern auf Lampenschirme reduzierte, aber jedenfalls erklärt das nicht warum ihre Wohnung unversehrt geblieben ist während unsere völlig verwüstet worden war, das ist doch unfair, findest du nicht dass das unfair ist …

ach du Scheiße, viertel vor fünf, verdammte Scheiße, ich muss mich verdrücken …

wohin ich gehe, ich habe ein Rendezvous um fünf mit meiner Engländerin auf dem Place d'Italie, dort jobbt sie in einem Reisebüro, habe ich dir das nicht gesagt, sie will mit mir sprechen, ich weiß zwar nicht worüber, aber das muss was Ernstes sein weil die Kleine verdammt nervös zu sein schien am Telefon …

ah nein morgen kann ich nicht, unmöglich, wir können uns nicht treffen, ich gehe morgen Mittagessen in die Stadt zu Monsieur Laplume …

ah du kennst ihn, ja den meine ich den Schriftsteller, Jean-Louis Laplume …

was oh ich wusste nicht dass der Typ so verdammt berühmt ist, hast du ihn schon mal getroffen …

ah ich verstehe, du hast nur von ihm reden gehört, aber du hast noch keines seiner Bücher gelesen …

das überrascht dich dass ich ihn kenne was, ich habe ihn im Flugzeug getroffen auf dem Weg hierher, er war in Amerika um an Konferenzen teilzunehmen und wir saßen nebeneinander im Flugzeug, also wir haben ganz gut geplaudert wir beide, er ist sehr sympathisch weißt du, und als er mir gesagt hat dass er Schriftsteller sei habe ich zu ihm gesagt dass ich auch schreiben würde und ich habe ihm sogar vom Nudel-Roman erzählt, das hat ihn interessiert mein Dings und er wollte sogar den Titel wissen, *Les Temps des Nouilles*, habe ich zu ihm gesagt heißt er, und als wir uns auf dem Flughafen getrennt haben hat er zu mir gesagt dass er mich eines Tages einladen würde zu ihm nach Hause zum Mittagessen zu kommen, deshalb gehe ich morgen zu Monsieur Laplume, er hat mir sogar gesagt dass er einen Haufen feiner Leute einladen würde, literarische Leute versteht sich damit ich deren Bekanntschaft machen könne, das musst du dir einmal vorstellen, ich ich werde zu Monsieur Jean-Louis Laplume futtern gehen mit einer ganzen Bande von Literaten, da bist du platt was, du wirst sehen wie ich davon profitieren werde, ich sehe mich schon dort umringt von berühmten Schriftstellern und ich erzähle ihnen gerade ausschweifend meine Geschichten, erkläre ihnen gerade Amerika, ich bin sicher dass sie das verdammt beeindrucken wird …

okay ich werde dir dieses Mittagessen übermorgen erzählen wenn wir uns wieder treffen, gleicher Ort, gleiche Zeit, okay, und so werde ich dann weitermachen können mit meinem Bilanzschwindel …

also ich zisch ab, ich lass dich hier zurück, und ich lass mich auch dort zurück, wenn man das so sagen kann, im Hof von Tante Marie wie ich mir diese Bande von beschissenen Arschlöchern dort oben in den Fenstern anschaue, und ich erzähle dir den Rest dieses Mittagessens bei Tante Marie das nächste Mal wenn wir uns wiedersehen …

he sieh an das ist lustig, auf die Art werde ich dir zwei Mittagessen erzählen müssen, Mittagessen Nummer eins bei Marie, Mittagessen Nummer zwei bei Laplume, und vielleicht wird es dann sogar symbolische Verbindungen geben zwischen diesen beiden Mittagessen …

also los, salut Mann …

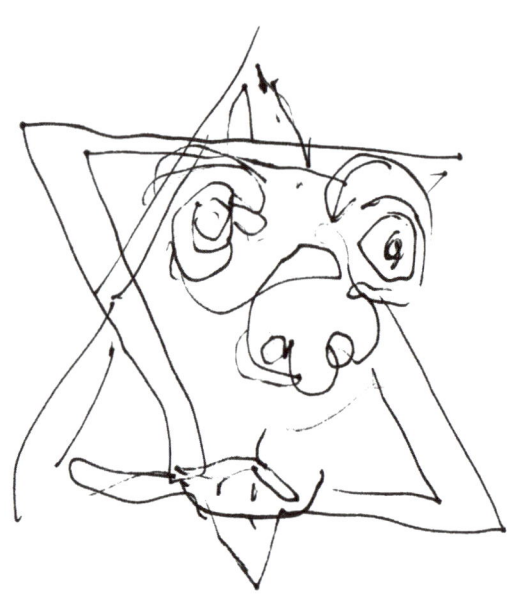

Ah das erstaunt sie verehrte Madame …

Das erstaunt sie dass ein Amerikaner wie ich so gut Französisch spricht, und ohne die Spur eines Akzents. Sagen wir dass ich ein Talent für Sprachen besitze und dass ich als ich jung war ein Stipendium erhalten habe um an der Sorbonne Linguistik zu studieren. Aber nein das ist nicht wahr. Ich necke sie nur, verehrte Madame. Sehen sie, ich wurde in Frankreich geboren, sogar hier in Paris. Ja ich bin Franzose, aber ich lebe seit ungefähr zehn Jahren in den Vereinigten Staaten. Ich habe im Alter von achtzehn Jahren Frankreich verlassen um meine Studien zu beenden, Literatur und Philosophie, at Columbia University in the City of New York.

Oh sie verstehen ein wenig Englisch, aber dann werden wir vielleicht eines Tages ein Gespräch unter vier Augen in der schönen Sprache Shakespeares führen können.

Ja sehen sie, ich bin dorthin gegangen um zu studieren und Amerika hat mir derart gefallen dass ich dort geblieben bin. Das ist ein großartiges Land wissen sie. Waren sie noch nie dort?

Noch nicht. Ah aber sie beabsichtigen nächstes Jahr eine Reise dorthin zu machen. Oh, sie und ihr Mann … Ah sie sind verheiratet. Das glaube ich ihnen … Wie auch immer sie werden sehen wie schön Amerika ist. Also ich muss ihnen unbedingt meine Telefonnummer in New York geben und wenn sie kommen werde ich ihnen diese erstaunliche Stadt zeigen. Ich werde ihnen Manhattan zeigen, und sie werden sehen wie wunderbar diese Stadt ist in der die Häuser den Himmel berühren.

Aber nein, man übertreibt diese Gewalt in den Straßen von New York. Es ist so wie überall in den großen Städten, überall wo es eine hohe Bevölkerungsdichte gibt und wo sich Leute sehr unterschiedlicher Volkszugehörigkeiten in den Straßen drängeln. Das ist nicht zu vermeiden. Aber sie werden keine Probleme in New York haben, außer natürlich in bestimmten Vierteln, in der

Nacht, aber man vermeidet es alleine dorthin zu gehen, nicht wahr.

Ich wohne nahe am Riverside Drive. Das ist sehr schön in dieser Ecke der Stadt. Ganz in der Nähe der Columbia Universität wo ich studiert habe, wie ich ihnen schon gesagt habe. Doktorratsstudien. Und wo ich sogar einige Zeit unterrichtet habe an der Fakultät für Vergleichende Literaturwissenschaft. Ja sehen sie, ich bin Komparatist gewesen, wie man so sagt, wahrscheinlich wegen meines Sprachtalents. Ich bringe sie zum Lachen. Sehen sie wie neckisch ich bin.

Nein jetzt unterrichte ich nicht mehr. Ich widme meine gesamte Zeit dem Schreiben. Ich bin Romancier.

Ah mein Freund Jean-Louis Laplume hat ihnen gesagt dass ich Schriftsteller bin, amerikanischer Schriftsteller. Ja ja so ist es, ich schreibe vor allem in Englisch, aber auch manchmal in Französisch wenn mich die Lust überkommt. Ich muss ihnen jedoch sagen dass es nicht leicht ist in einer anderen Sprache als der eigenen zu schreiben, nein das ist nicht leicht sich Wörter anzueignen die einem nicht gehören, Wörter die sich ihnen widersetzen weil sie ihnen fremd sind. Aber man lernt sie schließlich zu lieben diese Worte, sie zu den seinen zu machen. Ein wenig so wie eine Gluckhenne die ihre Küken verloren hat und die eine junge Ente adoptiert. Sie übersieht einfach ihr gelbes Gefieder und ihren flachen Schnabel und bringt ihr bei sich im Sand zu waschen und Regenwürmer aufzupicken. Also, verehrte Madame, auch ich habe gelernt die englischen Wörter aufzupicken in dem was ich schreibe, aber ohne jemals, versteht sich, meine Muttersprache zu vergessen.

Wenn sie so wollen, wie das Gilles Deleuze so schön erklärt hat, durchläuft die Herausbildung eines Stils in einer anderen Sprache verschiedene Stufen wobei die erste eine Zersetzung der Muttersprache ist die daraufhin zu zucken beginnt, die zu stammeln anfängt, zu stottern, anders zu werden, um dann in eine neue Sprache zu münden, eine neue Syntax. Also, genau das ist mir passiert, und der Roman den ich gerade …

Ah Jean-Louis hat ihnen sogar von dem Roman erzählt den ich gerade schreibe. Dem Nudel-Roman. Ja ja so ist es, *Les Temps des Nouilles*! Das ist eine sehr komische Geschichte wissen sie, und gleichzeitig eine sehr ernste, eben aufgrund dieser neuen Syntax die ich momentan erfinde.

Aber nein das ist nicht wirklich ein Roman über Nudeln, das kommt einfach daher weil derjenige der dieses Buch schreibt ein ganzes Jahr lang ausschließlich Nudeln isst eingesperrt in dem Zimmer, in dem er seinen Roman verfasst, in dem er seine Belagerung macht, wie er selbst seine Situation beschreibt.

Nein, sie erfassen das nicht, ich bin nicht derjenige der Nudeln isst, das macht der Romanschriftsteller im Roman den ich gerade schreibe. Wenn ihnen das kompliziert erscheint dann vielleicht deshalb weil man das was ich gerade mache einen Roman *en abîme* nennt.

So ist es, genau, wie Les Faux-Monnayeurs von André Gide. Ah ich sehe, Madame, dass sie ihre Literatur sehr gut kennen. Aber sagen sie mir, was machen sie so im Leben?

Oh sie arbeiten für ein Verlagshaus. Sie sind im Verlagsgeschäft!

Sie sind … nein das ist nicht ihr Ernst, sie sind Chefredakteurin! Aber dann bin ich entzückt ihre Bekanntschaft zu machen Madame. Ein Schriftsteller ist immer glücklich jemandem zu begegnen der im Verlagsgeschäft tätig ist, und vor allem einer so charmanten Dame wie ihnen. Also ich verstehe jetzt warum Jean-Louis uns Seite an Seite gesetzt hat bei diesem Mittagessen. Das ist aber nett von ihm. Er weiß dass ich nicht sehr viele Menschen in Paris kenne, ich meine jedenfalls Menschen unseres Berufs, und er wollte wahrscheinlich dass ich ihnen von meinem Roman erzähle. Aber ich werde sie jedenfalls nicht mit meinen Geschichten langweilen während dieses Mittagessens. Wir sind hier um uns an diesem köstlichen Mahl zu erfreuen. Finden sie nicht dass dieser Wein superb ist. Das ist ein Saint-Emilion, wissen sie, und ein sehr guter Jahrgang noch dazu. Hier, ich trinke auf ihre Gesundheit, und auf ihre Schönheit, wenn sie erlauben.

Aber wenn ihnen das recht ist werden wir vielleicht ein anderes Mal über meinen Roman diskutieren können auf professionellere Weise.

In ihrem Büro! Im Amour Fou Verlag. Also Madame, da machen sie mich überglücklich. Ah aber mit Vergnügen. Madame sie sind zu liebenswürdig. Ich bin ihnen zu großem Dank verpflichtet. Sehen sie wie mich ihre Freundlichkeit in Verlegenheit bringt. Jetzt bin ich ganz gerührt und sehr erregt. Aber ich werde dort sein, ganz bestimmt, und wir werden dann also über meine Arbeit sprechen können unter vier Augen. Und wer weiß, vielleicht werden sie sich bis dorthin in meinem Roman wiederfinden.

Gut einverstanden, sagen wir also Verabredung in ihrem Büro nächsten Mittwoch, um zehn Uhr dreißig. Ich notiere mir das. Aber sagen sie mir, all diese Leute die heute hier sind, sind das alles Schriftsteller oder Verleger?

Ah wirklich. Alles Schriftsteller von hohem Ansehen, und der Monsieur da drüben, ist der nicht Chefredakteur bei … was sie nicht sagen! Und ihm gegenüber Monsieur Gallimard höchstpersönlich. Und da drüben ist das nicht Michael Faber. Ich bin also in guter Gesellschaft. Ich werde sehr darauf achten müssen, was ich sage.

Entschuldigen sie, verehrte Madame, könnten sie mir vielleicht das Salz reichen, bitte. Dieser Rindsbraten ist vorzüglich, aber es mangelt noch an einer Prise Salz. Finden sie nicht? Danke sehr.

Verstehen sie, ich kenne in Paris nur sehr wenige Personen aus der Literaturwelt. Schließlich gehöre ich ja in Amerika zu den literarischen Kreisen.

Familie, ja habe ich. Tanten, Onkels, Cousins und Cousinen. Übrigens komme ich fast jedes Jahr nach Frankreich zurück um sie zu besuchen. Ich liebe meine Familie sehr, vor allem mütterlicherseits. Sie sind alle so nett zu mir gewesen nach dem Krieg, als ich mich mit fünfzehn Jahren alleine habe zurechtfinden müssen. Vor allem meine Tante Rachel. Ah meine Tante Rachel. Ich werde ihnen eines Tages von ihr erzählen müssen. Ihr Leben ist wie ein Roman gewesen. Was für eine wunderbare Frau.

Meine Eltern? Nein, sehen sie, ich habe keine Eltern mehr. Vater und meine Mutter wie auch meine beiden Schwestern sind während des Krieges verschwunden. Ein verderblicher Unfall für sie.

Ja das kann man sagen. Ein unglücklicher Kriegsunfall.

Oh man gewöhnt sich daran wissen sie. Man gewöhnt sich an die Abwesenheit, das ist die größte Herabsetzung des eigenen Selbst, das erniedrigendste Leid zu fühlen dass man an dieser Abwesenheit nicht mehr leidet. Es gelingt einem alleine zurechtzukommen wenn man muss. Das Leben ist ein wenig wie ein Boxkampf. Es geht darum sich auf den Beinen zu halten trotz all der Schläge die man einsteckt. Das ist Mark Aurel, glaube ich, dieser Stoiker, der das einmal gesagt hat, das Leben verlangt die Kunst des Boxers und nicht die des Tänzers, den Schlag einzustecken, auf den Beinen zu bleiben, das ist es was zählt, nicht nötig hübsche Tanzschritte zu machen. Also Madame, in meinem Leben, völlig allein nach dem Verschwinden meiner Eltern, da habe ich ein wenig wie ein Boxer gelebt der sich dagegen wehrt im Ring des Lebens zu Boden zu gehen, vor allem in Amerika wo das Leben nicht immer einfach ist, besonders für einen Schriftsteller der ... der es ablehnt Kompromisse einzugehen, einen Schriftsteller der nicht nur den Reichtum sucht sondern auch den Ruhm. Sehen sie letztendlich ist Amerika ein sehr anti-intellektuelles Land und die Schriftsteller werden nicht immer respektiert. Schreiben wird eher als ein Zeitvertreib angesehen, eine Ablenkung, ein Hobby. Sehen sie wenn sie zum Beispiel jemand fragt was sie in ihrem Leben so machen und sie antworten, ich bin Schriftsteller, dann wird ihnen diese Person sofort sagen, ja aber was machen sie noch, was sind sie von Beruf, als ob die Tatsache dass man seine Zeit mit dem Schreiben verbringt nicht ausreichen würde um seine Existenz zu rechtfertigen.

Nichtsdestotrotz ist das Schreiben für mich ein tiefes und grundlegendes Bedürfnis. Sehen sie, in einem Leben voller Katastrophen kommt es manchmal vor dass man sich davon nicht wieder erholt. Was auch immer man tut man kann niemals diesem Schrecken entfliehen und auch nicht von etwas anderem sprechen, was für einen Schriftsteller, Madame, darüber muss man sich unbedingt klar sein, ein zwangsweises Ärgernis darstellt. Und darum geht es immer in dem was ich schreibe. Wenn sie so wollen, es ist dieser Mangel, dieses Loch, diese große Abwesenheit in mir die meine Arbeit bestimmt und ihr ihre Dringlichkeit gibt. Das ist es was die Amerikaner nicht immer verstehen. Vor allem die Amerikaner die von der Idee des Erfolges besessen sind. Aber glauben sie bitte nicht dass ich mein Leben in Verzweiflung verbringe. Weit davon entfernt. Niemand weiß besser als ich zwischen einem Zustand haushoher Verzweiflung und der *amour fou* des Lebens seilzutanzen.

Und eben was ich schreibe situiert sich zwischen dieser Verzweiflung und dieser Ekstase am Leben zu sein. Zwischen dem schwarzen und dem weißen Feuer, wenn man das so sagen kann. Zwischen den Tränen und dem Lachen. Und dennoch frage ich mich manchmal ob es mir eines Tages gelingen wird mich von diesen traurigen Geschichten zu befreien die in mir sind, ob die Tatsache sie zu erzählen es mir erlauben wird mich von ihnen frei zu machen, oder ob es vielmehr der Überdruss am Erzählen ist der mich befreien wird.

Sie lächeln. Aber sie müssen doch selbst wissen, da sie ja Chefredakteurin sind, dass die Arbeit der Fiktion immer auch eine Form der Wiedererlangung der Vergangenheit ist, auch wenn diese Vergangenheit verfälscht werden muss um als wahr zu erscheinen. Die Tatsache die Vergangenheit in dem zu artikulieren was man schreibt bedeutet nicht sie so zu kennen wie sie wirklich gewesen ist, sondern eher ein Meister der Erinnerungen zu werden so wie diese sich in dem gefährlichen Augenblick der Schöpfung verraten.

Sehen sie, was ich schreibe ist schließlich nichts als ein Gemisch aus Erinnerungen und Lügen, aber natürlich haben alle Lügen in sich ein Körnchen Wahrheit, man muss ihnen nur zuhören können. Das Leben hat, wie ein alter Mantel, immer ein Futter aus Fiktion das ein wenig zerfetzt ist.

Ja, selbstverständlich, sie haben völlig recht, damit eine Geschichte überzeugend sein kann muss sie wahrhaftig sein. Aber die Wahrhaftigkeit ist nicht notwendigerweise das Wahre und die Wahrheit ist nicht immer wahrhaftig.

Oh aber sehen sie wie ich mich habe gehen lassen. Verzeihen sie. Es tut mir leid. Ich möchte sie nicht mit diesen persönlichen Geschichten betrüben. Vor allem möchte ich nicht den Eindruck erwecken dass ich unglücklich bin in Amerika. Außerdem habe ich keineswegs die Absicht ihnen heute von meiner Arbeit zu erzählen, das werden wir nächsten Mittwoch machen, nicht wahr? Sprechen wir vielmehr von ihnen.

Wo wohnen sie in Paris, Madame?

Oh im 16ten! Rue des Belles-Feuilles.

Ja ja kenne ich. Sehr schönes Viertel. Und was für ein hübscher Straßenname. Also sie leben in den schönen Blättern, aber das passt ja gut zu ihnen, sie, als Chefredakteurin, sie könnten keine bessere Adresse haben.

Ah das ist ihnen peinlich von ihnen zu sprechen. Sagen sie mir nicht dass sie schüchtern sind. Nein das ist es nicht. Eher eingeschüchtert. Sie finden dass ihr Leben nicht sehr interessant ist im Vergleich zu meinem. Aber ja doch, jedes Leben ist interessant, jedes Leben hat seine geheimnisvolle Seite. Ich bin sicher dass das ihre auch sein kleines Geheimnis hat, man muss es nur zu entdecken wissen. Das ist es übrigens auch was die Schriftsteller machen, entdecken, oder besser die Geheimnisse ausbeuten. Aber das wissen sie sicher besser als ich, nicht wahr, gerade sie die über Literatur urteilen.

Gut einverstanden, ich bestehe nicht darauf, ich sehe dass sie eine Frau von großer Sensibilität sind. Sie hätten lieber dass ich ihnen von Amerika erzähle, gut also sprechen wir über Amerika.

Amerika, also sehen sie, das ist ein Land das ich sehr gut kenne denn während der letzten zehn Jahre habe ich nicht nur in New York gelebt sondern auch in Chicago, in San Francisco, in Los Angeles, und sogar in Detroit. Ja Detroit kenne ich sehr gut, eine interessante und auf ihre Art angenehme Stadt, Stadt der Autos, natürlich, Autos von verführerischer Eleganz und Komfort. Ah, die Freuden des amerikanischen Automobils!

Ah sie mögen diese großen amerikanischen Autos nicht, sie finden sie unhandlich. Ja aber sehen sie aufgrund der Weite und der großen Distanzen zwischen den Städten brauchen wir schnelle und komfortable große Autos. Das ist vielleicht das Verblüffendste bei uns, die Weite. Alles ist groß, alles ist geräumig – die Straßen, die Autobahnen, die Städte. Und natürlich auch die Wohnungen, die zehn oder zwölf Zimmer haben, und diese Zimmer sind enorm. Da kann man sich ungezwungen bewegen. Sehen sie meine Wohnung in New York, also die hat vier Zimmer, und das Badezimmer ist fast so groß wie dieses Esszimmer in dem wir gerade zu Mittag essen. Außerdem lebe ich alleine in dieser Wohnung.

80 Nein nein ich bin nicht verheiratet, jedenfalls noch nicht. Ich habe die ideale Frau noch nicht getroffen, die Frau die meine Schrullen akzeptieren und meine Eigenheiten aushalten würde. Und wissen sie ich habe eine ganze Menge Schrullen und Eigenheiten, wie übrigens alle Schriftsteller, diese Lebensform die mit ihrem Geist und mit ihrem Körper das erschafft was man Literatur nennt. Ah die Literatur, nichts als Leiden hat sie denjenigen verursachen können die sich ihr widmeten. Aber sehen sie wie ich mich schon wieder ereifere.

Sie sind zu liebenswürdig. Sie meinen dass ich voller Verve sei. Sie finden mich amüsant aber gleichzeitig tiefgründig. Sie schmeicheln mir. Ich hoffe dass sie in mir auch die etwas schelmische Seite erkennen. Man darf sich nie zu ernst nehmen. Sehen sie was ich den Intellektuellen am meisten vorwerfe, vor allem den französischen Intellektuellen, ist, dass sie sich nur für die großen menschlichen Leiden interessieren, dass sie uns immer die Schmerzen der Menschheit erklären wollen. Aber warum sich nicht auch zum Beispiel für die kleinen Goldfische interessieren, sie gehören ja auch zur Schöpfung, auch sie müssen manchmal leiden.

Ah, ich habe sie zum Lachen gebracht. Das ist gut so. Gut aber werden wir wieder ernst und erlauben sie mir das ein wenig weiterzuverfolgen was ich vorhin über die Weite in Amerika sagte. Es ist wahrscheinlich aufgrund dieser Weite wenn ein Amerikaner nach Europa kommt, selbst nach Frankreich, und wenn er in eine Wohnung geht dann fühlt er sich plötzlich ein wenig beengt, ein wenig eingesperrt. Ja, sehen sie, sogar in dieser sehr schönen Wohnung von Monsieur Laplume, also ich meinerseits muss zugeben dass ich mich, wie soll ich sagen … ein wenig in die Enge getrieben fühle, ja das ist es, ein bisschen zusammengeengt. Kann man das sagen, zusammengeengt, verstehen sie was ich auszudrücken versuche.

Nein, das kann man nicht sagen, dieses Wort kann man so im Französischen nicht verwenden, oder nicht in dieser Bedeutung. Ah sehen sie wie ich manchmal diese zwei Sprachen verwechsle die sich in mir befinden, diese zwei Sprachen die in mir Versteck spielen und mir oft schlechte Streiche spielen. Jedenfalls dürfen sie nicht glauben dass ich mich hier nicht wohl fühle, vor allem in ihrer Gegenwart, Madame, und dabei ist es so angenehm mit ihnen zu plaudern. Im Gegenteil, ich fühle mich sehr sehr gut, aber jedenfalls, als ich vorhin mal aufs … Oh entschuldigen sie, darüber darf man bei Tisch nicht sprechen.

Es ist schrecklich wie diese unbekümmerte Seite, diese relaxde Seite Amerikas einen manchmal den Sinn für *bien-séance* verlieren lässt, wie man im siebzehnten Jahrhundert sagte. Zehn Jahre Exil in diesem noch immer etwas wilden Land und schon bin ich fast ausfällig bei Tisch. Sie verzeihen mir doch, hoffe ich.

Wie auch immer, was für mich in Amerika am faszinierendsten ist das ist die Weite. Ja die Weite. Vor allem wenn man sich in den Westen vorwagt, in den großen Himmel des Westens. The big sky, wie man da drüben sagt. Warten sie, wenn man mich bitten würde jenes Wort zu finden das Amerika am besten beschreibt, dann würde ich nicht Freiheit sagen, wie man das viel zu oft sagt, nein es ist nicht dieses Klischeewort das dieses Land am besten erklärt, obwohl es wahr ist dass die Freiheit überall regiert in Amerika. Nein das ist es nicht was es charakterisiert. Was dieses Land charakterisiert also das ist die Weite. Ja die Weite ist …

Oh Verzeihung! ich hatte sie nicht gesehen, Jean-Louis. Nein vielen Dank ich habe schon zu viel von diesem Braten gegessen, der übrigens außergewöhnlich ist. Richten sie ihrer Frau mein Lob aus. Ja bitte ich hätte noch gerne ein Glas dieses hervorragenden Weines. Danke danke das ist genug. Ja alles läuft vorzüglich. Sie haben mich neben eine Dame von so großem Charme gesetzt dass ich plötzlich ebenso redselig werde wie der Schwätzer von Louis-René des Forêts. Wir befinden uns gerade in einem exquisiten Gespräch. Nicht wahr? Und wissen sie, wir haben bereits eine Verabredung festgesetzt um am nächsten Mittwoch über mein Buch im Büro von Madame zu diskutieren. Den Nudel-Roman, der den … So ist es, ja ja bis später, ich werde mit ihnen und ihrer Frau ins Plaudern kommen und ihnen dafür danken dass sie mich mit jemand derart Sympathischem bekannt ge-macht haben.

Was für ein charmanter Mann!

Ah er veröffentlicht bei ihnen. Im Amour Fou Verlag. Und sein letzter Roman hat den Prix Goncourt gewonnen. Wenn ich das gewusst hätte. Und ich habe dieses Buch noch gar nicht gelesen. Das muss ich unbedingt nachholen. Jedenfalls verstehe ich jetzt besser warum …

Aber nehmen wir unser Gespräch wieder auf. Ich sagte also, Ma-dame, Weite. Aber wenn man von der Weite in Amerika spricht, muss man auch den Begriff der Mobilität mitdenken. Ja die Mo-bilität, und was ich ihnen jetzt sage das sage ich ihnen aufgrund einer bestimmten persönlichen Erfahrung denn ich bin in diesem Land sehr viel gereist, from the East Coast to the West Coast, wie man immer den jungen Leuten sagt das zu tun. Go west young man, das ist es was man mir oft da drüben gesagt hat, denn im Westen spielen sich die großen Abenteuer ab, im Westen macht man in Amerika sein Glück, wie uns das das Kino Hollywoods ja so gut gezeigt hat.

Ah die Mobilität, das ist es was bei uns am meisten zählt, und mit Mobilität meine ich nicht nur physische oder geografische Mobilität, sondern ich meine hauptsächlich soziale und wirt-schaftliche Mobilität.

Ja sozial und wirtschaftlich. Ich erkläre es ihnen. In Amerika wenn man den Mut und die Voraussetzungen hat kann man ebenso gut horizontal wie vertikal reisen, das heißt von einem Eck des Landes zu einem anderen, vom Norden in den Süden, vom Osten in den Westen, oder umgekehrt, also horizontal, und von einer sozialen oder wirtschaftlichen Schicht zu einer anderen, also vertikal.

Sicherlich, das stimmt, sie haben recht, das ist auch in Frankreich möglich, aber nicht für jedermann, nicht im gleichen Ausmaß, was Frankreich betrifft habe ich den Eindruck dass die meisten Leute oft in ihrem sozialen Milieu eingesperrt sind, in ihrer Familie, in ihrem Viertel sogar, in ihrem Beruf, in ihrer Erziehung oder in ihrem Mangel an Erziehung, alles in allem in ihrem Erbe, während in Amerika weil wir alle in einem gewissen Sinn verpflanzte Wesen sind, oder sagen wir eher entwurzelte Wesen, da steht es uns frei dorthin zu reisen wohin wir wollen und so können wir besser von den sozialen und wirtschaftlichen Möglichkeiten profitieren die sich uns auftun. Übrigens nennt man Amerika ja nicht zufällig the land of opportunities.

Ah damit sind sie nicht einverstanden! Sie sagen dass ich ein bisschen zu sehr generalisiere. Also sehen sie ich denke dass wenn ich nach dem Krieg in Frankreich geblieben wäre dann wäre ich im Leben nicht sehr weit gekommen. Nein ich glaube nicht dass ich aus dem großen Unglück hätte herauskommen können das mir zugestoßen ist. Amerika hat mir erlaubt das zu werden was ich heute bin, hat mir die Chance gegeben jemand zu sein. Was hätte ich hier tun können ohne Familie, ohne Ausbildung, ohne jegliche Mittel, aus meinem sozialen Milieu durch die Ereignisse hinausgedrängt, allein am Rande des tiefen Abgrunds der Zukunft?

Natürlich, verehrte Madame, man kann die Zukunft weder vorhersehen noch sie rückblickend betrachten, aber man muss jedenfalls zugeben dass die Zukunft immer ein wenig verkleidet kommt. Wenn sie nackt käme, dann wären wir versteinert durch das was wir sehen würden. Deshalb frage ich mich oft wie meine Zukunft in Frankreich ausgesehen hätte. Wahrscheinlich eine Maskerade, eine Tragikomödie.

Aber sehen sie wenn sie erlauben werde ich ihnen ein genaueres Beispiel geben, das eines Freundes, eines französischen Freundes der wie ich weggegangen ist um da drüben zu leben nach dem Krieg. Er hatte auch seine ganze Familie während der Besatzung verloren. Eine sehr große und sehr schmerzliche Tragödie für ihn.

Nein nein nicht bei einem Bombardement, durch die Deportation. Er ist Israelit, verstehen sie. Also dieser Junge ist in Amerika angekommen mit absolut nichts – mit keinem Pfennig, keiner Familie, keinen Freunden, keiner Ausbildung. Vor dem Krieg waren seine Eltern sehr arm. Ich glaube dass sein Vater Schneider war und seine Mutter bei anderen putzen ging um die Kinder ernähren zu können. Also sofort nach seiner Ankunft in Amerika war er gezwungen mehrere Jahre lang in einer Fabrik in Detroit zu arbeiten. Es war in der Tat in dieser Stadt dass ich ihn kennengelernt habe. Zu jener Zeit spielte ich Jazz und ich reiste viel von einer Stadt zur anderen mit meinem *sextête*.

Ah das erstaunt sie. Ja das wird ihnen wahrscheinlich unwahrscheinlich erscheinen, aber ich bin Jazzmusiker gewesen bevor ich Schriftsteller geworden bin. Ich spielte Saxofon. Tenor und Alt. Übrigens spiele ich noch von Zeit zu Zeit, mit Freunden, nicht professionell, einfach so zum eigenen Vergnügen.

In Amerika, wie sie sehen, kann man alles machen was man will wenn man ein wenig Talent und Ehrgeiz besitzt.

Ah sie lieben auch den Jazz und sie wollen noch mehr über mein Leben als jazzman wissen. Also gut ich werde ihnen in ein paar Sekunden davon erzählen, oder wenn wir uns nächste Woche wiedersehen werden. Übrigens in dem Roman den ich ihnen am Mittwoch zum Lesen mitbringen werde, der mit den Nudeln, also sie werden sehen, da gibt es Passagen die das Leben der Jazzmusiker in den schwarzen Gettos von Detroit und New York beschreiben. Es gibt da sogar eine ziemlich außergewöhnliche Szene in der ich erzähle wie eines Abends, als ich mit meiner Combo in einer Jazzspelunke in Detroit spielte, Charlie Parker höchstpersönlich gekommen ist um sich uns anzuschließen und sogar mit meinem Tenor gespielt hat, wie sie wissen müssen spielte er normalerweise Altsaxofon, aber an diesem Abend hatte er sein Instrument nicht bei sich. Aber Yardbird, wie man ihn immer nannte, war auf dem Tenor ebenso gut wie auf dem Alt. Er spielte es mit derselben Dreistigkeit und derselben Fingerfertigkeit. Das wurde ein unvergesslicher Abend den ich versucht habe in meinem Roman zu verewigen, wenn sie so wollen.

Aber sehen sie wie ich mich ereifere wenn ich mich in diese Jazz-geschichten werfe und nicht mehr damit aufhören kann. Ich werde später auf den Jazz zurückkommen. Vorläufig, wenn sie es mir gestatten, möchte ich jedenfalls die Geschichte meines Freundes zu Ende erzählen der wie ich nach dem Krieg nach Amerika gegangen ist.

Also ich sagte zu ihnen, er hat mehrere Jahre lang arbeiten müs-sen in einer Autofabrik on the assembly line. Wissen sie was das heißen soll on the assembly line? Das ist wenn sie immer dieselbe Arbeit machen, dieselbe Sache, dieselben Bewegungen acht Stun-den lang ununterbrochen um eine Mutter festzuschrauben oder ein Loch in eine Stück Blech zu machen, ich glaube man nennt diese Fabrikarbeiter Fließbandarbeiter.

Kennen sie diesen Film von Charlie Chaplin, *Les Temps Modernes*? Also genau das ist es.

Ah sie haben ihn mehrere Male gesehen. Ja das ist ein großartiger Film, *Les Temps Modernes*. In der Tat spielt der Roman von dem ich ihnen vorhin erzählt habe, *Les Temps des Nouilles*, den den ich ihnen am Mittwoch mit-bringen werde, also in einem gewissen Sinn spielt der ein wenig auf der chaplinesken Seite der Absurdität von gewissen menschlichen Handlungen. Aber in diesem Buch ist es der Schreibakt der infrage gestellt und sogar lächerlich gemacht wird, denn eigentlich ist Schreiben ein wenig immer dasselbe machen, täglich die gleichen Bewegungen, Tag für Tag jahrelang vor der Schreibmaschine, über das Blatt Papier gebeugt, über das nachdenkend was Mallarmé die weiße Agonie nannte. Sie erinnern sich sicher an dieses sehr schöne Sonett von Mallarmé das folgendermaßen beginnt: Der Jungfräuliche der Lebendig-Schöne heute wird er … und dann fragt ob es diesem einstigen Schwan gelingen wird sich von dieser weißen Agonie zu befreien … Aber ich verlaufe mich schon wieder.

Ich erzählte ihnen von meinem Freund der in einer Fabrik in Detroit arbeitete. Also wissen sie was dieser Freund heute macht? Er ist Professor, distinguished professor an einer der großen amerikanischen Universitäten. Professor für Vergleichende Literaturwissenschaft weil er die französische und die amerikanische Literatur gründlich kennt. Er war ein besessener Leser. Er hörte nicht auf zu lesen. Sogar als er in der Fabrik arbeitete, nachts anstatt zu schlafen, in den Autobussen die ihn zur Arbeit brachten, während des Essens. Er las ununterbrochen. Und sehen sie in weniger als zehn Jahren hat er, wenn man das so sagen kann, von der Fabrik in die Universität gewechselt. Und während dieser zehn Jahre hat er nicht nur sein Doktoratsstudium beendet, sondern er hat auch eine sehr wichtige und originelle Dissertation über das Werk Samuel Becketts geschrieben, eine Dissertation die ich übrigens mit viel Interesse gelesen habe denn die Romane von Monsieur Beckett haben meine eigene Arbeit sehr beeinflusst. Das ist ein bemerkenswerter Schriftsteller. Wahrscheinlich der bedeutendste Schriftsteller unserer Zeit.

Ja absolut, sie haben das perfekte Wort gefunden, ein erhabener Schriftsteller.

Übrigens, wissen sie dass Monsieur Beckett höchstpersönlich die Dissertation meines Freundes gelesen hat und ihm einen sehr berührenden Brief geschrieben hat in dem er ihm dankt sich in dieser Studie eher mit der Form seiner Sätze befasst zu haben als mit deren Bedeutung. Mein Freund hat mir sogar diesen Brief gezeigt, in Englisch verfasst, und da stand, ich erinnere mich gut daran, ich zitiere ihnen den Satz wortwörtlich: *I thank you, Sir, for having payed attention to the shape of my sentences rather than their meaning.*

Dieser Freund der heute bereits mehrere sehr geschätzte literaturkritische Bücher veröffentlicht hat ist in der Literaturwissenschaft eines der großen intellektuellen Lichter der Vereinigten Staaten geworden. Ja dieser junge Mann, der etwa in meinem Alter ist, der nichts besaß zu Beginn seines Exils, sehen sie Amerika hat es ihm erlaubt nicht nur seiner Stellung als Fabrikarbeiter zu entkommen sondern auch sein Talent zu entdecken und auf diese Weise Zugang zur höchsten Stufe der sozialen Leiter zu haben. Ich bezweifle offen gesagt, Madame, wenn er in Frankreich geblieben wäre dass er auf diese Weise hätte erfolgreich sein können. Glauben sie dass er sich so leicht und schnell von den untersten Schichten der Gesellschaft deplacieren hätte können um den Gipfel des akademischen Elfenbeinturms zu erreichen? Wahrscheinlich nicht. Das will ich mit der Mobilität in Amerika sagen. Das ist es was es ihnen erlaubt etwas zu erlangen was andernfalls nichts als ein eitles Trugbild bleibt.

Ah sie sagen das hier sei nur ein Einzelfall. Sie denken dass die gleichen Möglichkeiten auch in Frankreich existieren. Da bin ich aber überhaupt nicht ihrer Meinung Madame, denn wenn es in Amerika möglich ist die Abstände zwischen den Menschen zu tilgen, zwischen den sozialen Schichten, zwischen den Volksgruppen, glaube ich nicht dass das in Frankreich ebenso leicht möglich wäre. Hier scheint mir sind diese Abstände immer vorgeschrieben und oft unantastbar. Das gleicht ein wenig, wenn sie so wollen, dem Abstand zwischen dem Du und dem Sie den man nicht abschaffen kann wenn man nicht vorher, wenn man nicht vorher …

Was ich damit sagen will? Also zum Beispiel in diesem Augenblick sie und ich wir siezen uns beide. Daher gibt es zwischen uns einen bestimmten Abstand der von der sozialen Situation diktiert wird in welcher wir uns befinden.

Ich sehe dass sie lächeln. Ja ich weiß was André Gide zu diesem Thema gesagt hat, dass man eine Person erst duzen kann – und für ihn hat es wahrscheinlich keinen Unterschied gemacht ob Mann oder Frau – wenn man mit ihr vorher geschlafen hat. Entschuldigen sie dass ich so direkt bin.

88 Nichtsdestotrotz regelt in Frankreich dieser Abstand zwischen dem Du und dem Sie die menschlichen Beziehungen. Sehen sie wenn sie das interessiert erzähle ich ihnen etwas was mir hier in Paris vor einigen Tagen passiert ist und das ihnen glaube ich außerordentlich gut zeigen wird was ich ihnen begreiflich zu machen versuche.

Das interessiert sie, also gut hier ist es.

Letzten Freitag rufe ich ein Taxi herbei das mich zum Flughafen fahren soll um dort eine Freundin abzuholen die aus den Vereinigten Staaten kommt. Ein charmantes junges Mädchen, von großer Schönheit, aber sehr amerikanisch. Sehen sie was ich meine. Blond, blaugraue Augen, sehr groß, ein wenig pausbäckig, elegant. Sie kommt aus Boston. Sehr gute Familie von irischer Herkunft. Wir haben uns an der Columbia University kennengelernt wo sie auch studiert hat, englische Literaturwissenschaft. Wie auch immer da bin ich, ich rufe dieses Taxi herbei. Das war am Place Denfert Rochereau, früh am Morgen. Ich war in ziemlich guter Stimmung an diesem Tag bei dem Gedanken Susan wiederzusehen. Ja so heißt sie, Susan. Außer dass es plötzlich in Strömen zu regnen beginnt, und ausgerechnet ich hatte keinen Regenschirm mitgenommen. Das war letzten Freitag. Sie erinnern sich vielleicht an diesen unerträglichen Regentag?

Das ist wahr, das hat den ganzen Tag nicht aufgehört.

Aber ich fahre fort. Ein Taxi hält abrupt vor mir an und bespritzt mir dabei die Hosenbeine. Das hat mich sehr geärgert denn ich wollte ja gut aussehen wenn ich die Freundin empfange. Ich steige also in dieses Taxi ein während ich ein wenig in meinen Bart brumme aber der Fahrer ruft aus – noch bevor ich mich auf den Rücksitz gesetzt habe – *4Rue Louis Rolland, dorthin willst du, oder!* ich war völlig baff.

Warum? Weil die Rue Louis Rolland Nummer 4, das war die Adresse wo ich vor dem Krieg wohnte. In Montrouge. Ja dort habe ich meine Jugend verbracht, in der Rue Louis Rolland Nummer 4. Sie verstehen also meine Überraschung als dieser Taxifahrer, mehr als zehn Jahre nach meiner Abreise nach Amerika, mir die Adresse angibt wo ich meine Kindheit verbracht hatte.

Dieser junge Mann mit der Arbeitermütze bemerkt mein Zögern und sagt zu mir, indem er mich duzt, stellen sie sich das vor, indem er mich duzt … *aber Mann erinnerst dich nich mehr wir wohntn inner gleichen Straße, aber ja, du in Nummer vier, das Haus mitn großen Hof davor, & ich Nummer zweiundvierzig, neben der Gerberei wo mein Vater schuftete bevor die abbrannte, du dein Vater der war n Künstler, n Maler, ha ja jetz fällts mir wieder ein …*

Verstehen sie, Madame, ich versuche die Redeweise und den Tonfall der Stimme des Volkes dieses Taxifahrers nachzuahmen um ihnen eine Vorstellung von der Art Person zu geben die er darstellte.

Und er fährt fort … *wir gingen zusammen zur Schule, verdammte Scheiße erinnerst dich nich mehr, die Bubenschule inner Rue d'Bagneux, wir warn inner gleichen Klasse, die Klasse vonner Madame Lalouche, na die war ja fies & beschissen, die trug Brillen & die hatte immer Strümpfe die runterrutschten, die hattn wir in Mathe … aah das is aber unheimlich witzig dass mir uns so wieder treffen innem Taxi … was fürn Glück, findest du nich …*

Plötzlich während er fortfährt zu sprechen sehe ich in meinem Kopf wieder das hässliche und bösartige Gesicht dieser alten Lehrerin die uns mit einem Holzlineal auf die Finger schlug wenn wir uns in der Klasse schlecht benahmen und uns zwang in einer Ecke des Klassenzimmers niederzuknien mit über dem Kopf verschränkten Händen, aber es gelingt mir nicht diesen Taxifahrer wiederzuerkennen der fortfährt mich an das zu erinnern was ich vergessen habe. Wahrscheinlich mit Absicht.

Absolut, sie sagen es. Die Situation war beunruhigend. Aber ich fahre fort. Oder vielmehr, er fährt fort.

... hattest zwei Schwestern, & außerdem nen Cousin der wohnte im gleichen Haus wie du, aber ja, erinnerst dich nich mehr, wir spielten zusammen Fußball auf der Straße dein Cousin & du & die andern Kumpel ausm Viertel, aber ja da gabs Gugusse, der Sohn vom Eck-café, Chez Marius, & dann noch Mimile der mit uns spielte, erin-nerst du dich nich, ah Mimile der hatte n verdammt gut gebautes Schwesternherz, wir hatten ganz schön Spass da auf der Straße mir alle nach der Schule ...

Ich kann es nicht glauben dass er sich an all das erinnert. Es sind wahrscheinlich diese Kinderspiele die in seinem Leben am meisten gezählt haben. Also lasse ich ihn fortfahren, aber als er mich in seinem Rückspiegel ansieht wird ihm bewusst dass ich ihn nicht wiederzuerkennen scheine, also sagt er zu mir ... *aber ja ja ich heiß Robert, Robert Laurent, aber die nennen mich immer Robbie, & du du heißt ... Scheiße, warte ... warte sag nix ich habs gleich, der fängt mit nem r an, ja mit nem r, wie mein eigner welcher ... nein Roger is es nich, es is ... ah ich hab den auf der Zungenspitze ... deinen Namen ...*

Raymond, sage ich zu ihm um ihm aus der Verlegenheit zu helfen.

ja doch das isser, Raymond, aber ich hab n Familiennamen verges-sen, wie heißtn der dein Familienname ...

Ich sage ihm meinen Namen.

aber ja jetzt fällts mir wieder ein das war n ausländischer Name, ein nich französischer Name was ...

Ich muss ihnen das erklären, verehrte Madame, mein Großvater väterlicherseits war russischer Abstammung. Er ist vor der bolschewistischen Revolution nach Frankreich geflohen. Er hat übrigens im Krieg von vierzehn in der französischen Armee als Offizier gekämpft und er ist sogar ausgezeichnet worden. Er scheint ein bemerkenswerter Mann gewesen zu sein, den ich, unglücklicherweise, nie kennengelernt habe. Er ist vor meiner Geburt gestorben.

Wie auch immer, ich unterbreche diesen Taxifahrer der vorgibt ein alter Schulfreund zu sein um ihm zu sagen dass ich ein wenig in Eile bin und dass ich nicht nach Montrouge fahre, sondern nach Orly um jemanden abzuholen.

ah du hasts eilig, na gut, ich fahr schon, ich tret drauf & bring dich in null Komma nichts nach Orly, aber weißte wenns regnet gibts manchmal Staus auf der Autobahn, weißte wenns regnet he dann isses gar nich lustig in dieser Scheißstadt herumzugondln, & und dann weiß ich nich wieso aber seit mehr als nem Monat is das Wetter hier zum Kotzen, das is wohl wegen der Atombombe, glaubste nich, die sagen dass die Atombombe n ganz schönen Salat in der Atmosphäre angerichtet hat, ja doch weißte seit die Amis & die Russkis die Atombombe habn lebn wir dauernd mitm Tod über uns, & die kann uns jederzeit auf die Birne falln, was die Typen da die baun ganz schönen Scheiß …

Was für eine abscheuliche Sprache, nicht wahr? Ich entschuldige mich für ihn. Aber ich lasse ihn fortfahren indem ich ihm ein Zeichen mit der Hand gebe damit er endlich losfährt, und schon befinden wir uns in voller Fahrt auf dem Weg nach Orly über die Südautobahn während mein Fahrer mir unterdessen sein Leben erzählt, ebenfalls in voller Fahrt. Zuerst erzählt er mir von seinen Eltern, die noch am Leben sind, aber in Pension, und ich frage mich sogar ob ich mich nicht vielleicht an sie erinnere.

Ich mache eine unbestimmte Bewegung mit dem Kopf die er im Rückspiegel bemerkt und als Einladung deutet weiterzureden.

ja doch, kapierst du Mann … wie er mir erklärt indem er mir kurze Blicke über seine Schulter zuwirft … wir ham uns nachm Krieg oft gefragt wieso deine Eltern da ausgezogen warn weil wir euch nich mehr sahn in unserm Viertel, ja doch alle wollten wissn wo ihr hin seid, wir bliebn im gleichn Haus, meine Eltern & meine Schwesterherzen, erinnerst du dich ich hatte vier Schwersterherzen, aber jetz sin sie alle weg woanders hin, in andere Städte inner Provinz, während ich im Viertel blieb, im gleichn Haus, aber nimmer bein Alten, nein weil ich jetz verheiratet bin & sogar n Bengel hab, nen kleinen achtjährign Jungen, weißt schon sis nich leicht das Le-

ben wenn du n Kind & ne Frau durchbringen musst, nachm Krieg hab ich inner Fabrik geschuftet, inner Fabrik wo die Tuben machen, Tuben für Zahnkrem, das war in Vanves, aber weißte Mann swar gar nicht witzig diese Scheißarbeit, zehn Stundn am Tag hab ich nur geschuftet ...

Ich entschuldige mich nochmals, Madame, eine solche Sprache zu verwenden, aber so hat dieser Junge wirklich gesprochen. Auch wenn das stimmen mag dass wir gemeinsam zur Schule gingen in meiner Jugend, verstehen sie, das ist nicht die Art von Personen mit denen ich heute verkehre.

am End ... fährt er fort, *hing die mir zum Hals raus die Fabrik, ja doch un wie, die ging mir aufn Geist & aufn Arsch diese Fabrik, also hab ich mir Moos vom Alten geborgt & mirs Taxi hier gekauft & siehste jetz bin ich n freier Mann & verdien mein Brot nich schlecht mit der Fahrerei durch Paris, gar nich schlecht so ne Maloche, weißte, & dann muss ich n bisschen sparn weil meine Frau die Josette nochn Kind kriegt, ja doch ich hab sie noch mal geschwängert ... aber sag, du musst dich doch an Josette erinnern, das is die Kleine die im Haus gegenüber von euch wohnte, aber wennst dich nich erinnerst, die war verdammt schön, unheimlich niedlich mit den schwarzn stark gelocktn Haarn, die war n ganz schönes Luder als die noch n Knirps war, die Leute sagtn alle dass sies war die die Hälfte aller Jungs unseres Viertels aufm Gewissen hatte, aber das is nich wahr, die übertreibens, du Josette, das hast du nich, ne das hast du nich, sag schon ... egal nachm Krieg habn wir beide geheiratet, wir mus-stens schnell tun weil ... okay weißt schon was ich mein ... Josette die malocht innem Schuhgeschäft ...*

Und auf diese Art fährt er fort mir sein Leben zu erzählen, sein kleines mittelmäßiges und uninteressantes Leben, während er wie ein Verrückter durch diesen strömenden Regen fährt. Aber plötzlich sieht er mich in seinem Rückspiegel an und fragt mich ... *& du Mann was machstn du so im Lebn ...*

Ich wiederhole ihnen exakt seine Worte.

ja doch was machstn du so, als Job ...

Ich zögere ihm zu sagen wer ich bin woher ich komme und was ich mache, vor allem weil wir uns jetzt im starken Verkehr auf der Autobahn befinden und mein Fahrer, vorgeblich ein alter Schulfreund den ich zufällig wieder getroffen habe und den ich nicht einmal wiedererkenne, sich hinter dem Steuer konzentriert während er einen großen Lastwagen überholt und dabei den Kraftfahrer beschimpft, dann dreht er sich zu mir um ohne sogar zu schauen wohin er fährt *... son Arschficker, haste gesehn wie der fährt der Typ, der is mir fast reingefahrn, kein Wunder dasses son Haufen Blutbäder auf n Autobahnen gibt mit solchn Arschlöchern von Kraftfahrern wie dem da, die Typen da die glaubn dauernd dass die Straßn nur für sie da sin, ne Bande von Arschfickern is das ...*

Nach dieser Abschweifung in die Vulgarität wegen eines Lastwagens, setzt mein Fahrer wieder zum Angriff an *... ja doch, & also du, im Lebn, was machstn du da ...* wie er mich von Neuem fragt.

Gut da er nun einmal darauf besteht erkläre ich ihm schnell dass ich seit ungefähr zehn Jahren in den Vereinigten Staaten lebe, dass ich dorthin gegangen bin um zu studieren, Literaturwissenschaft, und dass ich jetzt Schriftsteller bin, und sogar amerikanischer Staatsbürger.

das isn Witz, das gibts nich, du verarscht mich mein Lieber, du du lebst in Amerika, bistn Amerikaner ... wie er zu mir sagt, in dem Glauben dass ich gerade eine Geschichte erfand, denn für ihn musste Amerika wahrscheinlich nur eine Erfindung sein. Was er aus den Hollywoodfilmen kannte die er im Kino gesehen hatte. Ich bestehe also nicht darauf, aber er fährt fort alles in Zweifel zu ziehen was ich ihm gerade gesagt habe.

du du schreibst Bücher, aber das gibts ja nich, du hältst mich wohl fürn blöden Arsch ...

Ich sehe sehr wohl woran er in seinem kleinen Gehirn denkt, denn es ist wahr dass man mir als ich ein Schüler war immer sagte dass ich ein Träumer sei. Aber ja, ich war ein ziemlich

träumerischer kleiner Junge. Also muss er mich für einen Lügner
halten.

Sehen sie Madame, als ich jung war, bevor ich meine Berufung
fand, war ich ein Träumer und ein Flaneur, und sogar ein wenig
faul. Ja, ich muss es zugeben. Aber ist es nicht wahr dass alle
Künstler ein wenig faul sind? Übrigens sagt man dass der künst-
lerischen Schöpfung immer eine lange Periode des Müßiggangs
und der Träumerei vorangeht. Also ich, Madame, ich habe eine
solche Periode durchquert bevor ich Romanschriftsteller geworden bin. Und sogar Dichter. Ja ich schreibe auch Gedichte. Eines
Tages werde ich ihnen meine Gedichte zeigen müssen. Sie werden
ihnen eine bessere Vorstellung davon geben was für ein Mensch
ich bin. Aber vorläufig, wenn ihnen das nicht peinlich ist, erzähle
ich ihnen diese eigenartige Begegnung mit diesem Taxifahrer
weiter und was er zu mir sagte als ich ihm erklärt habe was ich
mache.

*… also du du quatscht Englisch oder, na so was da bin ich aber platt,
das is doch verdammt schwierig das Englisch, wie schaffstn das
überhaupt dass du mit den ganzn fremdn Wortn zurechtkommst …*

Er beginnt zu grinsen. Ich habe den Eindruck dass er mir noch
immer nicht glaubt. Ein Augenblick erholsamer Stille. Der aber
nicht lange dauert.

*he sag, also du wenn du in Amerika lebst isste auch nichts als Kon-
serven wie die ganzn Amerikaner … schaut fast so aus als ob die
Amis dort nur Konservendinger futtern & deswegn sehn die alle n
bisschen kümmerlich aus, weißt schon was ich mein, n bisschen
schwächlich, & das deswegn weil die dort nich genug Frischfutter
futtern … gut ich sag nich dass du nich gut aussiehst, ne im Gegenteil siehst ziemlich gesund aus, aber jedenfalls dem Dosenfutter
dem fehln doch Vitamine …*

Das ist es was mir also mein Taxifahrer erklärt. Gut, es ist den
Versuch nicht wert ihm verständlich zu machen dass sein Ame-
rikabild eher naiv ist. Ich sage also nichts. Wir sind fast in Orly.

sag, mit was fürn Verein kommt er n an dein Kumpel …

Wie bitte?

dein Freund, mit was für ner Fluglinie der kommt … 95

Oh! TWA. Das ist kein Freund, das ist ein junges Mädchen.

ah, klaro, ne Biene …

Erneut ein Augenblick der Stille. Mein angeblicher alter Schulfreund muss wohl gerade das verarbeiten was ich ihm vor einem Augenblick von mir erzählt habe, und plötzlich brummt er in seinen Bart, als ob er zu sich selbst spricht …

ah das is deine Biene die von irgendwo kommt, von wo kommtn die …

Ich beschließe dieses Gespräch nicht weiter fortzusetzen. Ich ziehe das Telegramm aus meiner Tasche das Susan mir geschickt hat um mich über ihre Ankunft in Kenntnis zu setzen und gebe vor es zu lesen.

Wir kommen in Orly an. Ich hätte mich gerne dieses lästigen Taxifahrers entledigt, aber ich fühle mich durch ihn ein wenig in Verlegenheit gebracht, also sage ich zu ihm dass er auf mich warten solle und wenn ich meine Freundin gefunden habe könne er uns in die Stadt zurückfahren. Ich würde in einigen Minuten wieder zurück sein.

Aufgrund des Regens und der Schwierigkeiten die ich gehabt hatte ein Taxi zu finden, bin ich in Orly genau in dem Augenblick angekommen in dem Susans Flugzeug gelandet ist. Also einige Minuten später, nachdem wir den Zoll passiert haben, stehen wir da, Susan und ich, vor dem Taxi dieses Jungen der vorgibt mich in meiner Jugend gekannt zu haben. Und als er uns sieht rafft er sich aus seinem Sitz auf um uns mit den Koffern zu helfen die er in seinem Kofferraum verstaut, und dann bemerkt er dass Susan und ich uns gerade in Englisch unterhalten. Da ihm vielleicht plötzlich bewusst wird dass ich ihm möglicherweise die Wahrheit gesagt habe, sieht er mich mit einem höchst erstaunten Gesichtsausdruck an.

96 Gut ich komme schnell zum Schluss. Wir steigen in das Taxi und ich gebe diesem Fahrer die Adresse in Paris wohin wir fahren wollen, aber ich vermeide es dabei ihn mit Du anzusprechen, wie das im Französischen möglich ist wenn man sich nicht sicher ist ob man jemanden duzen oder siezen soll. Im Französischen, wie sie ja wissen, hat man die Möglichkeit Sätze zu bilden ohne sich je der Pronomen Du oder Sie zu bedienen.

Genau, so ist es, ein Mittel um die Person zu umgehen und unpersönlich zu bleiben.

Nachdem ich ihm gesagt habe wohin wir wollen, drehe ich mich zu Susan und fahre fort mit ihr auf Englisch zu plaudern, denn ich hätte ihnen sagen müssen dass Susan kein einziges Wort Französisch kennt. Sie spricht sehr gut Spanisch, sogar ein wenig Deutsch, aber überhaupt kein Französisch. Das Taxi fährt los und der Fahrer sagt zu mir … *Monsieur, entschuldigen sie, ziehen sie es vor dass ich die Umfahrungsstraßen nehme oder die Avenue du Général Leclerc?*

Wir fahren in den vierzehnten. Ja dort wohne ich momentan, in Montparnasse, in einer angenehmen Garconniere.

Sie sehen also was geschehen ist. Weil mich dieser arme Junge Englisch sprechen hört konnte er mich nicht mehr duzen. Plötzlich ist er sich der Distanz bewusst die uns trennt, eine sprachliche und geografische Distanz natürlich, aber vor allem eine soziale Distanz. Wir leben nicht mehr in derselben Welt und auf diese Weise war es ihm nicht mehr möglich mich zu duzen. Das ist es was ich über die Distanz sagen wollte die die Leute in Frankreich trennt. Aber das ist noch nicht alles.

Wir kommen an der Adresse an die ich ihm angegeben hatte. Er steigt schnell aus seinem Taxi um uns mit den Koffern meiner Freundin zu helfen. Ich bezahle ihn, wobei ich ihm ein großzügiges Trinkgeld gebe. Wahrscheinlich weil ich mich durch seine Verwirrung etwas in Verlegenheit gebracht fühlte. Und plötzlich sehe ich ihn zögern, zögern zwischen dem Sie und dem Du. Da steht er mit halb offenem Mund.

aber aber, ko ... ko ... komm ... komm-en sie trotzdem einmal zum Abendessen, du & ... sie & ihre Freundin ...

Nein ich habe nichts geantwortet. Ich habe nur eine unbestimmte Bewegung mit dem Kopf gemacht die weder ein Ja noch ein Nein bedeuten konnte. Ich hatte überhaupt keine Absicht bei ihm zu Abend zu essen. Was hätten wir uns zu sagen gehabt? Schließlich ist er wieder in sein Taxi eingestiegen wobei er die Türe ein wenig zu fest zuwarf und er ist mit voller Geschwindigkeit losgefahren indem er sogar die Reifen quietschen ließ, ganz so als ob er wütend gewesen wäre.

Sehen sie was mich geärgert hat und was mich immer noch ärgert das ist weniger der ungeschickte Übergang vom Du zum Sie den dieser arme Junge gemacht hat als dieses trotzdem. Trotzdem was? Ja selbstverständlich, was er damit sagen wollte ist dass es trotz der Distanz die es jetzt zwischen uns gibt, trotz allem was seit unserer Kindheit passiert ist, und allem anderen, dass es noch möglich ist dass ...

Gut es ist nicht der Mühe wert fortzufahren. Sie verstehen was ich meine. Aber für mich ist dieser Vorfall von großer Wichtigkeit gewesen und ...

Ah aber ich sehe dass sich alle erheben um in den Salon zu gehen. Also, verehrte Madame, ich muss ihnen sagen dass es mir eine große Freude gewesen ist mit ihnen zu plaudern, und ich freue mich schon jetzt sie in einigen Tagen wiederzusehen.

Sie sich auch. Also da bin ich aber überglücklich. Ich hoffe dass ich sie nicht zu sehr gelangweilt habe mit all meinen Geschichten. Es ist der Mann der Feder in mir der zum Schwätzen neigt.

Überhaupt nicht! Sie sind zu liebenswürdig.

Nein nein ich vergesse es nicht. Wir sehen uns nächsten Mittwoch wieder in ihrem Büro.

So ist es. Zehn Uhr dreißig. Ich werde dort sein, auf die Minute. Ich kann es jetzt schon nicht erwarten. Also dann bis Mittwoch! Ich muss gehen, ich werde noch ein wenig mit Jean-Louis und seiner Frau plaudern bevor ich mich verabschiede. Ich muss ihnen dafür danken dass sie mich heute eingeladen haben und vor allem dass sie es mir erlaubt haben ihre Bekanntschaft zu machen. Auf Wiedersehen. Bye Bye. Bis bald.

Ah mein Mittagessen in der Stadt …

… du willst dass ich dir von meinem Mittagessen bei Laplume erzähle, okay, aber du wirst sehen, das war überhaupt nicht lustig mein Alter, du kannst dir gar nicht vorstellen wie langweilig das war, was für eine Bande von Snobs diese Literaten, außerdem weißt du alles Schriftsteller dritten Grades, das sieht man sofort, Nieten die so reden als ob sie Marmelade im Maul und eine Feder im Arsch hätten, du müsstest sie hören, und sehen sie verehrter Freund, und das beunruhigt mich aber überaus verehrte Madame, und der junge Mann hat meine ganze Hochachtung, und mein verehrter Jean-Louis, und mein lieber Monsieur Moinous, und mein lieber Monsieur Hartl, und mein verehrter Machin Chouette, und meine verehrte Madame Trucmuche, ja doch so reden sie diese dummen Ärsche dort, ein verehrter Herr hier und eine verehrte Dame dort und ein *cherche-midi* hier und ein *cherche-mon-cul* dort, außerdem müsstest du sehen wie sie sich ereifern wenn sie von ihren Schmökern sprechen, sie sagen dir alle, in meinem letzten Buch gibt es eine Szene von umwerfender Erotik, in meinem gerade veröffentlichten Roman widme ich mehr als zwanzig Seiten der Beschreibung zweier Liebenden die gerade, die gerade Schwachsinn machen natürlich, ah wenn diese Scheiß-langweiler Scheiß zu verzapfen beginnen dann ist das verdammt etepetete Mann, aber wie Flaubert sagte, diese Art ekstatischer Exaltiertheit macht sich vielleicht gut in der Literatur, aber es lässt sich daran zweifeln ob das der Literatur guttut, und du hättest sie sehen sollen, sie haben alle die Haare lang von etwas mädchenhaftem Schnitt, und sie tragen alle kleine Bärtchen, Musketier-Bärtchen, und natürlich tragen sie alle Rollkragenpullis, du weißt, der obligatorische Rollkragenpulli der Schriftsteller, als ob die langen Haare der Bart und die Rollkragenpullis dich zu einem besseren Schreiberling machen, ah diese armen Kretins, die tragen die Nasen ziemlich hoch und um noch besser dazustehen essen sie alle mit umgedrehter Gabel, siehst du jedenfalls habe ich mich nicht zu sehr gelangweilt weil ich den ganzen Nachmittag damit verbracht habe mit einer Ollen zu plaudern die gar nicht so übel war, siehst du so um die dreißig etwa, gut angezogen, gut parfümiert, ziemlich gutaussehend, ein bisschen blöd vielleicht, aber dann mit einem verdammt einladenden Arsch …

100   nein nein ich habe mich sehr beherrscht, ich habe sie nicht verführt, jedenfalls noch nicht, aber ich sehe sie nächsten Mittwoch wieder in ihrem Büro, weil das ist nämlich das Tollste, du wirst es mir nicht glauben, also diese Dame ist Chefredakteurin bei einem großen Verlag und sie will dass ich ihr meinen Roman vorbeibringe, den mit den Nudeln …

doch doch das ist wahr, das ist kein Witz, ich habe ihr meinen Schmöker beschrieben und das hat sie verdammt interessiert, vor allem als ich ihr gesagt habe dass das Ganze in New York spielt und viel vom Jazz handelt, ja die Olle hat mir gesagt dass sie Jazz liebe, also verstehst du es kann sein dass meine Nudel-Zeit bald veröffentlicht werden wird, und wer weiß vielleicht wirst du meinen Namen in allen großen Blättern von Paris finden, *Le Monde*, *Le Figaro*, *La Quinzaine*, *Les Lettres Françaises*, siehst du weil ich glaube dass ich gerade ein Meisterwerk schreibe, jedenfalls ein kleines Meisterwerk, niemand hat je meines Wissens einen Roman geschrieben der strikt in Abhängigkeit von Nudelschachteln entworfen ist, glaubst du nicht dass das genial ist, und wer weiß vielleicht wird man mir einen Literaturpreis überreichen, pah egal welchen, das ist mir wurscht, ist mir scheißegal, auch wenn es nur der Nudel-Preis ist, gestiftet von der Internationalen Makkaroni-Gesellschaft …

du lachst, na los lach dich nur eirig, aber wer zuletzt lacht lacht am besten wenn du mich über die Mattscheibe flimmern sehen wirst in Apostrophe oder im Literarischen Quartett wie ich gerade dem Monsieur-wie-heißt-er-noch vom Pferd erzähle, du weißt schon wen ich meine, nein ich übertreibe nicht mein Alter, meine Nudel-Geschichte hat sie ziemlich erregt die Chefredakteurin, ich weiß nicht vielleicht weil sie Nudeln liebt, sieh mal, ich wette mit dir dass wenn diese Dame einen Vertrag bei sich gehabt hätte dann hätten wir den an Ort und Stelle unterschrieben …

du hättest sehen müssen wie ich sie beeindruckt habe die charmante Dame mit meinem literarischen Wissen weil ich verstehst du ich erinnere mich an alles was ich lese, also all das ist da in meinem Hirn und ich kann egal was egal wo egal wann hervorzaubern, die Alten genauso gut wie die Modernen, ich kann dir Char genauso gut zitieren wie Boileau, du, kennst du das zum Beispiel, dieses klassische Dings, *la racine boit l'eau de la fontaine molière,* und schon gebe ich dir in einem kleinen Satz einen ganzen Kursus über die französische Literatur des siebzehnten Jahrhunderts ...

ah das kennst du nicht, verdammte Scheiße, alle pariserischen Schüler kennen das, du, hast du nie die großen Verse von Corneille und Racine aufgesagt, na so was da bist du ja verdammt gar nicht gebildet, hast du nie gesagt, Rodrigue hast du ein Herz, nein Papa ich hab eine Leber, oder noch besser, oh Liebeswahn oh Verzweiflung sich ganz nackt des Nachts so nah zu sehen ...

du schaust erstaunt, ich ich kenne einen Haufen solcher Dinger, aber das Problem ist je mehr ich mich an all das erinnere desto mehr vermischt sich das in meinem Kopf, und dann wird das so was wie Krümel-Erinnerungen ...

sieh mal wenn du willst rezitiere ich dir ein Stück eines Prosagedichts das ich einmal geschrieben habe aufgrund von Gedichtfetzen die mir im Kopf blieben, weißt du, alle diese Gedichte die wir in der Grundschule auswendig lernen mussten, also ich ich habe all diese Gedichttrümmer aufgesammelt in einem meiner Gedichte, natürlich habe ich sie dabei ein bisschen umgeformt, und ich habe das eben *Mémoires en Miettes* genannt, Krümel-Erinnerungen, du wirst sehen, du wirst einen Haufen ferner Echos hören von großen Versen aus der französischen Dichtung die auch du sicher hast auswendig lernen müssen, okay hör zu hier ist es, ich rezitiere dir das natürlich auf Französisch ...

je trouve parmi les débris de ma vie déchirée par le temps un morceau de pensée qui pousse sur le crâne creux de ma géologie intime où ma végétation humide attend gentiment le vent de la vieillesse en se tordant les mains et tout à coup le rire se lève il faut tenter de respirer même s'il est impossible de voir l'insecte qui me gratte la fesse gauche tandis que sous ce toit

tranquille où marchent des colombes mes souvenirs obscurs broutent des fourmis rangées en spirales dirigeant leurs cercles alchimiques vers des serpents tordus qui se dévorent eux-mêmes en se creusant la tête triangulaire ah la chair est triste hélas et j'ai lu tous les livres pornos mais je m'en fous je partirai un doigt dans la bouche oh là là que d'amours fous dans des nuits sans nuit je rêverai un pied contre le coeur en écoutant celui qui pleure ici si près de moi mais sois sage oh ma douleur et chatouille le divin ennui de notre re-cueillement sans rage ni désespoir de ne pouvoir savoir dans le noir revoir les bons soirs remplis de nos noyés perdus dans les goémons verts et pourtant je ne regrette pas les murs écroulés de mon passé ah quelle boue gouffre de mon cou coupé dans la mémoire d'outre-tombe où j'attends en vain de devenir un très méchant fou suspendu à mon sperme tout seul me regardant me voir dans les îles chaudes du coeur croustillé d'or las de l'amer repos …

Krümel-Erinnerungen

ich finde unter den Trümmern meines durch die Zeit zerfetzten
Lebens ein Gedankenstück das im hohlen Kopf meiner intimen Geo-
logie austreibt wo meine feuchte Vegetation die Hände ringend
sachte den Wind des Alters erwartet und plötzlich erhebt sich das
Lachen man muss zu atmen versuchen auch wenn es unmöglich ist
das Insekt zu sehen das mir die linke Hinterbacke zerkratzt während
unter diesem ruhigen Dach darunter Tauben einherschreiten meine
dunklen Erinnerungen Ameisen abweiden die spiralförmig gereiht
ihre alchimistischen Kreise auf verrenkte Schlangen richten die sich
gegenseitig verschlingen und sich ihren dreieckigen Kopf zerbrechen
ah das Fleisch ist traurig oh weh ich habe alle Pornoromane gelesen
aber ich habe sie satt ich werde mit einem Finger im Mund verschwinden oh là là nichts als Liebeswahn in den Nächten ohne
Nacht ich werde träumen mit einem Fuß am Herzen und dem zuhören der hier weint so nah bei mir aber sei weise oh mein Schmerz
und berühre sanft die göttliche Langeweile unserer Selbstbesinnung
ohne Wut oder Verzweiflung es nicht wissen zu können im Dunkel
kommen die guten Abende erneut erfüllt von unseren Ertrunkenen
verloren im grünem Seegras und dennoch bedauere ich nicht die
verfallenen Mauern meiner Vergangenheit ah welch Schlamm Ab-
grund meines Nackens abgeschnitten in der Erinnerung jenseits des
Grabes an dem ich vergeblich darauf warte ein überaus erbärmli-
cher Verrückter zu werden an meinem Sperma hängend ganz alleine
und mir zusehe wie ich mich anblicke auf den heißen Inseln des
goldbekrusteten Herzens der bitteren Ruhe überdrüssig …

okay ich hör auf, siehst du wie das funktioniert mein Dings, und
das das ist nur ein Stück dieses Gedichts das um einiges länger
ist, ein ausgewähltes Stück, wie man sagt, was hältst du davon,
das ist nicht schlecht was …

was, du findest dass es total planlos und unzusammenhängend
ist, aber was glaubst du denn, dass die Dichtung eine Bedeutung
haben muss, eine Richtung, aber nein du Ignorant, die wahre
Dichtung darf niemals vernünftig und kohärent sein, okay aber
ich werde dir jetzt jedenfalls keinen Kursus über die Dichtung
halten, ich wollte dir nur eine Vorstellung davon geben was ich

schreibe wenn ich Gedichte fabriziere, und auch davon wie ich sie beeindruckt habe diese sexy Chefredakteurin ...

und glaube mir, die Olle während die meinen Lügengeschichten lauschte sah sie ziemlich erstaunt drein, sie musste mich für einen ganz schön beschlagenen Typen gehalten haben, für ein Genie, auch wenn ich ihr total verrückte Stories erzählte, sieh mal ich hätte ihr mein Gedicht vorlesen sollen, um sie ein bisschen zu unterhalten, wer wird schließlich glauben dass ich in dem was ich dauernd erzähle das Gitternetz von Lügen und Wahrheiten beachten muss das ich gerade fabriziere, weißt du ich ich kann es, wenn ich will, angreifen, dicker machen dieses Gitternetz, und natürlich abschweifen und sogar kehrtmachen wann ich will, ich bin doch frei auch wenn mich das hart an der Katastrophe vorbeisteuern lässt, aber die literarische Schöpfung, mein Bürschchen, die ist immer eine Katastrophe, eine glückliche Katastrophe gemäß Monsieur Didier Anzieu ...

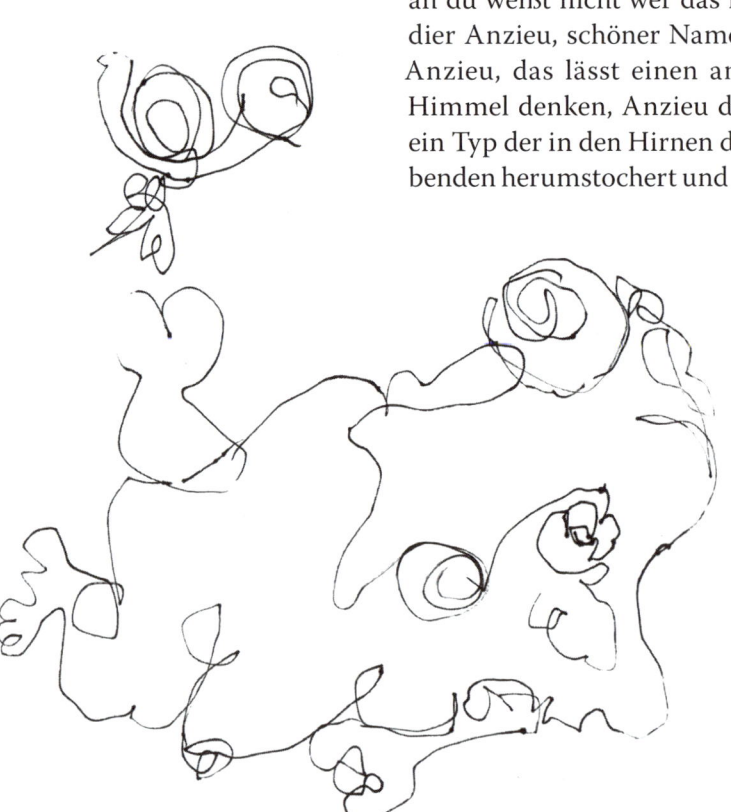

ah du weißt nicht wer das ist Didier Anzieu, schöner Name was, Anzieu, das lässt einen an den Himmel denken, Anzieu das ist ein Typ der in den Hirnen der Lebenden herumstochert und sogar in denen der Toten, er war da beim Mittagessen bei Laplume und wir haben ein bisschen geplaudert wir beide bevor wir uns zu Tisch setzten, er ist Psychoanalytiker der Anzieu, weißt du die Psychoanalytiker und die Psychiater die machen mir Angst, aber ihn ihn habe ich sympathisch gefunden, und sein Name hat mich neugierig gemacht ...

wie auch immer ich weiß nicht warum ich dir plötzlich von ihm erzähle, woher ist er gekommen, was hat er hier gemacht der Anzieu mitten in dem was ich gerade erzähle, gut ich habe ihn kennengelernt und wir haben von der literarischen Schöpfung gesprochen, aber aus diesem Grund muss ich ihm doch hier keinen Platz einräumen, ja doch wie kommt das dass ich mit einem Mal ins Psychogezwitscher gefallen bin, wahrscheinlich weil ich auch dauernd knapp an der glücklichen Katastrophe vorbeisteuere wenn ich meine Geschichten erzähle, schließlich weiß man ja dass die Schöpfung, literarisch oder sonst wie, nur in der Erregtheit passieren kann, du musst erst nen Steifen haben um bumsen zu können, aber jedenfalls wollte ich nicht davon erzählen, was ich sagen wollte während ich ins Psychopathetische abtrieb ist dass ich als Schriftsteller an einem Überschuss an Triebkraft leide, oder wenn dir das lieber ist, ich habe eine flottierende Libido, herausfordernd, verstörend, erregend, und das ist wahrscheinlich auch der Grund wieso ich dir dauernd von Ärschen erzähle, und wenn wir schon von Ärschen sprechen, diese charmante Chefredakteurin des Amour Fou Verlags, also um ehrlich zu sein ich ich würde der sehr gerne in den Arsch fahren um dort meine Nudeln abzuladen, das ist es was ich dir sagen wollte bevor ich mich in der Dichtung verirrte und in den psychokatastrophischen Dingern ...

was ah Monsieur findet dass ich ein bisschen zu ordinär bin, zu schmutzig, okay du hast recht, aber das kommt nur davon weil dieses gestrige Mittagessen mich wirklich auf dem falschen Fuß erwischt hat, ah das ist mir ganz schön auf die Eier gegangen, und das Futter war obendrein zum Kotzen, diese Madame Laplume hat nicht wirklich eine Ahnung von der Küche, ihr Rindsbraten roch angebrannt, die Kartoffeln waren noch nicht durch, und ihr Sahnekuchen tröpfelte überall runter, da hast du das Menü, außer dass ich mich nicht schlecht amüsiert habe weil ich dieser charmanten Dame einen Haufen Geschichten erzählt habe …

106   was ich ihr erzählt habe, na mein Leben, aber ich habe auch einige Dinger erfunden die nie in meinem Leben passiert sind, oder die noch nicht passiert sind, oder aber die in dem Roman passieren den ich gerade schreibe, weißt du weil das was ich erzähle manchmal wahr ist und manchmal erfunden, was ich meine, also ich will sagen dass bestimmte von meinen Geschichten auf meinen eigenen Erlebnissen beruhen, aber andere wieder Dinger sind die aus meinem Roman kommen, *Les Temps des Nouilles*, also siehst du, auf die Art passiert das, auf der einen Seite schreibe ich einen Roman in dem ich meinem Protagonisten Erlebnisse aus meinem Leben gebe, okay gut ein wenig verändert und sublimiert durch die Einbildungskraft, und auf der anderen Seite, wenn ich dir oder egal wem die Erlebnisse meines Lebens erzähle mische ich da einen Haufen erfundener Elemente hinein, Erlebnisse die der Person in meinem Roman gehören, dem Nudler der nicht ich ist da er ja nicht wirklich existiert, oder nur in den Worten, während ich tatsächlich existiere, in der Realität da ich nun einmal vor dir sitze, mit Haut und Haaren wie man so sagt, verstehst du das …

nein du schaust nicht drein als ob du es kapiert hättest, du sagst dass das nicht offensichtlich ist, also ich hielt dich für weniger blöd, aber eigentlich bist du's, und deshalb muss ich dir auch dauernd erklären was für mich self-evident ist …

was ich damit meine, also zum Beispiel, ich habe dieser Dame eine umwerfende Taxigeschichte erzählt, ja doch die Geschichte eines Taxifahrers der, einfach so, out of the blue wie man in Amerika sagt, vorgab mich als Kind gekannt zu haben, er sagte dass wir gemeinsam in der Schule gewesen waren, natürlich ist das nicht wahr, ich ich kannte ihn nicht diesen Fahrer, ich habe ihn an Ort und Stelle erfunden, ich habe sogar erzählt dass das jenes Taxi war das mich nach Orly brachte um Susan abzuholen, aber Susan, wie du weißt, die ist noch nicht angekommen, die kommt erst in zwei drei Tagen an, oder ist es in vier Tagen, ich habe vergessen was ich dir das letzte Mal erzählt habe …

ah ich habe gesagt fünf Tage, du du hast aber ein gutes Gedächtnis, das ist gut, weil auf die Art wirst du mir die Fehler in
der Erzählung und die Irrtümer in der Chronologie ausbessern
können wenn ich welche mache ...

jedenfalls es war so, ich ich habe ihr diese Geschichte mit dem
Taxifahrer und der Ankunft Susans in Orly erzählt auch wenn
das gar nicht wahr ist oder noch nicht passiert ist, aber da ich
mir sicher bin dass so was Ähnliches bald passieren wird, ich
meine die unvorhergesehene Begegnung mit diesem Typen der
vorgeben wird mein Jugendfreund zu sein, also wenn du so willst
habe ich ein wenig auf das vorgegriffen was ich
dir später erzählen werde, alles in allem bin
ich nach vorn bockgesprungen um in der
Zukunft meiner Geschichte zu landen, im
kommenden Buch des Maurice Blanchot, aber das weißt du das
machen alle Ro-
manschriftstel-
ler, prophezeien
was später im
Leben ihrer
Personen pas-
sieren wird,
sieh mal Stendhal
machte das dau-
ernd, du brauchst
nur noch mal *Le
Rouge et Le Noir*
lesen oder *La Char-
treuse de Parme* und du
wirst sehen, die sind voll
von Projektionen in die
Zukunft von Julien Sorel
oder Fabrice del Dongo,
also wenn ich mich hin
und wieder in meine Zu-
kunft projiziere dann
deswegen weil ich auch

eine Romanfigur bin und gleichzeitig ein Romanschriftsteller weil ich von mir spreche als ob ich jemand anderes wäre, daher kann man sagen dass ich eine literarische Erfindung bin, und wahrscheinlich hat sich aus diesem Grund diese nette Dame von Chefredakteurin für mich interessiert weil sie im Verlag ...

okay aber hör zu ich muss aufhören einen solchen Blödsinn zu reden sonst werden wir noch einen ganzen Erzähltag in den Abschweifungen verlieren und wir werden nicht weitergekommen sein, heute müssen wir unbedingt in meiner Geschichte vorankommen weil ich bis jetzt den Eindruck habe dass wir eher auf der Stelle getreten sind ...

aber sag Mann, was hastn du so gestern gemacht als wir uns nicht gesehen haben ...

ah bist im Kino gewesen, was hastn dir angeschaut ...

einen Film von Sergio Leone, welchen, ich ich liebe die Filme von Sergio Leone, ich liebe die Makkaroni-Filme, die großen Spaghetti-Western ...

Baisse-toi minable, ah der ist gut, ich habe ihn mindestens sechsmal gesehen, eigentlich habe ich sie alle gesehen die Filme von Sergio Leone, der ist ein Genie dieser Typ, und weißt du es schaut so aus als ob der Bursche noch nie einen Fuß auf amerikanischen Boden gesetzt hat, alles was er über Western weiß das hat er im Kino gelernt oder aus Büchern, oder aber er erfindet, und das das beweist dir hervorragend dass Amerika eine Fiktion ist, na eine Erfindung des Kinos, siehst du weil Amerika das existiert nicht wirklich, ich weiß das, weil ich lebe ja dort ...

also du bist du auch n Kinofan, aber sag, schuftest du nichts, machst du nichts im Leben dass du dir erlauben kannst unter der Woche ins Kino zu gehen, wie lebst du eigentlich, hast du Mittel, weißt du schließlich weiß ich nicht viel über dich, wir haben uns neulich einfach so in einem Café getroffen und wir sind sofort Kumpel geworden, wahrscheinlich weil du eine nette Visage hast und weil dir die meine einfach auch gefallen musste ...

ich sehe schon dass du zustimmst mit einem ziemlich friendly Lächeln, ja es ist deine Zuhälterfresse die mir gefallen hat, aber jedenfalls sag was machst du so im Leben …

ah du hast ne Biene die sich um dich kümmert, ah okay ich verstehe, im Grunde bist du so was wie n Gigolo, du lässt dich aushalten, Dreckschwein, also deswegen kannst du deine Tage mit mir verbringen und meinen Geschichten lauschen …

ah aber du machst das mit einem Haufen anderer Erzähler, also wenn ich das richtig verstehe bist du so was wie ein professioneller Geschichtenlauscher …

so ist es, du verbringst dein Leben damit den Geschichten anderer zuzuhören, he das ist kein schlechter Deal, also du bist hier in meiner Geschichte um sie dir anzuhören und ihr eine Daseinsberechtigung zu geben, eine gesprochene Daseinsberechtigung, wenn man das so sagen kann, auch wenn man deine Stimme nicht hört, weil du dich schließlich außerhalb des Textes befindest, off-stage sagt man bei uns, na so was das ist verdammt toll, ich habe einen professionellen Zuhörer gefunden …

aber sag mal, ist das ein bloßer Zufall dass wir uns getroffen haben oder hast du mich vielleicht gesucht, kennst du den Ausdruck, du hättest mich nicht gefunden wenn du mich nicht gesucht hättest, jedenfalls so in der Art, oder ist es vielleicht umgekehrt, das ist nicht wichtig, was zählt ist dass du hier bist …

und weil du schon hier bist um mir zuzuhören muss ich dir heute was Tolles erzählen, was Tiefgründiges, was willst du hören, willst du dass ich dir von meiner Engländerin erzähle oder willst du mehr über Susan wissen …

ah du willst dass ich dir den Besuch bei Tante Marie weitererzähle, aber ja das habe ich fast vergessen, das stimmt, letztes Mal hatte ich dich mitten in dieser Geschichte verlassen, und eigentlich ließ ich mich ja auch dort zurück wie einen Schafskopf mit einem etwas blöden Lächeln im Gesicht im Hof unseres Hauses in Montrouge, also gehen wir dahin zurück …

da bin ich also, ich weiß dass sich die ganze Familie am Sonntag bei Tante Marie trifft und weil ich das Ende meiner Mittel erreicht hatte, wenn man das so sagen kann, habe ich mich letztendlich entschieden sie zu besuchen, und lass dir sagen dass ich an diesem Tag keine gute Laune hatte …

ja doch ich weiß dass ich dir das schon erzählt habe, aber es ist unbedingt notwendig dass ich ein wenig zurückgehe, dass ich um zwei Schritte zurücktrete damit ich mich nach vorne stürzen kann, sonst kommt das Ganze nicht wieder in Gang, also sei geduldig wir werden da schon ankommen in der Rue Louis Rolland Nummer 4 …

ich sagte dir neulich dass du um nach Montrouge zu kommen die Métro bis zum Porte d'Orléans nehmen musst, und bis in die Rue Louis Rolland sind es dann noch zehn Minuten zu Fuß, du kannst entweder die Avenue d'Orléans nehmen oder die Rue de Bagneux, in meiner Jugend da gabs zwischen der Métro beim Porte d'Orléans und dem Anfang von Montrouge was man die Zone nannte …

ah du weißt nicht was das ist die Zone, die Zone das war ein großes leeres Gelände voller Clochards die ihr Essen auf kleinen Lagerfeuern wärmten und die in Zeitungen gewickelt auf dem Boden schliefen oder in Kartonschachteln, im Winter war das für sie nicht gerade lustig …

natürlich war sie verdammt gefährlich die Zone, vor allem am Abend wenn man spät nach Hause kam, sagen wir mit der letzten Métro, wenn man in der Stadt herumspaziert war, na in Paris, um einen Film zu sehen oder in einem Restaurant zu futtern oder ins Bordell zu gehen, also um nach Montrouge zu Fuß gehen zu können bildeten die Leute Gruppen, siehst du fünf oder sechs Personen die sich zusammenschlossen um sich zu schützen weil sie Schiss hatten angegriffen zu werden von den *Sidis,* ja doch so nannte man sie diese Clochards die in der Zone lebten, *Sidis,* weißt du weil die meisten aus Nordafrika kamen, na das waren Araber, Araber aus den Kolonien, und glaub mir Mann das waren harte Burschen, mit denen durftest du dich nicht anlegen oder

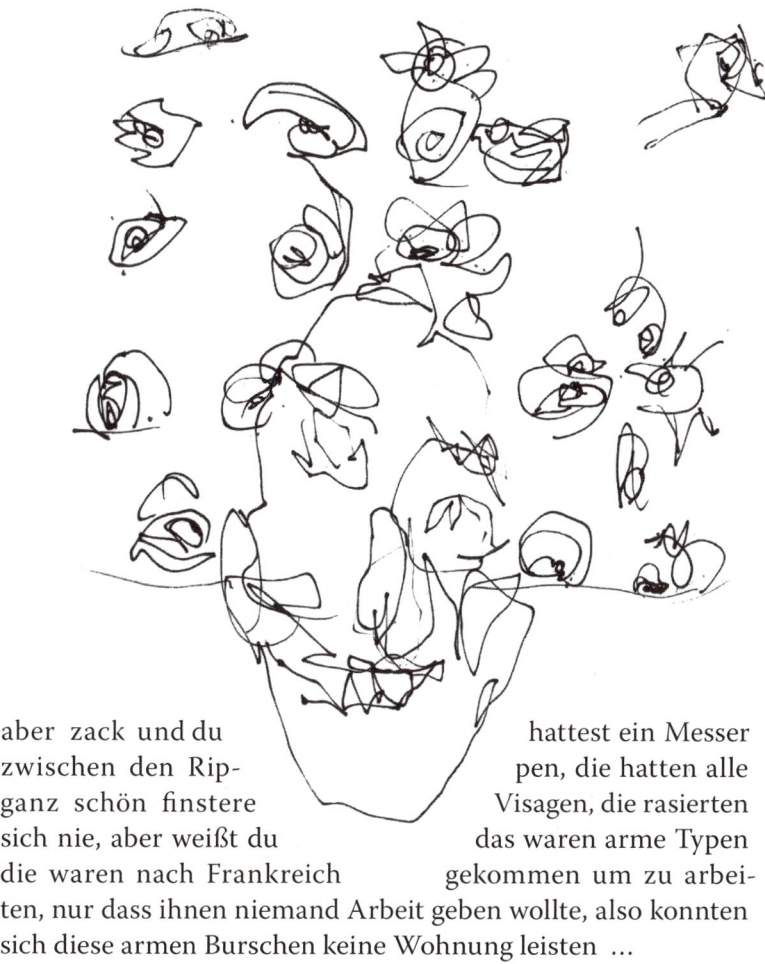

aber zack und du · · · · · · · · · · · hattest ein Messer
zwischen den Rip- · · · · · · · · · · pen, die hatten alle
ganz schön finstere · · · · · · · · · Visagen, die rasierten
sich nie, aber weißt du · · · · · · das waren arme Typen
die waren nach Frankreich · · · gekommen um zu arbeiten, nur dass ihnen niemand Arbeit geben wollte, also konnten
sich diese armen Burschen keine Wohnung leisten …

aber nein da bist du aber wirklich nicht auf dem Laufenden, heute
gibt es keine Zone mehr, es ist schon lange her dass man das
alles geräumt hat um große Luxushäuser zu bauen um die Um-
fahrungsstraße rum, aber ich sieh mal ich erinnere mich noch
an die Zone, das war nicht lustig, vor allem am Abend, aber hör
mal mein Alter es geht jetzt weder um urbane Geografie noch
um urbane Anthropologie …

ich erzählte dir von meinem Besuch bei Tante Marie, also da bin
ich ich gehe in den Hof und ich sehe meinen Cousin Marco bei
der Gartenarbeit …

was ich habe letztes Mal gesagt dass er am Fenster stand im zweiten Stock mit meiner Tante Rachel, ah also da muss ich mich wohl geirrt haben denn ich bin mir sicher dass er im Hof war bei der Gartenarbeit als ich gekommen bin, aber das das ist nicht wichtig, ob er im Hof oder am Fenster ist das ist doch scheißegal, was vorläufig zählt ist dass ich dort bin …

übrigens ich muss dir erklären dass das nicht wirklich ein Hof war vor dem Haus sondern eher ein Garten, weil Onkel Léon, der Mann meiner Tante Marie, der Vater von Marco, der hatte einmal einen Baum gepflanzt mitten im Hof mit einem Blumenbeet drumrum, ich war noch ganz klein an dem Tag als er der Léon seinen Baum gepflanzt hat, an diesem Tag waren alle Hausbewohner an den Fenstern und haben ihm zugesehen und ihn angefeuert, er hatte sein Sakko ausgezogen, weil er mein Onkel Léon der trug immer ein Sakko, sogar bei Tisch wenn er futterte, er hielt sich für was Besseres aber er war nur ein mittelmäßiger Vorstadtschneider, wie auch immer er hatte an jenem Tag sein Sakko ausgezogen und seine Hemdsärmel aufgekrempelt, und er hackte herum und grub um wie ein Irrer und der Schweiß rann ihm überall runter, ich erinnere mich er hatte violette Hosenträger um seine Hose zu halten, ich weiß nicht warum ich mich noch an diese violetten Hosenträger erinnere, wie die von Adolphe, du weißt Adolphe aus dem Rendezvous des Cheminots vor dem sich Roquentin so ekelt, wie der schwitzte der Léon, aber als er damit fertig war seinen Baum und seine Blumen zu pflanzen hat er sich auf seinen Spaten gestützt um seine tolle Arbeit zu bewundern, vergiss nicht dass Léon Schneider war, daher war er nicht kräftig, nicht für die grobe Handarbeit gemacht, also wir an den Fenstern wir haben alle applaudiert, aber um dir die Wahrheit zu sagen dieser Baum der ist nie gewachsen, er sah immer so aus als ob er sterben würde, wie der in Godot, ja der Baum von Léon der sah schlecht aus, übrigens sah er selbst ziemlich schlecht aus der Léon, er hatte eine Ähnlichkeit mit Fernandel …

ja Fernandel der Schauspieler, erinnerst du dich nicht an ihn, das war ein verdammt guter Schauspieler, sehr lustig, groß und ein wenig schlaksig, wie mein Onkel Léon übrigens, jedenfalls sagten

alle in unserem Viertel
dass mein Onkel
Léon die Fresse
von Fernandel
hätte, ja alle
sagten und
wussten das
in Montrouge
weil Fernandel
der kam näm-
lich jeden Don-
nerstag um ei-
ner Ollen einen
Besuch abzustatten
die in einem ver-
dammt schönen
Privathaus wohnte
mit einem hohen

grünen Gitter drumrum in der Rue Louis Rolland Nummer achtundzwanzig, also nicht weit von mir, man nannte sie die Comtesse, und wir die Kinder als wir am Donnerstag auf der Straße
spielten, weil zu dieser Zeit da gab es am Donnerstag keine Schule,
das ist der Grund warum wir auf der Straße spielen konnten, wir
sahen immer den großen schwarzen Schlitten von Fernandel mit
dem Chauffeur drin ankommen, und so konnten wir ihn sehen
den Fernandel, aber nicht von zu nahe weil wir ihn nicht ver-
ärgern wollten, die Filmstars weißt du die haben es nicht gerne
wenn man sie von zu nahe beäugelt, aber jeden Donnerstag, ohne
Ausnahme, genau um Punkt eins kam er mit seinem Auto und
seinem Chauffeur angefahren, und er ging schnell in das schöne
Haus, seine Mütze tief in die Augen und den Kragen seines Man-
tels über seine Ohren gezogen, er sah aus wie ein Spion, und er
blieb dort bei der Comtesse bis sein Chauffeur wieder zurückkam
um ihn abzuholen um fünf Uhr, das das schwöre ich dir ist
wahr …

was er da gemacht hat der Fernandel, aber du Blödmann, was
glaubst denn du was er anstellte, er kam sicher nicht dahin um
mit der Comtesse Domino zu spielen, oder um ihr sein Leben zu

erzählen, benutze doch ein wenig deine Fantasie mein Freundchen, alle in meinem Viertel wussten was er dort angestellt hat,
und auf die Art konnte man sich davon überzeugen dass Onkel
Léon dem Fernandel ähnlich sah, okay gut das ist wahr, du hast
recht, man hätte sich auch davon im Kino überzeugen können,
aber so war es wirklicher weil man ihn nämlich persönlich sah,
den Fernandel …

hör zu, willst du dass ich es dir erzähle, also gut Fernandel selbst
war ohne seine Kinoschminke nicht sehr schön, und mein Onkel
Léon auch der hatte keine schöne Birne, mit großen glasigen
Augen und riesigen dicken Lippen, und er schrie dauernd rum,
er stritt sich mit allen, vor allem mit meinem Vater, Léon sagte
dass mein Vater ein Nichts sei, ein Nichtstuer, dass alle Künstler
Nichtstuer seien, ich habe dir gesagt dass er mein Vater ein Maler war, und dass er noch dazu schwindsüchtig war, jedenfalls
sein Baum der von Onkel Léon der war eher rachitisch, er ist nie
höher als drei Meter geworden, jeden Frühling fragten wir uns
ob er wieder zum Leben erwachen würde, aber er war starrköpfig
dieser mickrige Baum, und jeden Frühling da trieb er wieder
seine vier kleinen erbärmlichen Blätter aus …

was meckerst du, ah ich sehe, Monsieur sagt dass er nicht hierher
gekommen ist um mich über die Natur reden zu hören, okay gut,
aber deswegen brauchst du dich nicht zu beschweren nur weil
ich mich in die Büsche geschlagen und dir von Fernandel und
seiner Comtesse erzählt habe anstatt auf dem direkten Weg meiner Geschichte zu bleiben, wenn dich das stört wenn ich solche
Umwege mache dann heißt das dass du keine Ahnung von meinem System hast, dass du nicht kapierst dass ich in meinen Fiktionen eher dem Tanz fröne als dem Gehen …

hör mir gut zu mein Bürschchen, was ich dir jetzt sagen werde
das ist sehr wichtig also pass gut auf, man geht immer aus einem
Grund, wenn du gehst dann deswegen weil du irgendwohin gehst,
zur Arbeit, in den Supermarkt einkaufen, zu deiner Freundin,
deinen Hund Gassi führen, und sogar wenn du nirgends hin gehst,
wenn du kein bestimmtes Ziel hast, dann gibt es immer einen
Grund zum Gehen, nämlich um dir die Beine zu vertreten, Gym-

nastik zu treiben, dein Blut in Wallung zu bringen, während man
andererseits ohne Grund tanzt, einfach nur der Schönheit des
Tanzes wegen, wegen der Form, weil man letztendlich nie den
Tänzer vom Tanz trennen kann, während aber der Geher aus
einem bestimmten Grund geht, das ist es was du verstehen musst
wenn du mir weiter zuhören willst, das ist nicht Gehen was ich
hier fabriziere, das ist ein Tanz, ein akrobatischer Tanz, ich erzähle meine Geschichten nicht um irgendwohin zu kommen, ich
erzähle aus Lust am Erzählen, und du wenn du mir zuhörst um
zu erfahren wohin ich gehe und was am Ende passieren wird,
dann verschwendest du deine Zeit, du darfst mir nur zuhören
aus Lust daran mir zuzuhören, wegen meiner Stimme, meiner
tanzenden Stimme, wenn du so willst …

ja ja ich weiß, ich habe gesagt dass ich ein Literatur-Fußgänger
bin aber eigentlich bin ich ein Ballettänzer der Fiktion …

also augenblicklich zeige ich dir einen Pas de deux im Stiegenhaus der Rue Louis Rolland Nummer 4 und hoppla da sind wir schon in der Wohnung von Tante Marie …

nein hör zu, ich gehe für einen Augenblick wieder hinunter in den Hof um die ganze Familie besser an den Fenstern plazieren zu können und meinen Cousin Marco im Garten bei der Gartenarbeit …

sie waren also eingerahmt von den Fenstern die Tanten, Tante Marie, Tante Fanny, Tante Rachel, Tante Sarah, und beim Versuch seinen Kopf zwischen die Köpfe der Tanten zu stecken, mein Onkel Léon, sogar nach zehn Jahren erkenne ich sie alle wieder, obwohl sie ein wenig gealtert sind, die Haare grauer, voller Falten, Marco der hatte sich kein bisschen verändert, gleiche fesche Fresse mit seinen pechschwarzen gelockten Haaren die ziemlich Brillantine abgekriegt hatten und an den Seiten angeklatscht waren, weißt du Marco das war ein großer Frauenumleger, ein Bienensammler ich ich habe ihn einmal in Aktion gesehen bevor ich nach Amerika bin als wir hin und wieder gemeinsam ausgingen, wir spazierten nach Montparnasse oder auf die Champs-Elysées um Bienen aufzugabeln, Marco der schaffte es immer sich eine Puppe zu angeln, aber ich nur sehr selten, weil ich, wie ich dir schon gesagt habe, ich war in meiner Jugend eher schüchtern …

gut reg dich nicht auf, ich nehme meinen Erzählfaden wieder auf, da bin ich also im Garten und Marco sieht mich erstaunt an, aber plötzlich fängt er zu brüllen an, na so was das gibts ja nicht, das ist der Ami, das kleine Arschloch Raymond, er ist wieder zurück aus Amerika mein *schnoque* von Cousin, he sag hast du da drüben dein Glück gemacht, bist du Millionär geworden in Amerika, fährst du einen Cadillac, schaut wie schick er ist mein Cousin in seinem kleinen marineblauen Sakko von der Stange …

siehst du auf die Art behandelte er mich dauernd mein Cousin Marco, er behandelte mich immer wie ein kleines Stück Scheiße, als ob ich irgendein niederes Wesen wäre, ein Nichtsnutz wie Léon meinen Vater nannte, ah der hat mich ganz schön leiden lassen mein Cousin Marco vor dem Krieg als wir im gleichen Haus wohnten …

inzwischen schreit mir Tante Marie aus dem Fenster im zweiten Stock zu, schnell komm rauf, komm rauf mein Großer, so als ob sie sich zu freuen scheint mich wiederzusehen, immerhin, ich muss es trotz allem zugeben, meine Tante Marie hat sich ein wenig um mich gekümmert in meiner Jugend, und um meine Schwestern auch, wenn meine Mutter zu anderen putzen ging, die Tante Marie gab uns heimlich ein wenig zum Futtern wenn wir nichts zu essen hatten, Brot mit einem kleinen Stück Käse, das gab sie uns wenn meine Schwestern und ich die Treppen raufkamen nach der Schule, dabei sagte sie, na los schnell bringt das rauf zu euch bevor Onkelchen Léon euch sieht …

ja es sah so aus als ob sie sich freute mich wiederzusehen die Tante Marie, und die anderen Tanten auch weil sie anfangen zu schreien, es ist Raymond der Sohn von Margot, schaut wie gut er angezogen ist, komm schnell rauf dass wir dich wenigstens aus der Nähe sehen und dich umarmen und küssen können …

siehst du ich glaube dass sogar Marco sich gefreut hat mich wiederzusehen auch wenn er wusste dass ich ihn hasste und dass ich auf ihn eifersüchtig war als wir kleine Bengel waren, also er hört mit seiner Gartenarbeit auf, er kommt auf mich zu und haut mir eine Gesalzene auf den Rücken und dann legt er seine Arme um meine Schultern um mich zu umarmen, danach sagt er zu mir na los komm wir gehen rauf ein bisschen was fressen und du wirst uns alles erzählen können was du da drüben getrieben hast in Amerika, also gehen wir beide mein Cousin Marco und ich die Stiegen rauf in den zweiten Stock …

nein, es gibt keinen Lift in diesem Haus, das ist ein altes Haus, das muss im neunzehnten Jahrhundert gebaut worden sein, vielleicht sogar früher, daher die verdammt finsteren und engen Stiegen, und immer mit diesem Mief nach ranziger Pisse oder zu lang gekochtem Blumenkohl den es in den Stiegenhäusern von alten Häusern gibt, diesen Gestank den rieche ich sofort als ich in den Gang komme, der hat mir sogar einen kleinen Schlag versetzt dieser Mief, da im Herzen, so als ob ich während ich die Stiegen hinaufsteige wieder in meine Kindheit hinabsteige, verstehst du was ich meine, ein Aufstieg in die Tiefe, außer dass es jetzt verdammt mehr stank als zu jener Zeit, und als ich in die Wohnung von Tante Marie komme fällt mir auf dass der Parkettboden nicht mehr so gut gebohnert ist wie vor dem Krieg, und dennoch automatisch, im Reflex, stecke ich die Füße in die Stoffpantoffeln die neben der Tür stehen, ist dir klar wie viele Gewohnheiten man mit sich rumträgt, wie man in seinem Leben beeinflusst ist, und dann gleite ich von einer Tante zur anderen um sie zu umarmen und zu küssen und um mich umarmen und küssen zu lassen …

was mir sofort auffällt ist wie diese Wohnung die mir so groß vorkam, so reich, prunkvoll, bevor ich nach Amerika ging, jetzt so klein geworden ist, so eng, staubig, schmutzig sogar, obwohl ich weiß dass Léon und Marie dass die viel Knete haben, ich bemerke das während man mich umarmt und küsst und meine Tanten kopfnickend sagen, ah schaut doch was für ein fescher Junge er ist, schaut doch wie gut er aussieht, wie es scheint hat er in Amerika gut gegessen unser kleiner Neffe, und außerdem schaut doch wie gut er angezogen ist, er sieht wirklich aus wie ein Amerikaner …

Tante Rachel im Besonderen schließt mich sehr fest in ihre Arme und ich sehe dass sie sogar Tränen in den Augen hat, wie ähnlich er seiner armen Mutter sieht, wie sie sagt wobei sie ihren Kopf ein wenig zurückneigt um mich besser mustern zu können, dann nimmt sie mich noch mal in ihre Arme und umarmt mich sehr fest wobei sie mir die Wangen mit ihren Tränen benetzt, und dann plötzlich, auch wenn ich mich beherrsche, fühle ich mich ein bisschen gerührt …

ja doch ich weiß, ich weiß dass ich dir gesagt habe dass ich diese ganze behämmerte Familie hasse, aber Tante Rachel ist eine kleine Ausnahme, ich sage dir warum …

hör zu, ich werde die Details der Umarmungen überspringen und auch die ganzen Banalitäten die man zu einem Neffen sagt den man zehn Jahre lang nicht gesehen hat, und bevor wir uns alle an den Tisch setzen dort bei Tante Marie erzähle ich dir also die Geschichte meiner Tante Rachel und du wirst verstehen warum ich bei ihr eine Ausnahme mache …

du wirst sehen das ist eine großartige Geschichte, ich hoffe du hast es nicht zu eilig heute denn das wird ein bisschen lang werden, aber sehr rührend …

okay ich stürze mich in die Geschichte, in die Geschichte meiner Familie, mütterlicherseits …

1910 ja ich glaube dass das 1910 war, man müsste das in einem Geschichtsbuch nachprüfen, da hat es eine große Überschwemmung gegeben in Paris, die Seine war über die Ufer getreten und so war es einige Wochen lang verdammt schwierig in der Stadt herumzukommen, da war überall Wasser, und mein Großvater, mütterlicherseits, der war Schuster und trotz der Überschwemmung musste er zur Arbeit gehen weil er und meine Großmutter acht Kinder gemacht hatten, wie ich dir glaube ich schon gesagt habe, und sie mussten sie ja wohl ernähren diese Kinder, wenn du zu viel bumst dann musst du auch die Konsequenzen tragen und zahlen, also mein Großvater der geht eines Morgens sehr früh zur Arbeit als es sehr kalt war mit all dem Wasser bis zu den Knien, und er ist nicht wiedergekommen, man hat nie herausgefunden was ihm passiert ist, wo es passiert ist, aber nach dem was man uns erzählt hat uns Kindern als wir klein waren und als wir fragten wo er sei unser Großvater, also man sagte zu uns dass er tot wäre ertrunken, dass er in ein Loch voller Wasser gefallen sei und man ihn nie wiedergefunden hat, deshalb ist mein Großvater 1910 verschwunden, da bleibt meine Großmutter also mit acht Kindern ohne Mann zurück, und die jüngste, meine Tante Sarah, war erst sechs Monate alt, meine Mutter war zu der Zeit sieben Jahre alt, glaube ich, Tante Rachel vier, die älteste der Schwestern, Tante Marie, war dreizehn, das ist also die Situation im Jahre 1910 …

alles was ich dir jetzt sage das hat mir natürlich meine Mutter erzählt bevor man sie wegschickte, also was ich dir berichte das ist von ihr, oder aber es ist von meiner Großmutter gewesen oder von meinen anderen Tanten die mir erzählten was passiert war bevor ich geboren wurde, daher ist das alles nicht nachprüfbar …

120   wie auch immer weil sie mit ihren acht zu ernährenden Kindern zurückbleibt ohne Mann weil dieser verschwunden war, und ohne Knete natürlich, gibt meine Großmutter drei von ihnen in ein Waisenhaus, und meine Mutter ist unter diesen dreien …

ja das ist traurig, meine Mutter ist in einem Waisenhaus großgezogen worden, ich siehst du ich war auch fürs Waisenhaus bestimmt …

also raus ihr drei Rotznasen und ab ins Waisenhaus, Tante Rachel die vier Jahre alt war, mein Onkel Maurice sechs, und meine Mutter sieben, jedenfalls glaube ich dass das mehr oder weniger so stimmt mit dem Alter, bis auf einige Monate, ich schätze ein bisschen wenn du so willst weil ich mir jetzt nicht mehr sehr sicher bin wie alt diese ganzen Kinder waren, aber das mit dem Waisenhaus das ist kein Quatsch, das das ist wahr, was die anderen Kinder betrifft, die beiden kleinsten, das mit sechs Monaten, Sarah, und ein anderes mit zwei Jahren, Léa, natürlich behält die die Großmutter bei sich weil sie noch Babys sind, während die drei ältesten, Tante Fanny, mein Onkel Jean und meine Tante Marie, zehn, zwölf und dreizehn, also die haben arbeiten gehen müssen in eine Fabrik, das war gar nicht lustig für sie, aber man musste ja wohl die Rotznasen ernähren und die Großmutter …

aber ja mein Alter, du hast recht, das ist alles ziemlich traurig, aber hör zu hör auf mich zu unterbrechen wenn ich in Fahrt bin weil ich dir das alles nämlich auf einen einzigen Streich erzählen will um mehr Spannung und Erregung zu schaffen …

okay also vergessen wir die zwei Babys die bei der Großmutter geblieben sind, die zwei da die zählen nicht, und wir sparen uns auch die drei ältesten die gezwungen waren arbeiten zu gehen, obwohl das für sie nicht lustig war, und ich erzähle dir von denen die ins Waisenhaus gesteckt worden sind, meine Mutter, mein Onkel Maurice und Tante Rachel …

meine Mutter und Maurice die sind in dieser Penne geblieben, die wie ein echtes Gefängnis war, bis sie achtzehn Jahre alt und keine Mündel des Staates mehr waren, und lass dir sagen die haben verdammt gelitten in diesem Waisenhaus, du hättest hören müssen was uns meine Mutter erzählte, meinen Schwestern und mir, über die elf Jahre die sie in dieser Penne verbracht hatte, wie hart sie schuftete, und wie die Ollen die sich um die Kinder kümmerten sie dauernd verdroschen hatten, wegen nichts, völlig grundlos, nur um ihnen beizubringen sich gut zu benehmen, aber vor allem weil diese Ollen die sich um die Waisenkinder kümmern normalerweise Kinder hassen, ja das weiß doch jeder, diese Ollen das sind verkrachte Mütter, okay aber ich werde dir nicht die Details der Leiden und des Unglücks meiner Mutter erzählen weil ich sicher bin dass dich das zum Heulen bringen würde, und außerdem ist das ja nicht meine Mutter von der ich dir jetzt erzählen will, nein, sondern meine Tante Rachel …

dennoch ich muss dir sagen dass meine Mutter, weil sie die älteste war von den Kindern im Waisenhaus, die kümmerte sich um die zwei anderen, sie flickte ihnen die Kleider wenn sie zerrissen waren, sie stopfte ihnen die Strümpfe wenn Löcher drin waren, weißt du weil man ihnen nicht viele Strümpfe gab den Kindern in diesem Waisenhaus, sie gab ihnen mehr zu essen im Speisesaal indem sie ihre eigene Portion opferte, sie kämmte ihnen die Haare, sie wischte ihnen die Tränen aus den Augen am Abend wenn Maurice und Rachel in ihrem Bett weinten bevor sie einschliefen, das ist übrigens der Grund wieso mein Onkel Maurice und meine Tante Rachel dauernd sagten dass meine Mutter eine Heilige gewesen sei, und man hat sie ganz schön geschlagen in diesem Waisenhaus, die Ollen die sich um die Kinder kümmerten die haben sich nicht gerade beherrscht, ah nein, also du siehst wie meine arme Mutter gelitten hat elf Jahre lang in diesem Waisenhaus, elf Jahre Martyrium was …

nein was glaubst du denn, das war kein katholisches Waisenhaus mit Ordensschwestern, nur weil ich Martyrium sage brauchst du nicht gleich an die Christen der Antike denken die die Römer den Löwen zum Fraß vorwarfen, das war ein jüdisches Waisenhaus …

aber natürlich war das jüdisch, es gibt jüdische Waisenhäuser weißt du, die Juden sind wie alle anderen, auch sie kümmern sich um Kinder die keine Familie haben, vielleicht sogar besser als die Katholiken, weil für die Juden die Familie zählt, dieses Waisenhaus in dem meine Mutter aufgezogen wurde das hieß La Maison Rothschild …

nein was glaubst du denn, das existiert nicht mehr dieses Waisenhaus, die Deutschen und die Pétainisten haben es wahrscheinlich während der Besatzung zerstört, oder aber sie haben es beschlagnahmt und daraus ein Gefängnis gemacht nachdem sie alle Kinder wer weiß wohin geschickt haben, ich ich weiß das nicht, ich habe es mir nie angesehen dieses Waisenhaus im zwölften Bezirk, aber meine Mutter beschrieb es uns oft meinen Schwestern und mir, sie hatte immer Tränen in den Augen wenn sie von ihrem Waisenhaus erzählte …

weißt du meine Mutter die weinte oft, sie hatte immer ihre gro-
ßen schwarzen Augen voller Tränen, übrigens ist das schon fast alles woran ich mich bei ihr erinnern kann …

woran … sieh an, woher das wohl kommt dieses woran … sag mir nicht dass ich plötzlich anfangen werde wie ein Buch zu sprechen, also da …

ja, meine Mutter immer ihre großen schwarzen Augen voller Tränen, ah die konnte ganz schön weinen in ihrem Leben meine Mutter, wie auch immer das hat nicht sehr lange gedauert, sie hat nicht sehr lange gelebt …

okay aber siehst du wie unverbesserlich ich bin, ich schweife dauernd ab und es gelingt mir nicht dir zu erzählen was ich dir erzählen wollte, das ist die Geschichte meiner Tante Rachel die ich dir erzählen will, eine großartige Geschichte ...

also diesmal geh ich es wirklich an, vergiss vorläufig meine Mutter mit ihren Augen voller Tränen, ich werde dir später davon erzählen ...

mit vierzehn Jahren ist Tante Rachel über die Mauer und verduftet aus dieser Penne, sie haut ab, einfach so, eines Nachts, als alle schlafen im Waisenhaus, weißt du es gab einen Haufen Kinder die abgehauen sind während der Nacht ...

die einzige Person zu der die kleine am ganzen Leib zitternde Rachel auf Wiedersehen sagt bevor sie Leine zieht das war meine Mutter ...

meine Mutter liegt in ihrem Bett mitten in der Nacht und die kleine Rachel kommt und kniet sich neben ihr nieder um sie zu umarmen und zu küssen, sie hatte ihre paar jämmerlichen Klamotten in einem Papiersack verstaut und hielt ihre großen schwarzen Waisenkinder-Stiefel in der Hand, und während sie meine Mutter umarmt und küsst fleht sie sie an doch mit ihr zu kommen ...

komm na los komm doch Margot, zieh dich an schnell, wir türmen zusammen, wie sie zu ihr sagt, du wirst sehen, wir beide werden es schon schaffen uns durchzuschlagen ...

aber meine Mutter die schüchtern war und eher schwerfällig, jedenfalls nicht wie Rachel die, wie es scheint, ein ziemliches kleines Luder war, sagt zu ihr dass sie nicht kann, dass sie Angst hat, dass sie bleiben muss um sich um Maurice zu kümmern, der auch ein kleiner schüchterner und kränklicher Junge war, aber während meine Mutter ihre Schwester umarmt und küsst, alle beide die Augen voller Tränen, sagt sie leise zu ihr, na los geh, geh schon meine kleine Rachel, flüchte, flüchte schnell geh und mach dir ein schönes Leben in der Freiheit ...

okay ich weiß nicht ob das genau die Worte waren die meine Mutter zu ihr gesagt hat zu ihrer Schwester, aber ganz sicher so was in der Art …

du musst wissen, nach dem was unsere Mutter uns erzählte, das war nicht leicht aus diesem Waisenhaus zu flüchten das wie ein Gefängnis war, mit einer großen Mauer drumrum, aber Rachel die hat sie geschafft diese Mauer, mit vierzehn Jahren, das ist es was man mir gesagt hat …

vergiss nicht dass alles was ich dir über das Waisenhaus sage also das geschah bevor ich geboren wurde, deswegen ist das was ich dir erzähle alles in allem bereits Erzähltes, ich mache nichts anders als das zu wiederholen was ich gehört habe als ich noch ein Knirps war, und es ist möglich dass das was man mir erzählt hat bereits etwas Verändertes war, Dinger die ein bisschen vom schlechten Gedächtnis manipuliert waren, weißt du weil die Geschichten die dir deine Eltern über ihr Leben erzählen, ich meine die wahren Geschichten die passiert sind bevor du geboren wurdest, also das sind oft Geschichten die sogar sie selbst deine Eltern schon ein wenig vergessen haben, das ist der Grund warum man sich nur ausmalen kann was in der Vergangenheit passiert ist, der deinen der meinen genauso wie der der anderen, wenn du so willst ist die Vergangenheit immer aus ein wenig gefälschten Geschichten gemacht …

jedenfalls siehst du, in jener Nacht, nachdem sie meine Mutter umarmt und geküsst und mit ihr eine ganz schöne Zeit lang geweint hatte, entkommt Rachel aus dem Waisenhaus, das war 1920 …

ja 1920, pass doch ein bisschen auf, verdammte Scheiße du kommst nicht mit, du schläfst, ich habe dir gesagt dass mein Großvater 1910 während der großen Überschwemmung gestorben ist, oder dass er verschwand, man hat das nie herausgefunden, ich habe dir auch gesagt dass meine Mutter sieben Jahre alt war zu der Zeit, mein Onkel Maurice sechs, und Tante Rachel vier als man sie ins Waisenhaus gesteckt hat, erinnerst du dich daran, also wenn Rachel mit vierzehn Jahren aus dem Waisenhaus flüchtet, zehn Jahre später, dann bringt uns das ins Jahr 1920, siehst du wie leicht das ist diese Art von Rechnereien anzustellen, aber glaub ja nicht mein Freundchen wenn ich dir mit solch genauen Daten komme dass das dann heißt dass meine Geschichte jetzt chronologisch wird, ganz und gar nicht, weil mir nämlich wie du ja schon mitgekriegt haben musst die Chronologie scheißegal ist, ich kann mit meinen Worten genausogut in der Vergangenheit spazieren gehen wie in der Zukunft, *simple, composé* oder *antérieur*, das ist mir wurscht, aber damit du mir folgen kannst genauso wie die die schließlich meine Geschichte lesen werden wenn man sie veröffentlichen wird, muss ich schon zeitliche Anhaltspunkte geben die mehr oder weniger genau sind, sonst werden sich die Kritiker wie wilde Tiere auf mich stürzen weil, das wirst du vielleicht nicht wissen, was das Allerheiligste für diese dummen Ärsche von Kritikern ist das ist der Begriff der Zeit, ah die Zeit, die menschliche Zeit, dieses Monster mit zwei Köpfen, von wegen was für ein Schwachsinn, sieh mal der Bursche der die Zeit erfunden hat, ich meine die Idee des Verlaufs der Zeit, der hat uns aber wirklich einen ganz schönen Bären aufgebunden, und das Schlimmste ist dass dieser Kretin sich die Zeit nur in eine einzige Richtung fortschreitend vorstellen konnte, von links nach rechts, von der Vergangenheit in die Zukunft, stell dir mal vor wie verdammt interessanter doch das Leben wäre wenn die Zeit in irgendeine Richtung fortschreiten würde, sogar rückwärts, wenn sich die Dinge und Ereignisse eher vereignen würden als sich immer in der gleichen Richtung zu ereignen …

he die ist nicht schlecht diese Idee, findest du nicht, man könnte das die Umkehrung der Zeit nennen, ahaha, den Rückwärtsgang der Zeit, und auf die Art würde sie uns statt uns dauernd ihre schmutzige Fresse zu zeigen die Zeit uns ihren schönen Arsch präsentieren …

aber kommen wir auf meine Tante Rachel zurück, 1920 verschwindet sie und fünfzehn Jahre lang keine Neuigkeiten von ihr, niemand weiß wohin sie gegangen ist …

die Brüder die Schwestern und die Großmutter fragten sich manchmal ob sie nicht tot war, immerhin ein so kleines vierzehnjähriges Mädchen, allein auf der Welt, ohne einen Pfennig, fast ohne Bildung, ohne jegliche Lebenserfahrung weil sie zehn Jahre hinter den Mauern dieses Waisenhauses verbracht hatte, ja sie fragten sich ob sie noch am Leben war, oder aber ob man sie vielleicht nicht als Sklavin nach Afrika verkauft hatte, weißt du weil man sich erzählte dass es da Typen gab, Kidnapper von Frauen, na Zuhälter, pimps, vor allem in Marseille, die kleine Mädchen stehlen und sie den reichen Arabern verkaufen oder sie in die Bordelle in den Kolonien stecken, man nannte das *traite des blanches* ...

jedenfalls war es das was meine Tanten und Onkels sich gegenseitig zuflüsterten wenn sich die Familie mütterlicherseits am Sonntag bei Großmutter traf, denn bevor meine Großmutter starb, während des Krieges, eines natürlichen Todes übrigens, mit sechsundsechzig Jahren, war das immer bei ihr, in ihrer Wohnung in der Rue Vercingétorix, in der sich die ganze Familie traf ...

oh nein die Familientreffen bei Tante Marie das war nach dem Krieg, nach dem Tod meiner Großmutter, als Marie die Königin der Familie geworden ist, die große Matrone ...

ah neulich habe ich gesagt dass die Familientreffen bei Marie dass die vor dem Krieg waren, also ich habe mich geirrt, das passiert mir so weißt du, aber das ist gut dass du achtgibst auf das was ich dir erzähle, auf die Art bringst du die Dinge in Ordnung, du verbesserst mich wenn ich Schwachsinn rede, da habe ich aber Glück einen so aufmerksamen Zuhörer zu haben wie dich ...

ich sagte also wenn sich die Familie am Sonntag bei meiner Großmutter traf in der Rue Vercingétorix im vierzehnten Bezirk, dann wollten wir Kinder, ich meine Schwestern meine Cousins und meine Cousinen, auch wenn wir sie noch nie gesehen hatten die Tante Rachel, wir wollten wissen wo sie war und was sie machte, also hörten wir den Onkels und Tanten beim Plaudern zu während sie um den Tisch saßen im Esszimmer und Tee aus Gläsern tranken in denen Zitronenstücke schwammen, und an Zuckerstücken knabberten die sie in den Tee tunkten, ja wir Kleinen wir wollten wissen wer das war diese Tante Rachel, und während wir also am Boden auf dem Teppich mit Spielsachen spielten die uns Onkelchen Maurice immer mitbrachte am Sonntag fragten wir, Tante Rachel wer ist das, Tante Rachel was macht die …

ja wir Kleinen wir wollten das wissen, aber man sagte immer zu uns, oh Tante Rachel die reist sehr viel im Ausland, deswegen seht ihr sie auch nie, na los Kinder spielt mit eurem Spielzeugs und hört auf uns mit euren Fragen zu nerven …

also spielten wir weiter mit den Spielsachen die uns Onkel Maurice am Sonntag schenkte und wir erfuhren nie wer das war diese Tante Rachel …

sieh mal ich werde einen kleinen erzählerischen Haken schlagen um dir von Maurice zu erzählen, unserem Lieblingsonkel wegen der Spielsachen, du wirst schon sehen mein Onkel Maurice der ist auch wichtig in dieser Geschichte, außerdem gehört er immerhin zur Familie also muss er wohl hier ein wenig Platz bekommen …

Maurice, nachdem er aus dem Waisenhaus raus war, auch mit achtzehn wie meine Mutter, fuhr auf den Markt wo er Geschirr verkaufte, weißt du Kasserollen, Töpfe, Pfannen, Kochtöpfe, verstehst du was ich meine, Küchenutensilien, aber er verkaufte auch Spielsachen, Puppen, kleine Autos aus Holz, Züge, Zinnsoldaten, einen Haufen solcher Dinger, und jeden Sonntag, das vergaß er nie der Maurice, weißt du weil Maurice verdammt nett zu uns war, vor allem zu mir und meinen Schwestern, wahrscheinlich weil er sich daran erinnerte wie meine Mutter sich um ihn gekümmert hatte im Waisenhaus, wie auch immer jeden Sonntag schenkte er allen Kindern ein Spielzeug, kein großes Spielzeug, ein kleines, aber trotzdem vergaß er das nie, ich mochte ihn sehr meinen Onkel Maurice, auch wenn er mir später so wie die anderen Sauereien angetan hat …

ja ich weiß dass ich dauernd sage dass mir diese behämmerte Familie einen Haufen Sauereien angetan hat nach dem Krieg und dass das auch ein wenig der Grund war warum ich nach Amerika gegangen bin, und du du willst dass ich dir sofort diese Sauereien erzähle, aber ich muss dir jedenfalls unbedingt den background all dieser Onkels und dieser Tanten schildern, sogar von denen die nett zu mir waren, bevor ich dir erzählen kann wie sie mich alle übers Ohr gehaut haben, also wenn du erlaubst lass mich die Geschichte von Maurice beenden und die der Tante Rachel ...

was daran erstaunlich ist ist dass Maurice der schüchtern und kränklich war im Waisenhaus, wie ich dir schon gesagt habe, also als der raus war wurde er verdammt gerissen, und mit Tante Marie war er der reichste der Familie, weißt du jedenfalls glaube ich dass ihm das Waisenhaus gutgetan hat, er hat gelernt sich im Leben durchzuschlagen ...

er hatte einen kleinen Lieferwagen und fuhr damit in den Vororten von einem Markt zum anderen um seinen Ramsch zu verkaufen, so hat er das Zeugs genannt das er verkaufte, das einzige Problem war dass wir am Sonntag wenn wir zu unserer Großmutter Mittagessen gingen immer warten mussten bis Maurice und Nénette vom Markt kamen bevor wir uns an den Tisch setzen konnten, und wir Kinder wir protestierten weil wir ganz schön hungrig waren obwohl wir wussten dass Maurice und Nénette uns Spielsachen mitbringen würden und außerdem ...

ah ja Nénette, die schöne Tante Nénette, das ist wahr, ich muss dir sagen wer das war, denn das ist das erste Mal dass ich sie erwähne ...

Nénette das war die Frau von Maurice, nicht wirklich seine Frau, weil sie eigentlich nicht verheiratet waren die beiden, weil Nénette keine Jüdin war, und Maurice obwohl er nicht gläubig war konnte rein aus Respekt vor seiner Mutter solange die am Leben war sie nicht heiraten, übrigens sogar nach dem Tod meiner Großmutter nicht, Maurice und Nénette haben nie geheiratet, sie sagten aus Respekt vor der Erinnerung an unsere Großmutter, ist dir das klar wie die Religion dich dazu verleitet bescheuerte Dinger zu tun, oder man müsste eher sagen wie die Religion dich daran hindert das zu tun was du tun möchtest oder tun müsstest, angesichts des Lebens oder angesichts des Todes, ah die Religion sieh mal, das ist das große Unglück, das große Übel der Gesellschaft, und ich ich weiß ein Liedchen davon zu singen, das war wegen ihrer Religion dass meine Eltern ausgelöscht wurden auch wenn sie nicht daran glaubten an diese Religion, mein Vater, weißt du, der war durch und durch Atheist, ja weil er Kommunist war, also wurden wir Kinder ohne Religion aufgezogen auch wenn meine Mutter, die auf religiösen Schwachsinn getrimmt wurde in ihrem jüdischen Waisenhaus, hin und wieder versuchte uns dazu zu bringen an den Herrgott zu glauben …

wie auch immer ob sie nun jüdisch war oder nicht Tantchen Nénette, alle in der Familie mochten sie sehr, sogar meine Großmutter, sie war großartig die Nénette, nett wie nur was, und auch schön, jedenfalls als sie noch jünger war, eine schöne Naturblonde mit großen blauen Augen, sehr sehr schlank und elegant, Maurice war verrückt nach ihr, und trotzdem haben sie nie heiraten können, ah wenn das nicht blöd ist an solche Dinger zu glauben, okay aber ich werde später auf diese Frage der Religion noch zurückkommen …

Scheiße ich muss dir noch so viele Sachen erzählen, ich hoffe du bist nicht zu müde, nicht sehr verirrt in all dem hier, okay also das reicht für Maurice und Nénette, ich komme auf die Geschichte meiner Tante Rachel zurück …

ich sagte dass während wir Kinder auf dem Boden mit unseren Spielsachen spielten, da diskutierten die Tanten und Onkels über Familienangelegenheiten, und es versteht sich von selbst dass sie sich dauernd fragten wo wohl die Tante Rachel sein könnte und sogar ob sie noch am Leben wäre …

nein das habe ich dir gesagt, keine Neuigkeiten von Rachel mehr als fünfzehn Jahre lang, absolut nichts, niemand wusste wo sie war, aber eines Tages, an einem Sonntag, ich erinnere mich noch sehr gut, auch wenn ich nicht älter als sechs oder sieben war, die Familie hat sich wie gewöhnlich bei der Großmutter getroffen weil Sonntag war, und plötzlich kündigt die Großmutter an …

he warte, ich hätte dir sagen müssen wenn sich die Familie bei meiner Großmutter traf, alle, auch meine Mutter weil sie nicht mehr im Waisenhaus lebte, was ich dir gerade erzähle das ist nach dem Waisenhaus weil ich schon geboren war, und meine Schwestern auch, also sind wir jetzt in den Dreißigerjahren, ja ich hätte dir sagen müssen wenn sich die Onkels und Tanten bei der Großmutter trafen dass sie dann nicht Französisch sprachen, weil meine Großmutter die sprach fast überhaupt kein Französisch, jedenfalls nur ein paar Worte, aber niemand verstand was sie sagte weil sie nämlich künstliche Beißer im Mund hatte und wenn sie sprach sabberte sie ziemlich, ja meine Großmutter die sprach nur Polnisch und vor allem Jiddisch, das ich übrigens zu jener Zeit ein wenig verstand, aber das Jiddische das habe ich jetzt völlig vergessen, wie auch immer sie sprachen alle Jiddisch wenn sie zu meiner Großmutter kamen, und meine Großmutter hat an jenem Tag gesagt, in Jiddisch also, aber natürlich übersetze ich damit du verstehen kannst was meine Großmutter an jenem Sonntag gesagt hat, mit großer Erregung in der Stimme und sogar mit einigen Tränen in den Augen, sie hat gesagt, gestern habe ich einen Brief von Rachel erhalten, einen Brief der aus Indien gekommen ist, aus Kalkutta …

aus Kalkutta haben alle im Chor zu schreien begonnen, sogar wir Kleinen, weil wir das Gespräch hörten, und auf der Stelle haben alle Onkels und Tanten diesen Brief sehen wollen, also hat ihn meine Großmutter aus der Schublade ihrer Anrichte gezogen und sie sind alle aufgestanden und haben gedrängelt um den Brief in die Hände zu bekommen, außer meine Mutter die am Tisch sitzen geblieben ist mit Tränen in den Augen, siehst du meine Mutter statt sich wie die anderen darüber zu freuen zu erfahren dass ihre kleine Schwester noch am Leben war hat sie das traurig gemacht und sie hat sofort Tränen in den Augen gehabt, also meine Schwestern und ich als wir meine Mutter gesehen haben wie sie weinte sind wir zu ihr gegangen, und sie hat uns in ihre Arme genommen …

nein mein Vater der war nicht da, mein Vater der ging nie mit uns zur Großmutter, weil alle mütterlicherseits ihn hassten, und er mein Alter der hat sie auch alle gehasst, er stritt sich andauernd mit ihnen, weißt du mein Vater wenn der zufällig meinen Onkel Léon oder sogar meine Tante Marie im Stiegenhaus des Hauses traf in dem wir alle wohnten, in der Rue Louis Rolland Nummer 4, dann gab es sofort einen Streit, und das war ein ziemliches Geschrei, wir Kinder wir versteckten uns wenn sich mein Vater und Léon oder Marie gegenseitig anbrüllten, das lass dir sagen Mann dann gab es ganz schön Stunk …

aber kommen wir auf den Brief von Rachel zurück der an jenem Tag von Hand zu Hand ging, und während die Tanten und Onkels ihn lasen machten sie Ahs und Ohs, und, sie schienen alle erfreut zu sein zu erfahren dass ihre Schwester noch am Leben war …

was macht sie in *Quelculta,* ja so haben wir Kalkutta gesagt, *Quelculta,* sogar wir Kinder haben das gesagt, warte, ich bin gleich so weit, denn jetzt sind wir im Herzen der Geschichte meiner Tante Rachel, du wirst sehen das wird immer erstaunlicher …

okay so entwickelte sich diese Geschichte, nach diesem ersten Brief aus Indien, aus Kalkutta, nach mehr als fünfzehn Jahren Schweigen, sagte die Großmutter fast jeden Sonntag, oh ich habe wieder einen Brief von Rachel bekommen, aber diesmal aus Singapur …

Singapur wiederholten wir Kinder vom Boden aus auf dem Teppich wo wir gerade spielten, wo ist das Singapur?????? fragten wir, und man antwortete uns, Singapur – – – das ist weit weg, weit weit weg, aber wir Kinder wir ließen nicht locker, was macht die dort, so weit weg in Singapur, die Tante Rachel …

Tante Rachel sagte man uns, das ist eine Tänzerin, eine große international bekannte Tänzerin, und daher reist sie viel in der ganzen Welt herum …

von wegen Mann, eine Tänzerin, Bauchtänzerin, du kannst dir selbst ein bisschen vorstellen was die Onkels und Tanten sich zuflüsterten wenn es um ihre Schwester Rachel ging, aber das Tollste war dass die Großmutter eines Tages verkündete dass sie von Rachel eine große Zahlungsanweisung erhalten hat, auf der

Stelle wollten die Onkels und Tanten wis-sen wie viel, ich erinnere mich nicht mehr wie viel die Groß-mutter gesagt hat, aber es war viel denn du hät-test die Reaktio-nen sehen müssen an jenem Tag rund um den Tisch im Esszim-mer meiner Großmutter …

ich erinnere mich sogar an das was mein Onkel Léon über meine Tante Rachel gesagt hat, er hat das mit leiser Stimme zu meinem Onkel Nathan gesagt, Nathan das war der Mann meiner Tante Fanny, wir nannten ihn den Idioten der Familie, nicht weil er blöd, sondern weil er übergeschnappt war, ja er hatte einen klei-nen Dachschaden, und er hat nach dem Krieg sein Leben in einem Irrenhaus beendet, wie auch immer ich habe gehört was Léon zu Nathan sagte mit leiser Stimme, ich war auf dem Boden unter dem Tisch und spielte gerade mit meinen Zinnsoldaten und das ist der Grund warum ich es habe hören können, wenn man einen schönen Arsch hat dann ist das leicht sein Glück zu machen, hat der Léon gesagt …

ich weiß nicht woher er wusste der Léon dass meine Tante Rachel einen schönen Arsch hatte weil er sie nämlich noch nie gesehen hatte, aber so war er der Léon, immer zänkisch, immer redete er schlecht von anderen, ich hasste ihn den Léon, nicht weil er fies und reich war, sondern vor allem weil er geizig war …

wie auch immer, während meiner ganzen Kindheit, das ist natürlich vor dem Krieg wovon ich dir jetzt erzähle, fragten sich alle in der Familie wie Rachel ihr Glück gemacht hatte in diesen fernen Ländern, und alle wollten wissen wann sie nach Frankreich zurückkommen würde, weil in jedem Brief schrieb Rachel dass sie bald damit rechnen würde nach Paris zu kommen um hier zu leben …

aber dann kommt der Krieg, und während des ganzen Krieges keine Briefe mehr von Rachel, was sich verstehen lässt weil die Deutschen es den Juden nicht erlaubten, Post zu bekommen …

ah das wusstest du nicht, doch doch, das ist wahr, wir wir Juden während des Krieges, jedenfalls bevor man uns vernichtet hat, wir hatten nicht das Recht einen Haufen Dinge zu tun, zum Beispiel hatten wir nicht das Recht in Bibliotheken zu gehen, wir hatten nicht das Recht in Schwimmbäder zu gehen, auf Postämter, ins Kino oder ins Theater, wir durften keine öffentlichen Einrichtungen betreten, das war nicht lustig weißt du, und obendrein mussten alle Juden den gelben Stern tragen, ja ich ich habe ihn getragen den gelben Stern, ah wie ich mich schämte …

he sag, ist dir das nicht peinlich wenn ich von den Juden spreche, du bist doch kein Antisemit oder …

ah okay ich habe einen Augenblick Angst gehabt, man weiß ja nie, ah du sagst im Gegenteil, dass du verstehst, dass du mitfühlst, dass du Mitleid mit uns hast, also das das ist aber nett, dann kann ich dieses Thema anschneiden ohne mich zu sehr zurückzuhalten …

ich muss dir jedenfalls sagen das Dings mit der Zensur der Post da bin ich mir nicht sicher, aber das würde mich nicht wundern wenn diese Dreckschweine von Deutschen die ganze jüdische Post beschlagnahmt hätten, deshalb auch während des ganzen Krieges keine Neuigkeiten von Rachel …

siehst du das Traurigste daran ist dass meine Mutter gestorben
ist ohne je ihre kleine Schwester wiedergesehen zu haben, das
letzte Mal dass sie sie gesehen hatte, wie ich dir erzählt habe, war
wie Rachel gekommen ist um sie zu umarmen in der Nacht in
der sie aus dem Waisenhaus abgehauen ist ...

aber vor dem Krieg, seit diesem ersten Brief, man kann fast sagen
seit diesem historischen Brief, jedenfalls für meine Familie, kamen regelmäßig Briefe, Postkarten, Zahlungsanweisungen aus
allen Ecken der Welt, in einer Woche aus Bangkok, in der nächsten aus Schanghai, dann aus Tokio, darauf aus Hong Kong, und
wir Kleinen wir träumten von dieser so reichen Tante Rachel die
wie eine große Abenteurerin in der ganzen Welt herumreiste ...

vor allem ich, ich der der Verträumteste war in der Familie, ich
sah mich auf großen Passagierdampfern stehen neben meiner
Tante, die Haare im Wind flatternd, eine Zigarette im Mundwinkel, ich legte meinen Arm um die Schultern meiner Tante die ein
bisschen zitterte in der Meeresbrise, ich drückte sie an mich um
sie aufzuwärmen, ah wie schön die war meine Tante Rachel mit
ihren großen schwarzen Augen und ihren langen Haaren, sehr
schwarz und sehr gelockt, ich malte sie mir aus wie eine dieser
wollüstigen schönen Jüdinnen die in der Bibel beschrieben sind,
ah diese wirklich schönen Jüdinnen des Alten Testaments wie
ich die anbete, ja so sah ich sie meine Tante Rachel, in meinen
Vorstellungen jedenfalls, wollüstig und zu großer Leidenschaft
fähig, aber gleichzeitig mit genügend Erfahrung weil sie so lange
in dieser Welt herumgereist war dass sie ihre Neigung zur Wollust zu verstecken wusste hinter einem Schleier raffinierter Me-
lancholie ...

woher ich weiß dass sie schön war die Rachel, weil meine Mutter
uns das dauernd sagte, und auch weil meine Mutter ein Foto von
ihr hatte, das einzige Foto übrigens von Rachel als sie noch im
Waisenhaus war, es war ein wenig vergilbt dieses alte Foto und
es war sogar eine Ecke abgerissen, aber man konnte trotzdem
sehen wie schön sie war die Rachel auch wenn sie schlecht gekleidet war in ihren traurigen Kleidern eines kleinen Waisenkin-
des, sie trug eine schwarze Schürze und große Halbschuhe die

ihr bis über die Knöchel reichten, sie musste neun oder zehn Jahre alt gewesen sein auf diesem Foto, aber ich in meiner Fantasie hatte sie verwandelt die kleine Rachel in eine raffinierte und elegante Dame, ich sah sie dauernd, in meinem Geist, in meinen Träumen vor allem, in der Nacht, in schönen exotischen Kleidern mit großen Hüten und funkelndem Schmuck auf ihrer glatten und gut gebräunten Haut, ah wie schön sie doch war …

ah sieh an das ist aber interessant, daran habe ich nicht gedacht, endlich stellst du eine interessante Frage, warum sie die Rachel nie Fotos von ihr geschickt hatte als sie in allen Ecken der Welt herumreiste …

ja warum, das das weiß ich nicht, vielleicht weil sie nicht wollte dass die Familie wusste wie sie aussah, weißt du weil deine Visage sehr oft zeigt was du im Leben machst, zum Beispiel du, siehst du, als ich dich zum ersten Mal sah habe ich sofort begriffen dass du eine Art Parasit bist, ich meine das nicht bös, reg dich nicht auf, aber deine Fresse mein Alter die verrät dass du dich von anderen ernährst, ich rede nicht vom Futter, ich rede von geistiger Nahrung in deinem Fall, weil du nämlich von den Geschichten anderer lebst hast du die Visage eines neugierigen Typen, dein Beruf das ist die Neugier und dein Gesicht verrät das, du wirst es vielleicht nicht glauben aber einmal hat mir jemand gesagt dass ich wahrscheinlich ein Schriftsteller oder ein Künstler sein muss wegen der Art wie ich mir die Haare frisiere und auch wegen des Barts den ich zu der Zeit trug, und der Bursche wusste überhaupt nicht wer ich war und was ich machte, ich saß neben dem Typen in einem Autobus in Chicago und wir haben ein wenig geplaudert, und dieser Typ hat mich sofort für einen Schriftsteller gehalten einfach nur indem er mich musterte, also das ist vielleicht auch der Grund warum meine Tante Rachel ihr Gesicht der Familie auf Fotos nicht zeigen wollte damit man nicht erraten konnte wer sie war, falls sie aber Fotos geschickt haben sollte, dann hatte man uns Kindern die nicht gezeigt …

deshalb hatte ich nie Fotos gesehen von Rachel als Erwachsene, bevor sie in Frankreich ankam nach dem Krieg, als ich sie dann zum ersten Mal sah, kannte ich Rachel eigentlich nur von diesem einzigen Foto als Waisenkind mit neun oder zehn Jahren, aber ich wusste dass sie eine schöne und verführerische Frau geworden war wie ein Filmstar, ja davon war ich überzeugt …

ah Tantchen Rachel, sagte ich in meinen Träumen, ah Tan-Tchen Raa-Chel, sagte ich in meinen Träumen wobei ich in meinem Mund die Silben ihres Namens wie Bonbons lutschte, wie große Lutscher, und in meinen Träumen stierte ich sie an, berührte ich sie, ahnte ich unter ihrem Tanzkleid mit dem V-Ausschnitt ihre schweren und festen und braunen Brüste, ja ich sah sie in meinen Träumen wie eine Pflanze, einen Baum, einen jungen Feigenbaum mit geschmeidigen Ästen und mit schönen prallen Früchten, ah wie blöd und romantisch ich doch in dem Alter war in dem man davon träumt was unter dem Kleid einer Frau versteckt ist …

ich weiß dass das nicht in Ordnung war, das ist nicht normal so an seine Tante zu denken, aber als ich ein Junge war siehst du da war ich ein ziemlicher Heißsporn, übrigens vertusche ich das nicht, ich bin es immer noch, aber das ist doch kein Verbrechen oder, das ist normal dass man sich angesichts einer schönen Frau erregt, auch wenn es die nur in deinen Träumen gibt, die Typen die nicht reagieren wenn sie eine tolle Biene beäugeln das sind doch Halbtote, sexless, meine Wenigkeit bekommt immer einen Steifen wenn sie einen schönen Arsch sieht, und der Arsch meiner Tante Rachel, jedenfalls der den ich mir in meinen Träumen vorstellte, der war verdammt schön, mit sehr runden und sehr festen Backen …

als ich das Alter erreicht hatte in dem ich wie ein Irrer einen Steifen bekam in der Nacht unter meiner Decke, versuchte ich manchmal mir meine Tante Rachel beim Tanzen vorzustellen, sie trug einen sehr kurzen Rock, schwarze Strümpfe, enge Schlüpfer aus roter Seide, goldene Schuhe, so sah ich sie immer in meinen Träumen, als Night-Club-Tänzerin, wahrscheinlich weil ich in Zeitschriften Fotos von Tänzerinnen gesehen hatte die so gekleidet waren, und eines Nachts habe ich sogar geträumt dass ich mit meiner Tante tanzte und am Ende des Tanzes, ich glaube dass das ein Tango war den wir zusammen tanzten, da hat sie mich geküsst, aber nicht auf die Wange wie das meine anderen

Tanten taten und mich dauernd nass dabei machten, sondern direkt auf den Mund, und ich habe sogar die Spitze ihrer Zunge gespürt wie sie in meinen Mund eindrang und sich an der meinen rieb, und dann plötzlich lagen wir beide aufeinander splitternackt in einem großen Bett das wie ein Schiff auf einem Fluss trieb, was ich dir da erzähle das jedenfalls war ein Traum, sie hatte eine sehr dunkle Haut meine Tante Rachel, mit vielen schwarzen Haaren auf den Armen und unten am Bauch, und ich rackerte mich ab und versuchte mein Zipfelchen in ihre schwarzen Haare unten an ihrem Bauch zu stecken, aber das funktionierte überhaupt nicht, mein knallroter Piephahn schaffte es nicht den Weg zu finden, plötzlich habe ich die beiden Daumen meiner Tante Rachel gespürt die meinen Schwanz gepackt hatten um ihn an ihren tollen Ort zu führen, aber genau in dem Augenblick in dem die Spitze meines ziemlich prallen Pimmels die schwarzen Haare berührte die das Geheimnis ihrer Muschi bedeckten ist er abgespritzt und ich bin aufgewacht meine Oberschenkel total nass und meine Bettlaken ziemlich besudelt, ich habe versucht die Laken mit meinem Taschentuch abzuwischen damit meine Mutter nicht merkt dass ich in der Nacht Sauereien angestellt hatte, aber sie hat es bestimmt bemerkt denn da waren dauernd gelbe Ringe auf meinen Laken als ich ein Junge war ...

ah sag mir ja nicht dass du nicht gewichst hast als du in dem Alter warst in dem dein Schwanz begann vor dir hab acht zu stehen sobald du die Hinterbacken einer Biene in deinem Kopf sahst, du hältst mich wohl für blöd, wir haben das alle gemacht, und erzähl mir nicht dass du es jetzt nicht wieder machst, mit dem Wichsen aufzuhören das wäre der Tod ...

jedenfalls siehst du wie sie mich erregte meine Tante Rachel, sogar bevor ich sie kennengelernt habe, und während des Krieges als ich da allein war auf meinem Bauernhof im Süden und traurig war also da dachte ich oft an meine Tante Rachel, und während der Nacht in der Einsamkeit meiner Falle, statt an meine Mutter oder an meinen Vater zu denken oder von ihnen zu träumen, wie ich das hätte tun müssen jetzt da sie nicht mehr da waren und dort viel leiden mussten wohin man sie deportiert hatte, also ich ich träumte vom Arsch und von den schwarzen

Haaren meiner Tante Rachel, ah das ist aber auch wirklich ekelhaft wie ich damals war, ich sollte mich schämen dir das zu erzählen, aber vergiss nicht dass die Geschichten die ich dir erzähle also die sind nicht alle wahr, aber auch wenn sie wahr sind dann schmücke ich sie aus, mache ich sie fiktiver, romantischer, na ich erfinde, aber das hindert mich nicht daran dass sie mich trotzdem erregen, aber das, wie ich dir vorhin erklärt habe, das kommt weil die literarische Schöpfung sich immer in der Erregung ereignet ...

139

Scheiße ich muss jedenfalls für einen Augenblick unterbrechen, ich fühle mich ganz komisch ...

                                   ganz dizzy ...

siehst du was ich meine ...

was ich dir gerade erzählt habe hat mich dermaßen aufgeregt dass ich mich ganz komisch fühle, ganz ...

wie soll ich sagen ...

                                   ganz aufgelöst ...

siehst du wie erregt ich bin, schau ich zittere ...

          das ist verdammt hart die literarische Schöpfung ...

hör zu ich werde aufs Scheißhaus gehen um mich wieder herzurichten, ja ich muss unbedingt ...

aber du du wartest hier auf mich und in fünf Minuten erzähle ich dir die Fortsetzung ...

einverstanden …

hau nicht ab, ich bin gleich wieder da …

_ _ _

Okay also ich mache weiter …

… okay es geht schon besser, also du willst dass ich mit der Geschichte von Tante Rachel weitermache, gut ich fange wieder
an …

also nach dem Krieg ich war nach Paris zurückgekehrt sind alle
mütterlicherseits verdammt erstaunt gewesen mich zu sehen, weil
es mir als meine Eltern und meine Schwestern verhaftet worden
sind gelungen ist zu entkommen und ich bin in die freie Zone
abgehauen wo ich auf einem Bauernhof im Süden gearbeitet habe
bis zum Kriegsende, aber niemand wusste wo ich abgeblieben
oder ob ich noch am Leben war, als ich in Paris ankomme nach
der Befreiung, hielten mich alle in der Familie für tot, aber ich
ich war nicht tot, wie du siehst …

wie es mir gelungen ist zu entkommen, ah das das ist eine völlig
andere Geschichte die ich übrigens schon mehrere Male erzählt
habe, das ist schade dass du noch nicht da warst um sie zu hören,
ich werde mich jedenfalls nicht wiederholen nur für dich, das ist
nicht meine Schuld wenn du zu spät ankommst in meinen Geschichten, und außerdem habe ich es satt immer das Gleiche zu
erzählen, du das was ich dir jetzt erzähle das ist was Neues, etwas
noch nicht Erzähltes, etwas Funkelnagelneues, also hier ist es,
nachdem ich der großen Massenverhaftung von '42 entkommen
war finde ich mich im Versteck eines Bauernhofes mit Bauerntölpeln wieder in Lot et Garonne, nicht weit von Villeneuve-sur-Lot,
ein kleines Nichts von einem Kaff das Monflanquin heißt …

nein frag nicht weiter mein Alter, ich werde dir nicht erzählen
was passiert ist bevor ich auf diesem Bauernhof gelandet bin
nachdem ich von einem Güterzug gesprungen war der mich
wahrscheinlich zu meiner Endlösung befördert hätte …

diese Geschichte, wenn du so willst, die vergessen wir, und gehen
wir lieber schauen was ich auf diesem Bauernhof erlebte …

ah mein Bauernhof, dort habe ich mehr als drei Jahre lang ganz schön leiden müssen, und vergiss nicht dass ich erst zwölf Jahre alt war als meine Eltern verhökert wurden und ich, der noch nie eine Kuh oder ein Schwein aus der Nähe gesehen hatte, der nicht wusste wie man tote Hühner rupft, oder wie sich die Tiere besteigen um zu bumsen, ich finde mich auf diesem Bauernhof wieder mit Mist bis zu den Knien beim Melken der Kühe, beim Bestellen der Erde mit einem Paar Ochsen das an einen Pflug gespannt ist, beim Verteilen von Futter an die Kühe, die Schweine, ah die Kühe und die Schweine, sieh mal ich ich habe sie während des Krieges aus der Nähe gesehen, okay aber ich werde jetzt nicht auf die Details eingehen, übrigens die Geschichte des Bauernhofes die erzähle ich ein bisschen im Nudel-Roman wenn ich einen flashback mache, du musst diesen Roman unbedingt lesen wenn ich ihn fertig habe und du wirst sehen, denn dort in den Nudeln da erzähle ich alles, alles was während des Krieges passiert ist, die Besatzung, der gelbe Stern, die große Massenverhaftung von '42, die Deportation, die Lager, die Züge, der Bauernhof, die Befreiung, und schließlich Amerika, Amerika und der Jazz …

Amerika sieh an das habe ich fast vergessen, ich spreche fast nicht mehr davon, hast du nicht bemerkt dass ich je mehr ich in die Geschichte meiner Jugend eindringe desto mehr scheine ich Amerika aus der Sicht zu verlieren, das macht jetzt mindestens drei Tage dass ich dir nicht von diesem Scheißland erzählt habe, auch nicht von Susan, noch von meinem Unglück dort drüben, okay aber das macht nichts, wir werden später dorthin zurückkommen nach Amerika …

wie auch immer, wenn du so willst, der Nudel-Roman das ist ein wenig die Geschichte meines Lebens, meines vernudelten Lebens, wenn man das so sagen kann, weil du musst nämlich verstehen dass die Nudeln in diesem Roman okay die existieren wirklich weil der Bursche der diesen Roman im Roman schreibt der isst nichts als Nudeln ein ganzes Jahr lang, aber diese Nudeln sind auch symbolisch, und auf der symbolischen Ebene stellen sie das improvisierte Element des Romans dar, das vernudelte Element, warum vernudelt wirst du fragen, also ich erklärs dir …

wenn ein Jazzmusiker ein Solo improvisiert, und vergiss nicht dass ich Jazz gespielt habe daher weiß ich wovon ich rede, sagt man dass er gerade noodling fabriziert, siehst du weil to noodle heißt zu improvisieren, also im Nudel-Roman da improvisiere ich über mein Leben, wie ich es gerade mit dir mache wenn ich dir meine Geschichten erzähle, also, hör gut zu, wenn du auf symbolische Weise das was ein Jazzmusiker macht auf das überträgst was ein Schriftsteller macht, ich meine ein Schriftsteller wie ich der mit freier Assoziation jenseits aller Regeln arbeitet, also dann fabriziert auch er dieser Schriftsteller noodling, verbales noodling natürlich, oder noch besser er fabriziert noodling-doodling …

ah du weißt auch nicht was das heißen soll doodling, du du bist wirklich blöd weißt du das, manchmal frage ich mich ob ich mir nicht einen andern Zuhörer suchen sollte der heller in der Birne ist als du der wenigstens all meinen Gelehrsamkeits-Abschweifungen folgen könnte, weißt du man braucht schon ganz schön Ausdauer um bei dir zu bleiben um dir meine Geschichten zu erzählen, aber wahrscheinlich weniger als man für den Kampf des Selbstgesprächs brauchen würde, wie der große Sam sagte, es stimmt schon dass auch du Ausdauer brauchst um bei mir zu bleiben und meinen Abschweifungen zuzuhören, dafür spreche ich dir auch meine Anerkennung aus …

okay ich werde dir das doodling erklären, doodling das bedeutet Gekritzel zu fabrizieren, Geschmiere, kleine Zeichnungen machen, Papier zu schwärzen ohne wirklich zu wissen was man tut oder was man sagt, also auf die Art kommt der Nudel-Roman voran, durch das doodling, also wenn der Bursche in meinem Roman wenn der ein Nudler ist, dann bin ich ein Doodler, und du siehst wie ich direkt vor deinen Augen beginne zu doodlen und plötzlich sind wir hundert Kilometer von dem entfernt was ich dir gerade erzählte, also *revenons à nos moutons,* wie der Richter zu Maître Pathelin sagte, ja kommen wir auf unser Thema zurück, oder in meinem Fall auf meine Kühe und meine Schweine …

ich erzählte dir vom Bauernhof, aber eigentlich sagte ich dass ich dir nicht vom Bauernhof erzählen würde auf dem ich während des Krieges gearbeitet habe, ich wollte dir nur sagen dass ich nachdem ich diesen Bauernhof verlassen habe da bin ich nach Paris zurückgekehrt und die ganzen Onkels und Tanten, jedenfalls mütterlicherseits, weils nämlich väterlicherseits niemanden mehr gab, also die sind verdammt überrascht gewesen mich wiederzusehen weil sie alle glaubten dass man mich auch auf eine Seife reduziert hatte, aber ich war aus einem Zug gesprungen, wie ich dir gesagt habe, und deswegen habe ich mich auf diesem Bauernhof wiedergefunden auf dem ich wie ein Sklave mehr als drei Jahre lang gearbeitet habe, wie ein Tier, wie ein Pferd, mit Händen und Latschen die mir die ganze Zeit wehtaten …

du fragst warum ich das alles nicht jetzt erzähle weil du glaubst dass diese Geschichte mit dem Zug und dem Bauernhof die breite Öffentlichkeit interessieren könnte, aber nein mein Alter, der Öffentlichkeit ist meine kleine Überlebensgeschichte scheißegal, was die Öffentlichkeit interessiert das sind Arschgeschichten, und deshalb muss ich auch auf die Geschichte meiner Tante Rachel zurückkommen …

der Bauernhof das werde ich dir ein anderes Mal erzählen, oder nächste Woche, das pressiert nicht …

doch jedenfalls wäre es vielleicht nötig dass ich dir ein bisschen von der Bäuerin erzähle, siehst du weil es auf diesem Bauernhof, als ich dort war, da gab es nur die Bäuerin mit ihrem kleinen eineinhalbjährigen Knirps, und ihren Schwiegervater, ah das da darf ich auf keinen Fall vergessen, dieser alte Schweinehund der ließ mich ganz schön leiden, ja es gab nur den Alten, die Bäuerin und mich um die Arbeit zu machen …

du musst verstehen während der Besatzung da gab es nur Frauen oder Greise auf den Bauernhöfen um die Arbeit zu machen, oder aber Jungs wie mich, verirrte Kinder im großen chaotischen Schwachsinn des Krieges, daher waren das die Frauen, die Alten, die Kinder, oder aber die Krüppel, die Lahmen, die Krückengänger die die Erde bearbeiteten weil die Deutschen die hatten alle

Männer weggeschickt die kräftig und bei guter Gesundheit waren in ihre Fabriken nach Deutschland um Kanonen zu bauen, Gewehre, Maschinenpistolen, Panzer, Bomben, und eben der Mann der Bäuerin der war auch nach Deutschland geschickt worden, und deswegen hat man mir als ich in Monflanquin in Lot et Garonne gelandet bin keine Fragen gestellt, man hat mich nicht gefragt wer ich sei, woher ich kam und warum ich ganz alleine war, man hat mich sofort eingestellt um den Boden zu bearbeiten, also da bin ich auf diesem Bauernhof mit dem alten Arschloch und der schönen Bäuerin …

aber ja die war ziemlich schön diese Bäuerin, rundlich, gut gebaut, ziemlich prall, mit großen Titten, sie muss so um die achtundzwanzig oder neunundzwanzig gewesen sein, und ich ich war nicht älter als zwölf als ich auf diesen Bauernhof kam, aber ich begann schon ein kleines Etwas in meiner Hose zu spüren wenn ich eine schöne feiste Frau sah, und diese Bäuerin auch wenn sie sich nicht jeden Tag wusch, also die die machte mich geil, und je härter ich arbeitete desto kräftiger wurde ich, und desto öfter bekam ich einen ziemlichen Steifen, vergiss nicht dass ich mehr als drei Jahre lang auf diesem Bauernhof geblieben bin, dass ich mehr als fünfzehn Jährchen auf dem Buckel hatte zu Kriegsende als ich wieder nach Paris rauf bin, die Arbeit die lässt dich schnell größer werden …

was du sagst dass ich wieder auf eine Arschgeschichte zurückgefallen bin, aber natürlich, alles im Leben hat mit dem Arsch zu tun, okay aber wenn du nicht hören willst was mit der Bäuerin passiert ist, also dann lass ich es eben …

ah doch du willst dass ich ein bisschen davon erzähle, du bringst mich zum Lachen weißt du, auf der einen Seite tust du so als ob du prüde wärst, tust so als ob dich das nichts anginge wenn ich über den Arsch spreche, und auf der anderen Seite genießt du es mir zuzuhören wenn ich meine kleinen Sauereien erzähle, okay na gut, die Bäuerin, aber schnell …

da bin ich also auf diesem Bauernhof während der Besatzung, siehst du mich wie ich den Boden bearbeite, ich hatte keine Ahnung von der agriculture, absolut keine, vom Arsch auch nicht, davon wusste ich nicht viel, aber weißt du man lernt schnell auf den Bauernhöfen, vor allem weil der alte Stinker von einem Schwiegervater mich wie ein Tier arbeiten ließ, er riss mich morgens um fünf aus den Federn damit ich die Kühe melken gehe, den Mist aus der Scheune bringe, den Schweinen was zum Futtern hinstelle, den Hühnern, den Enten, den Kaninchen, dieser ganzen Menagerie von mehr oder weniger zahmen Tieren die ihr Leben damit verbringen nichts anders zu tun als die ganze Zeit zu fressen und zu scheißen bevor wir sie verspeisen und sie dann wieder ausscheiden, ah es gibt ganz schön viel Scheiße auf den Bauernhöfen, Tonnen und Abertonnen, aber weißt du das ist jedenfalls kein schlechtes System die Natur, ja das ist großartig wie die funktioniert, wie sie sich durch die Scheiße erneuert, siehst du zuerst bebaust du die Erde um Zeug wachsen zu lassen, Heu, Getreide, Gemüse das du dann den Tieren zu fressen gibst um sie zu mästen damit wir sie dann verfuttern können diese Tiere nachdem wir sie getötet haben, aber bevor diese Tiere sterben da können die ganz schön scheißen, und wir wir scheißen auch nachdem wir sie verdaut haben, und am Ende kehrt diese ganze Scheiße wieder in die Erde zurück um sie fruchtbar zu machen damit die Dinger die in der Erde wachsen größer und nahrhafter werden können, größer wegen dem Mist, und so weiter, bis ans Ende der Welt, oder aber bis wir, die menschlichen Wesen, von der Natur zerstört werden, oder bis wir sie selbst zerstören, ah was für ein schönes System die Natur, sie beginnt ganz von selbst von Neuem nur durch die Scheiße, aber auf den Bauernhöfen muss man sich jedenfalls dauernd um sie kümmern um die Natur, deswegen riss mich der Alte jeden Tag, sogar am Sonntag, um fünf Uhr morgens aus dem Sack und raus mein kleiner Rotzbengel ab in die Scheune mit dem Mist bis zu den Knien, und dann bis zum Einbruch der Nacht auf den Feldern beim Bebauen der Erde, beim Heuschneiden, beim Getreideernten, beim Rasenmähen, beim Umgraben und Aufhacken, beim Ernten der Kartoffeln, der Rüben, der Topinamburs, der Bohnen, der Steckrüben, beim Baumfällen mit der Hacke, siehst du, alles was man auf einem Bauernhof machen muss damit die Ernte zustande kommt damit die Tiere gefüttert werden können damit sie scheißen können und damit wir sie dann töten und essen können nachdem wir ihren Mist auf die Felder verstreut haben, und das jeden Tag, jeden Tag sogar am Sonntag, außer am Sonntagmorgen nachdem sie sich um die Tiere gekümmert hatten, da wuschen sich die Bäuerin und der Alte die Nasenspitzen, warfen sich in Schale, und ich ich musste auch eine gut gebügelte Hose und ein sauberes Hemd anziehen das die Bäuerin während der Woche gewaschen hatte, und alle drei gingen wir, nein alle vier, ich vergesse dauernd den kleinen Knirps der Bäuerin der Tag und Nacht nicht aufhörte zu heulen, also alle drei mit dem Kind in einem großen Korb wurstelten wir zwölf Kilometer mit dem Rad runter um zur Messe in die Kirche von Monflanquin zu fahren, ja doch jeden Sonntagmorgen fuhren wir dahin um unsere Gebete zu verrichten und dem Pfarrer zuzuhören der uns die Lügengeschichten des Katechismus erzählte, und seine eigenen …

aber nein die Bauerntölpel die wussten nicht dass ich Jude war, sie hatten mich nicht gefragt und ich hatte es ihnen nicht gesagt, aber ich glaube dass ich es ihnen eines Sonntags erzählt habe, ganz am Anfang, als ich auf diesen Bauernhof gekommen bin um mich zu verstecken, an einem Sonntagmorgen als sie mir gesagt haben dass ich meine sauberen Klamotten anziehen soll um mit ihnen in die Kirche zu gehen, ohne mich überhaupt zu fragen ob mich das interessiert, ich habe sofort mit großer Begeisterung gesagt, die Kirche, ah aber ja natürlich, ich bin ein guter Katholik, und so blieb mir nichts anderes übrig als jeden Sonntagmorgen mit ihnen in die Kirche zu gehen, ah du hättest mich hören sollen wie ich ihnen das herbetete das dominus vobiscum tummtumm spiritum sanctus tammtamm deo gratias sanctus chewing gummm, ich ich habe irgendwas verzapft, ich habe geblufft, ah die war ganz schön beschissen die Messe, und der Riesenschwachsinn den dir der Pfarrer vorsetzen konnte über die TODSÜNDEN
über den LIEBEN GOTT
über den TEUFEL
über das PARADIES und die HÖLLE
immer in Großbuchstaben, unglaublich welche Lügen dieser Pfarrer diesen dummen Bauernärschen auftischte, und um das Fass voll zu machen, der Pfarrer von Monflanquin das war ein Kollaborateur, und daher sagte er uns in seinen Predigten dau-

erd wie gut wir uns mit den Deutschen vertragen sollten, ihnen gehorchen, sie respektieren, sie bewundern, und ihnen sogar dafür danken sollten uns vor dem Kommunismus gerettet zu haben, wie gut wir mit ihnen kollaborieren müssten und vor allem dass wir keine Nahrung in der Scheune oder auf dem Speicher verstecken sollten wenn sie kamen um danach zu suchen weil nämlich die Deutschen sie brauchen würden um den Krieg zu gewinnen, und er sagte immer wieder was Pierre Laval zu den französischen Arbeitern und Bauern gesagt hatte die fort mussten um in den Fabriken in Deutschland zu arbeiten, ja doch wie ein Papagei wiederholte er was Laval gesagt hatte, *ich sehne den Sieg Deutschlands herbei weil sich sonst, ohne Deutschland, der Bolschewismus morgen überall einnisten würde …*

na und wie sie kamen um nach Futter zu suchen die *Chleuhs* um den Krieg zu gewinnen, die genierten sich nicht, aber immer in Begleitung der Miliz von Pétain, das war die stinkende Miliz von Marschall *Pète-Un* die das Fressen für die Deutschen einsammelte während die Kartoffelfresser in den Lastwägen warteten und Zigaretten rauchten und sich wie Arschficker krummlachten, wenn die kamen die Fritzen versuchte ich immer gerade irgendwo weit vom Bauernhof entfernt zu arbeiten, auf den Feldern oder in den Wäldern, verstehst du warum, ich wollte meinen kleinen Judenkopf nicht zur Schau stellen, das war leicht herauszufinden wenn die Allesfresser kamen weil man nämlich ihre Lastwägen sehen konnte die die breite Straße zum Bauernhof runterrollten …

wie auch immer, am Sonntagmorgen in der Kirche von Monflanquin das war unglaublich was der Pfarrer uns da in seinen Predigten auftischen konnte, diese Lavalisten-Ratte brüllte uns die ganze Zeit an, er sagte zu uns, jedenfalls sagte er es zu den Bauerntölpeln weil ich ihm nicht wirklich zuhörte, ich döste vor mich hin wenn er seinen Predigt-Humbug in die Kirche schleuderte, er sagte wir Franzosen wir gehen nicht nur an der militärischen Niederlage die wir bald erleiden müssen zugrunde sondern auch am gewohnheitsmäßigen Alkoholismus, an Fluten von Essigwasser, am übermäßigen Fressen, an jüdischer Knausrigkeit, und vor allem, ja vor allem am mangelnden Glauben an

die große arische und christliche Rasse, man hätte meinen können dass er dauernd Céline zitierte, also ich glaube dass dieses
Dreckschwein von Pfarrer anstatt seine Bibel zu studieren wie er
das hätte tun müssen die *Bagatelles* von Céline las, oder solch
anderes ekelhaftes Zeugs, manchmal war es umwerfend was er
uns vorsetzte, er sagte zu uns dass man Frankreich reinigen und
das katholische und mystische Ideal wiederherstellen müsse, und
vor allem die schöne Tradition der Einsiedelei, glaubst du dass
meine Bauerntölpel was davon kapiert haben von seinem Scheißdreck à la Péladan, und er beendete seine Beleidigungspredigten
immer damit uns zuzuschreien dass zu unserem Glück die Deutschen gekommen waren um uns wieder auf den rechten Weg und
zum rechten Glauben zu bringen, und dann hörte er auf, ich
müsste eher sagen, ihm ging die Luft aus wobei er auf uns her-
abspuckte und uns befahl niederzuknien und für den Sieg
Deutschlands und Frankreichs zu beten …

das ist es was uns dieser Pfarrer sagte, aber ich, wie ich gerade
erzählt habe, ich hörte ihm nicht zu, ich döste vor mich hin, oder
aber ich schielte schräg auf meine schöne Bäuerin die neben mir
saß mit halb geschlossenen Augen, die Hände vor sich ver-
schränkt, dem Schwachsinn des Pfarrers lauschend, ich beäugelte
vor allem das Porzellan ihrer Knie das unter dem kurzen Kleid
mit den verwelkten Blumen drauf hervorragte das sie immer trug
wenn sie in die Kirche ging, weißt du die war gar nicht schlecht
für eine *cul-terreuse,* eine Kuhbäuerin, außer dass sie stark nach
Frau roch wenn man ihr nahe kam, ein Geruch nach etwas zu
reifem Apfelwein …

okay hör zu, das reicht, ich werde dir jedenfalls nicht alles erzählen was auf diesem Bauernhof während der Besatzung passierte,
und außerdem die *Chleuhs* die vergessen wir, wie du weißt sind
sie letztendlich mit eingezogenem Schwanz wieder nach Hause
verschwunden um ihre dreckige Geschichte noch mal zu überdenken, aber wovon ich dir ein bisschen erzählen will ist was mit
der Bäuerin passiert ist …

weißt du, das war ein großer Bauernhof mein Bauernhof, mit
einer großen Kuhherde, Schweinen, Ziegen, Schafen, vier Pferden,

Hühnern, Kaninchen, Enten, sogar Gänsen und Truthähnen, und überall Felder zum Bebauen, das war ein reicher Bauernhof, aber das Bauernhaus selbst, das war nicht groß, und ich ich hatte kein Zimmer in dem ich schlafen konnte, ich schlief in einer Ecke der Küche unter der Treppe die zum Speicher führte wo sie das geerntete Getreide und den Hafer lagerten, ja ich schlief dort auf einem kleinen Klappbett, unter der Treppe, und auf diesem Speicher da gab es einen Haufen Ratten, Unmengen von riesigen schwarzen Ratten mit Schnurrbärten, in der Nacht kamen die herunter diese scheußlichen Ratten in die Küche um was zum Futtern zu suchen, so als ob ihnen die Getreidekörner und der Hafer dort oben nicht genug gewesen wären, also ich in meiner kleinen Falle unter der Treppe zusammengekauert ich hörte diese Ratten runterkommen entlang der Wand oder der Treppe um in der Küche herumzuspazieren, und es gab sogar welche die auf meinem Bett herumtrippelten so als ob sie mir die Ohren oder die Nasenspitze anknabbern wollten, ah das hat mir ganz schön Angst gemacht, vergiss nicht dass ich ein kleiner schüchterner und ängstlicher Pariser war ohne einen Schimmer vom Landleben, zu Hause bei uns in Paris da gab es keine Ratten in der Wohnung, nur niedliche kleine Mäuse und Küchenschaben, ah die Küchenschaben, davon gab es ganz schön viele in unserer Bude in Montrouge, aber bei mir sinds vor allem die Ratten die mir Angst machen …

ah bei dir auch, ja es gibt viele Leute die Angst vor Ratten haben, sieh mal auch wenn es nur ein Bild einer Ratte in einem Buch ist dann macht ihnen das schon Angst und sie machen die Augen zu um sie nicht sehen zu müssen, diese Leute die leiden an Rattophobie, also auch ich litt an dieser Krankheit auf dem Bauernhof …

aber kommen wir auf mein Klappbett zurück, am Abend kam die Bäuerin in die Ecke der Küche unter der Treppe um mein Bett zu machen, und während sie es auseinanderklappte und die Bettücher und Decken herrichtete blieb ich bei ihr und sah ihr zu wie sie sich über mein Bett beugte um die Laken einzuschlagen, und wenn sie sich so niederbeugte sah ich einen kleinen Ausschnitt ihrer üppigen Schenkel unter ihrem Rock und das hat

mich verdammt erregt, wegen der Reibungslosigkeit der Erzählung die ich gerade erzähle werde ich sagen, auch wenn das nicht
stimmt, dass sie immer sehr kurze Röcke trug, deswegen sah ich
ein schönes Stück ihrer Schenkel, fast bis hinauf zu ihren Hinterbacken, die übrigens sehr rund waren und sehr fest, und ich
ich habe Stielaugen bekommen, aber ich berührte sie nicht, nein,
das traute ich mich nicht, also …

hör zu ich vergesse die Bäuerin, du kannst dir wohl selbst vorstellen was passiert ist oder was schließlich hätte passieren können, und ich springe zum Kriegsende vor …

nein ich muss dir jedenfalls noch ein bisschen über diesen Bauernhof und diese Bäuerin erzählen damit du verstehst wie sehr
ich körperlich, geistig, und sexuell gelitten habe mehr als drei
Jahre lang, ich meine wie sehr mich der Krieg prägte als ich jung
und noch ein unschuldiger Knabe war, wie ich jeden Tag auf
diesem Bauernhof bedrängt worden bin vom Tod und vom Bumsen …

ja auf diesem Bauernhof habe ich gesehen wie leicht das ist zu
bumsen und zu sterben, die Tiere die machten nichts anders als
das, die bestiegen sich in einer Tour, und jeden Tag gab es da
mindestens ein Tier das abkratzte, egal ob aus Müdigkeit, oder
wegen des Alters, oder weil man es töten musste damit wir dessen Fleisch essen konnten, auf diesem Bauernhof war der Tod
dauernd anwesend, ah der Tod der ist von großer Schlichtheit,
aber weißt du manchmal ist er auch lustig, sieh mal du hättest
sehen sollen wie die Bäuerin ein Huhn tötete um es in den Topf
zu werfen, sie nahm ein großes Küchenmesser in die eine Hand,
klemmte das Huhn zwischen ihre großen Knie und hielt den
Kopf mit der anderen Hand indem sie den Hals des Huhns
streckte, und psitt swish ab war der Kopf, als ich das zum ersten
Mal sah hab ich fast gekotzt …

natürlich blutete es, was denkst du denn, dass die Hühner kein
Blut haben wie wir, aber das Komischste ist dass das Huhn sogar
noch ohne Kopf einige Minuten herumzappelte bevor es krepierte,
und einmal, du wirst sehen, das war unglaublich, nachdem meine

Bäuerin einem Huhn den Kopf abgeschnitten hatte, hat das Huhn derart herumgezappelt dass es ihm gelungen ist aus der Umklammerung der Bäuerin zu entkommen und es ist auf den Boden gefallen, also da war dieses kopflose Huhn das sich daranmacht flügelschlagend in die Küche abzuhauen, okay es ist nicht weit gekommen dieses Huhn bis es schließlich tot zusammenbrach, aber ich ich habe ein Huhn ohne Kopf gesehen das in der Küche herumspaziert ist, siehst du wie schlicht und sogar ulkig der Tod ist …

was ich dir jetzt erzähle wird dir vielleicht ein wenig albern vorkommen, vielleicht sogar naiv, aber vergiss nicht dass ich noch ein kleiner Junge war als ich auf diesem Bauernhof zu arbeiten begonnen habe, und ich fand das alles erstaunlich, ich habe dir gesagt, ich war '42 zwölf Jahre alt, ah ich habe ganz schön hart gearbeitet auf diesem Bauernhof, wie ein Tier, mehr als drei Jahre lang damit mich die Deutschen nicht erwischen, daher war ich etwas älter als fünfzehn als ich nach Paris zurückgekommen bin und sie glaubten alle, die Onkels und Tanten, dass ich tot war, aber ich war nicht tot, ich war zurückgekommen, man kann fast sagen als Wiedergänger ...

ah wie traurig ich die ganze Zeit auf diesem Bauernhof war, dauernd allein, bis auf die Tiere, ja es waren die Kühe, die Schafe, die Ziegen und die Pferde mit denen ich mich am meisten unterhielt, aber vor allem mit dem Hund der immer bei mir war wenn ich auf den Feldern arbeitete, er war einäugig dieser Hund, er hatte ein kaputtes Auge, aber er war intelligent, folgsam, sympathisch, nett, ich nannte ihn Bigleux, das war nicht sein wirklicher Name, aber ich sagte immer, komm her Bigleux, und er kam sofort, sieh mal ich glaube dass er alles verstand was ich ihm sagte, er war es mit dem ich am meisten sprach, weißt du weil die Bäuerin und ihr Schwiegervater die redeten nicht viel, und wenn sie redeten dann waren das eher Geräusche die aus ihrem Bauch kamen, ah ich war ganz schön traurig, nostalgisch, lonely, melancholisch, mürrisch, betrübt, niedergeschlagen auf diesem Bauernhof, ich hatte dauernd den Moralischen, aber vor allem taten mir immer die Hände weh, und die Füße auch, weißt du weil ich ich trug auf diesem Bauernhof Holzschuhe, das ist kein Witz, ich ich habe mehr als drei Jahre lang nur Holzschuhe getragen, wie die Bauerntölpel, und lass dir sagen Mann, an die Holzschuhe muss man sich erst einmal gewöhnen, im Winter um nicht an den Füßen zu frieren taten wir Stroh hinein, du hättest meine Wenigkeit sehen müssen in Holzschuhen, ich gab einen ganz schönen Bauern ab, aber mit Holzschuhen gehen das muss erst gelernt sein, am Anfang nach einem Tag Arbeit auf den Feldern oder Herumwaten in den Kuhfladen in der Scheune, taten mir die Füße so weh dass ich in der Nacht nicht schlafen konnte, und oft bluteten sie meine Füße ...

sieh mal wenn ich dir von meinen Füßen und meinen Holzschuhen erzähle dann erinnert mich das daran wie ich eines Morgens
eine Ratte in einem meiner Holzschuhe gefunden habe, nein das
ist wahr, ich stehe auf, fünf Uhr morgens wie üblich nachdem
ich das morgendliche Brummen des Alten gehört habe der mich

aus dem Sack holt, also noch halb schlafend sitze ich auf dem Bettrand und gleite mit den Füßen in meine Holzschuhe aber ich spüre etwas das sich da drinnen bewegt, etwas Warmes das sich in einem der Holzschuhe bewegt, ich ziehe schnell meinen Fuß raus und da springt eine Ratte aus meinem Holzschuh und verschwindet in der Wand, ah du kannst dir gar nicht vorstellen welchen Schiss ich dabei hatte …

natürlich habe ich geschrien, also der Stiefvater der noch in der Küche war und sich gerade ein Glas Wein genehmigte um fünf Uhr morgens, der ist in meine Ecke gekommen, und als ich ihm gesagt habe dass da eine Ratte in meinem Holzschuh war hat er mich ausgelacht, er hat mich sogar angeschrien, er hat mich einen kleinen Kretin genannt, ein armes Arschloch, einen Angsthasen, einen dreckigen Nichtstuer, was der mir alles an den Kopf werfen konnte, und dann hat er zu mir gesagt, du gottverdammter Hurensohn los zieh deine Schuhe an verzieh dich in die Scheune und mach deine Arbeit oder ich verpass dir einen Tritt in den Arsch, also habe ich meinen Fuß in meinen Holzschuh gesteckt der nach Ratte roch, aber den ganzen Tag lang habe ich so was wie ein Kitzeln gespürt das meinem Fuß wehtat in meinem Holzschuh …

da hast dus, du siehst wie meine Füße gelitten haben auf diesem Bauernhof genauso wie meine Hände, ah meine armen Hände, am Anfang als ich lernte mit einer Mistgabel umzugehen, oder mit einem Rechen, oder mit einem Spaten, also mit allen Geräten die man braucht um die Erde zu bearbeiten, oder das Stroh bei den Kühen zu wechseln, oder den Mist auf einen Karren zu häufen, oder einen Fuhrwagen mit Heu zu beladen, da taten mir meine Hände dauernd weh, ich schämte mich meiner Hände, sie waren dauernd rot und geschwollen, voller Verletzungen, Blasen, Schrammen, du weißt ja gar nicht wie ungeschickt ich war als ich ein Junge war, übrigens bin ich es auch heute noch, ich ich bin ein Kopftyp, kein Händetyp, sieh mal wenn du von mir verlangst einen Nagel in eine Wand zu schlagen um ein Bild aufzuhängen, also dann mache ich nicht nur die halbe Wand mit dem Hammer kaputt indem ich auf diesen blöden Nagel einhämmere, sondern wenn ich fertig bin beginnen die Nägel der Finger die den Nagel hielten schwarz anzulaufen dermaßen habe ich mit dem Hammer drauf gehauen, also du siehst dort auf diesem Bauernhof hatte ich keine Ahnung von ihren erdigen Angelegenheiten …

aber weißt du, zu Kriegsende, bei der Befreiung, als ich mich schließlich entschlossen habe den Bauernhof wieder zu verlassen, war ich ein ziemlich guter Bauer, ein richtiger Landwirt, und der Alte hat sogar zu mir gesagt, schade mein Bürschchen dass du jetzt weggehst, bistn guter Bauer geworden du, eines Tages könntest du vielleicht die Tochter des Nachbarn heiraten und hier leben, ihr n paar Kinder machen, die ist nicht schlecht dieses Frauenzimmer, und dann als Schwiegersohn des Nachbarn wenn er sterben wird also dann wird der Bauernhof dir gehören …

das war das erste Mal dass dieser dumme alte Arsch von Schwiegervater mit mir sprach ohne mich anzubrüllen, und mehr als zwei Worte zu mir sagte, einen ganzen Satz, einen richtigen Satz, den einzigen vielleicht den ich von ihm zu hören bekam in mehr als drei Jahren …

ah ja du lernst schnell auf einem Bauernhof, du alterst aber auch schnell, ich meine dass dein Körper schneller wächst als dein Alter, und wenn mein Schwanz dauernd direkt vor mir war, dann war mein Geist mehrere Jahre hinter meinem Körper zurück, es hat ziemlich lange gedauert bis sich die beiden wieder trafen, bis mein Kopf wieder meinen Körper einholte, das ist wahrscheinlich auch der Grund warum ich schon einige Monate nach meiner

Ankunft auf dem Bauernhof anfing nach der Bäuerin zu schielen und wegen ihr sogar wie ein Irrer einen Steifen bekam, jeden Abend also beobachtete ich sie wie sie sich über mein Bett beugte um die Decke einzuschlagen, und ich ich stierte mir die Augen aus dem Kopf, aber wie ich dir gesagt habe ich traute mich nicht sie zu berühren, außer einmal, also so ist das passiert, aber zuerst muss ich einen kleinen Erklärungssprung um einige Tage zurück machen, ich meine zurück von dem Abend weg an dem ich mich schließlich getraut habe die Bäuerin zu berühren und sie zu fragen ob sie nicht vielleicht, vielleicht, sie und ich ob wir nicht …

also ich springe zurück, eines Nachmittags, es war im Sommer, ich erinnere mich sehr gut daran weil es an jenem Tag unerträglich heiß war, ich war auf den Feldern nicht weit vom Bauernhof beim Arbeiten als mein Werkzeug kaputtgeht, ich erinnere mich nicht mehr ob das ein Rechen, ein Spaten, eine Mistgabel oder eine Sense war, jedenfalls geht dieses Werkzeug kaputt, also gehe ich zum Bauernhof zurück um ein anderes Werkzeug zu holen, oh ich müsste dir sagen dass an Nachmittagen an denen es heiß war, das alte Dreckschwein immer eine kleine Siesta machte in der Scheune auf dem Stroh, deshalb war ich an jenem Tag der einzige der auf den Feldern schuftete …

die Bäuerin, ah sie die Bäuerin, an jenem Tag hatte sie große Wäsche, jedenfalls hatte sie das während der Mittagspause angekündigt, also ich komme in den Hof des Bauernhofes um ein anderes Werkzeug zu holen, aber da sehe ich ein Fahrrad das an der Hauswand neben der Küchentür lehnt, ich erkenne es sofort als das Fahrrad des Briefträgers, denn oft wenn der Briefträger vorbeikam gab ihm die Bäuerin einen kleinen Schluck Wein oder Cidre, daher nahm ich an, weil es an jenem Tag so heiß war, dass die Bäuerin den Briefträger gebeten hatte in die Küche zu kommen um einen Schluck zu trinken, ich war schon fast wieder dabei auf die Felder zurückzugehen mit meinem neuen Werkzeug, aber ich habe mir gesagt, na ich werd jedenfalls noch was Kaltes in der Küche trinken, also ich nähere mich dem Haus und da durch das Fenster sehe ich den Briefträger die Hose und die gestreifte Unterhose um die Knöchel wie er gerade die Bäuerin auf dem Tischrand bumst, sie hatte ihren Rock über ihren großen

Hintern geschoben und der Briefträger bumste sie von hinten, *en levrette*, wie die Karnickel, das ist es was ich durch das Fenster gesehen habe, aber die zwei die haben mich nicht gesehen …

bist du krank, ich bin nicht reingegangen, ich habe dir ja gesagt dass sie mich nicht gesehen hatten, ich bin ziemlich schnell wieder auf die Felder verduftet um meine Arbeit zu machen, aber siehst du das war das erste Mal dass ich menschliche Wesen beim Bumsen sah, Tiere, ja, auf dem Bauernhof sah ich die dauernd dabei, aber einen Mann und eine Frau die gerade Liebe machten, das war das erste Mal, das hat bei mir einen komischen Eindruck hinterlassen, das hat mich nicht erregt, weißt du, jedenfalls nicht an Ort und Stelle, später ja wenn ich wieder daran dachte, aber da auf dem Weg zurück zur Arbeit auf die Felder, ganz alleine, ich muss sagen dass ich mich ein wenig verwirrt fühlte, verloren in der Unbegreiflichkeit dessen was ich gesehen hatte …

okay ich komme jetzt wieder auf den Abend zurück an dem ich die Bäuerin berührt und sie gefragt habe ob wir nicht könnten, na du weißt schon was ich meine, das war zwei oder drei Tage nach dieser Entdeckung mit dem Briefträger, wenn man das eine Entdeckung nennen kann …

es ist Abend, der Schwiegervater schnarcht schon in seinem Zimmer, der legte sich mit den Hühnern in die Federn, wie man so sagt, also die Bäuerin kommt in meine Ecke dort unter der Treppe um mein Bett aufzuklappen, und ich folge ihr, und als sie sich bückt berühre ich sachte ihren Schenkel mit meiner Hand, sie springt auf, dreht sich um und ich sehe dass ihr Gesicht ganz rot ist, ich frage mich zuerst ob sie mir ein paar runterhauen wird, also weiche ich etwas aus, aber sie rührt sich nicht, sie bleibt dort neben dem Bett stehen und sieht mich an mit ich weiß nicht ob es Erstaunen war, Wut, Bestürzung, oder einfach ein Fragezeichen-Blick, also ich totaler Blödmann und unschuldiger Knabe der ich war ich sage zu ihr, ohne nachzudenken, einfach so an Ort und Stelle, sage ich also zu ihr, wenn der Monsieur Briefträger das machen darf wieso darf ich dann nicht …

doch doch das ist exakt was ich ihr vorgesetzt habe, also ist sie rot geworden, ja diesmal ist sie wirklich rot angelaufen die Bäuerin, aber sie hat nichts gesagt, sie hat nur einen Finger auf ihren Mund gelegt, den Zeigefinger, und zwinkerte mir zu um mich

wissen zu lassen dass ich meinen Mund halten müsse und nichts sagen soll, und dann hat sie mich dort zurückgelassen in meiner Ecke ohne sogar das Bett fertig aufzuschlagen, also ich ich habe mich in die Federn geworfen, aber ich hörte sie noch in der Küche herumgehen, sie machte den Abwasch fertig, ich war schon fast eingeschlafen gewesen als ich eine Hand spürte die unter die Decke glitt und meinen Schwanz berührte bis er steif war und …

okay lohnt sich nicht auf Details einzugehen, alles was ich sagen will ist dass nach jenem Tag meine niedliche Bauernschlampe am Abend oft kam um meinen Schwanz zu bearbeiten, aber sie ist nie in mein Bett gestiegen und ich habe mich nie getraut sie danach zu fragen, aber fast jeden Abend kam sie um mir Gutes zu tun, mich zu streicheln, wie eine Mutter die ein trauriges Kind tröstet, ja meine Bäuerin kam fast jeden Abend und streichelte mir den Schwanz und das ist es, glaube ich, was man das Zwischenspiel des Schwanzes nennt, oder rede ich da Schwachsinn …

das ist es was ich dir zum Thema Bäuerin sagen wollte, wenn du so willst war das meine erste große Liebe, oder war das mein erstes großes sexuelles Scheitern, weil ich mit der Bäuerin am Rande der Penetration geblieben bin, oder wenn ich mir ein kleines Wortspiel erlauben darf, ich habe meine Penistration verpasst, es war später, als ich nach Paris zurückgekehrt bin dass ich von einer Drecksnutte der Rue Saint-Denis entjungfert worden bin, also mit jener dort bin ich bis ins Innerste vorgedrungen, ah wie toll das war …

ich muss dir auch erzählen dass ich in der Nacht, nach den Besuchen der Hand der Bäuerin in meinem Bett, ganz schön träumte, ah fantastische Träume, sieh mal ich erzähle dir einen, du wirst sehen der ist dermaßen schön dass man ihn für ein Gedicht halten könnte, also das war so, ich sehe mich in diesem Traum als Legionär gekleidet, in einem marineblauen Militäranzug und mit einem Käppi mit diesem weißen Dings hinten dran das aussieht wie ein Taschentuch das den Nacken der Legionäre bedeckt, und ich der kleine Sexlegionär ich nagle also mein Schwanz-MG in den Sarg aus Fleisch den ich vor mir sehe, ja doch ich folge ihm und ich fühle dass ich wiederauferstehen werde, ich lache Tränen, meine innere Ekstase explodiert während sich mein riesiger Schwanz weiterhin in dieses von Asche verschmierte Gesicht ergießt das ich gerade durchbreche, und plötzlich fühle ich dass ich in einen Graben voller Blumen stürze, in eine Blumenleiche eher, nein nein das war ein weicher perlfarbiger Pelz, ja ein Pelz, der Pelz meiner Tante Rachel, was sage ich da, Scheiße ich habe mich verirrt, ich erzählte dir einen Traum den ich gehabt habe als ich auf dem Bauernhof war und schon bin ich im Pelz meiner Tante Rachel gekentert, sind dir eigentlich die psychologischen Möglichkeiten eines solchen Kenterns klar, die Komplexität dieser Abweichung …

natürlich verstand ich während meiner Zeit auf dem Bauernhof nichts von freudschen Dingern in den Träumen, auch nichts von lacanschen Dingern, zu der Zeit konnte ich auch noch nicht so gut träumen wie jetzt, ich meine nicht auf eine so komplizierte Art wie ich heute träume, jedenfalls dieser Traum den ich dir gerade erzählte, also der ist plötzlich erloschen, der fesche kleine

Legionär der ich war der ist verschwunden und sein Schwanz auch, und alles ist weiß geworden vor mir ohne dass ich das Ende des Traums erfuhr, aber etwas Unglaubliches ist passiert, plötzlich sehe ich vor mir eine große amerikanische Fahne, du weißt die mit den stars und stripes, ich weiß nicht ob ich noch geträumt habe als ich diese Fahne sah oder ob ich gerade aufgewacht war, aber diese Fahne die war da, das muss man mal erklären …

okay du siehst, auch wenn sie die Bäuerin nie in mein Bett gestiegen ist und ich sie nie bestiegen habe, wenn man das so sagen kann, tat mir ihre Hand dennoch viel Gutes am ganzen Körper, und im Kopf auch, einfach nur weil sie meinen schlafenden Schwanz berührte …

weißt du der Typ da oben der uns erfunden hat uns hier, na der Schöpfer, der hat schon verstanden dass man den Schwanz zum Ausstrahlungspunkt der Lust machen musste, und nicht den Kopf, der Kopf das ist das Zentrum der Klugheit und der Vernunft, aber die Vernunft und die Klugheit sieh mal, die bereiten einem nie Lust, findest du nicht dass es stimmt dass wenn sich dein Schwanz freut dass sich dann auch dein ganzer restlicher Körper freut, wenn du so willst das ist das einzige Stück von dir das dem Riesenstück das du bist Lust bereitet, dir und deinem Körper …

was du sagst dass das nicht fair ist was ich gerade sage, dass es andere Extremitäten des Körpers gibt die auch dem Körperganzen Lust bereiten können wenn man sie berührt, okay also na los sag es mir …

die Kopfspitze und die Fußsohlen …

du verarschst mich …

nein ich mache mich nicht über dich lustig, du brauchst es nur einmal selbst auszuprobieren, na los mach schon, reibe dir die Kopfspitze und du wirst sehen dein ganzer restlicher Körper wird das spüren, oder aber kitzel dir die Fußsohlen und ich garantiere dir dass sich dein ganzer Körper freuen und sogar zu lachen beginnen wird …

he das ist gar nicht blöd was du eben gesagt hast, aber trotzdem, ich denke dass wir vor allem über den Schwanz die meiste Lust empfinden können, und ich sage dir das weil die Hand meiner Bäuerin die kannte sich ziemlich aus bei der Wollust, sie rupfte hart meine Kuhbäuerin, und ich gründelte auf der Stelle, ich flippte toll überall schwanzäußern aus, und sie ich glaube dass sie vaginierte während sie mir den Schwanz bearbeitete weil ich kleine Schlurf- und Gluckgluck-Geräusche hörte unter ihrem Rock, um mir einen schönen Satz von meinem Freund Prigent zu borgen, sie hat mit mir originerves Zurück-in-die-Mammi gemacht in meinem Fallus …

und dennoch trotz der niedlichen Hand der Bäuerin war ich die ganze Zeit traurig auf diesem Bauernhof, ich hatte keine Ahnung wer ich war und was ich werden würde, ich war ein armer Land-wirt, natürlich habe ich mir das nicht ausgesucht, aber jedenfalls ein andauernd dreckiger und trauriger Landwirt, die vulgäre, brutale, schmutzige Lebensart dieser Leute und ihrer Tiere war die meine geworden, hatte meinen schwächlichen Pariser Körper vollkommen erfasst, auch wenn ich nicht verstand was ich dort machte, auch wenn ich die Schlichtheit und die gleichgültige Gewalttätigkeit der Fortpflanzung und des Todes nicht verstand die ich jeden Tag sah, auf dem Bauernhof, da existierte ich wie eine große blöde Pflanze jenseits der menschlichen Wirklichkeit, sieh mal, wenn du so willst begann auf dem Bauernhof die Wirk-lichkeit dort wo der Verstand aufhörte …

aber das Schlimmste war der Dreck, ich fühlte mich andauernd schmutzig auf diesem Bauernhof …

ja dieser Dreck, du kannst dir gar nicht vorstellen wie abstoßend man wird wenn man auf einem Bauernhof arbeitet …

am Anfang als ich angekommen bin, während der ersten Wochen, da wusch ich mir jeden Morgen und jeden Abend das Gesicht und putzte mir die Zähne, wie es sich gehört, aber der Alte und die Bäuerin haben sich dermaßen über mich lustig gemacht dass ich ziemlich schnell damit aufgehört habe, sieh mal ich habe sogar meine Zahnbürste ins Scheißhaus geworfen …

wie das kam dass ich eine Zahnbürste hatte, sieh an das ist eine interessante Frage, es ist klar dass ich als ich der großen Massen-verhaftung entkommen war und dann als ich es geschafft hatte auf einem Güterzug in die freie Zone zu gelangen dass ich da keine Zahnbürste bei mir hatte, also ich weiß nicht wie ich zu dieser Bürste gekommen bin die ich auf dem Bauernhof besaß, das ist völlig blockiert in meinem Hirn, übrigens wie viele andere Dinge die mir während des Krieges passiert sind, aber diese Sache mit der Blockierung das ist normal, auf die Art gelingt es einem das Leiden zu vergessen, aber wie ich zu dieser Zahnbürste ge-kommen bin, also das, das ist mir ein Rätsel …

ah ich habe ganz schön gelitten auf diesem Bauernhof, vor allem am Dreck, der Dreck um mich herum, über mir, an mir, ich versuche hier keinen Existenzialismus à la Sartre zu betreiben, aber lass dir sagen, mein Übermir und mein Anmir die waren nicht sehr schön auf diesem Bauernhof, mir selbst gegenüber gleichgültig und gegenüber der schmutzigen Sache die sich in der Welt abspielte, hatte ich keine Ahnung von mir und meiner Zukunft, ich war in die Enge der schmutzigen Gegenwart dieses Bauernhofes getrieben, abgeschnitten von meiner Vergangenheit, auch wenn diese kleine Vergangenheit von zwölf Jahren noch keinerlei Bedeutung hatte, ich fand mich von einer Zukunft ausgesperrt von der ich glaubte nie in sie eintreten zu können, alles in allem war ich Gefangener meines Drecks in einer bäuerlichen Nicht-Zeit, das ist es was dieses lange konfuse Gefühl ausmachte als ich auf diesem Bauernhof war …

entschuldige diese philolinguistischen Kunststückchen die ich dir gerade vorführe, aber ich versuche diesem Bauernhof zu entkommen denn ich habe es langsam satt dir diese traurigen Dinge zu erzählen, okay das stimmt wenn ich meine Klappe halten würde würde auch der Bauernhof aus meiner Geschichte verschwinden …

ah du sagst dass du das was ich dir gerade über den Bauernhof erzählt habe dass du das faszinierend findest, sogar ziemlich berührend, da machst du mir aber eine Freude, wenigstens habe ich meine Zeit nicht vergeudet, und deine auch nicht, weißt du es gibt noch einen Haufen Sachen die ich dir über diesen Bauernhof erzählen könnte, vor allem über die Bäuerin und ihren Schwiegervater der, du wirst es mir nicht glauben, ich schwöre dir dass das die Wahrheit ist, der es mit den Kühen trieb …

doch doch das ist wahr, ich habe ihn einmal gesehen in der Scheune auf einem Schemel stehend hinter einer Färse wie er seinen alten Schwanz in die Arschspalte dieser armen kleinen Kuh rammte, das habe ich zufällig gesehen, ich bin in die Scheune gegangen um was zu holen, ich erinnere mich nicht mehr was, und ich habe ihn da gesehen auf diesem dreifüßigen Schemel wie er sich gerade die Färse vornahm, das hat mich total umgehauen sehen zu müssen wie dieser alte Schweinehund eine Kuh von hinten nahm, sieh mal sogar heute noch kann ich dieses Bild nicht aus meiner Erinnerung löschen, ich sehe ihn noch diesen verkommenen alten Drecksack wie er sich an der Nacktheit der Tiere aufgeilt …

siehst du wie ich mich aufrege wenn ich dir erzähle was auf diesem Bauernhof passierte, okay das reicht, ich glaube jedenfalls dass ich dir das Wichtigste über diese traurige und erbärmliche Periode meines Lebens erzählt habe, also vergessen wir das alles weil ich nämlich nach Montrouge zurückkommen muss um dir jetzt die schöne Geschichte meiner Tante Rachel fertig zu erzählen, wenn nicht werden wir uns noch auf all diesen Umwegen verirren, das sind jetzt schon mehr als zwei Stunden dass ich dir vom Bauernhof erzähle und ich habe fast vergessen wo ich mit Rachel war, außerdem musst du jetzt schon ziemlich müde sein, das ist eine ganz schöne Arbeit mir zuzuhören was, da braucht man einiges an Konzentration …

sieh mal wenn wir etwas essen gingen, das würde uns wieder ein wenig zu Kräften kommen lassen eine feine Mahlzeit, ich kenne da ein gutes kleines provenzalisches Restaurant bei der Bastille, man kann dort gut essen und es ist nicht teuer, die haben großartige Desserts, außerdem werden wir eine Flasche Bandol bestellen …

oh du kennst keinen Bandol …

aber nein das ist kein Wein der geil macht, du blöder Hund, Bandol das ist der Name des Schlosses in der Provence wo sie diesen Wein machen, du wirst sehen der ist verdammt gut, leicht aber ziemlich trocken, schön rund, sieh mal ich lade dich ein, das macht nichts wenn ich ein wenig blank bin, wenn Susan kommt in drei vier Tagen dann werde ich mir von ihr ein wenig Knete borgen, zerbrich dir nicht den Kopf, na los komm, wir werden die Métro nehmen und bei der Bastille rausspringen …

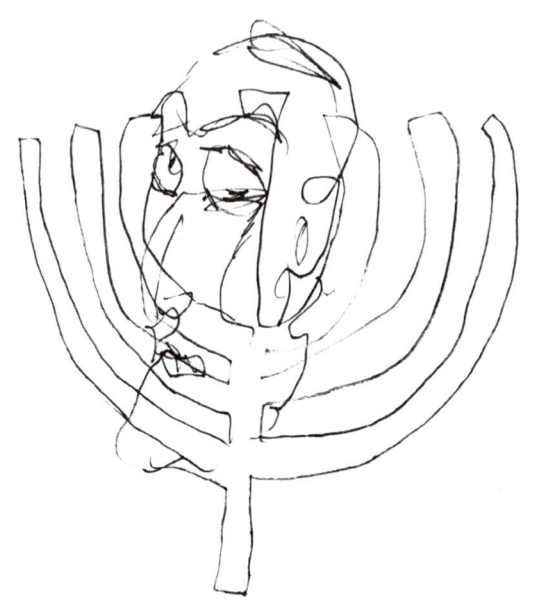

Das war gut, was …

… das war gut, was, ich habe dir ja gesagt dass das Futter hier nicht schlecht ist, also gut ich mache mit meinen Geschichten weiter während man uns den Kaffee serviert …

ja nur zu Monsieur, servieren sie den Kaffee, es stört sie doch nicht wenn wir noch ein bisschen hierbleiben um zu plaudern …

willst du einen Calva …

also zwei Calvados zum Kaffee, bitte …

was hast du gesagt, ich habe es nicht gehört …

ah du findest dass ich ein wenig den Ton gewechselt habe als ich dir erzählt habe was auf dem Bauernhof passiert ist, du sagst dass ich plötzlich einen ruhigeren Ton angenommen habe, einen leiseren, aber das mein Alter das ist doch klar, weil mich diese Erinnerungen, auch wenn sie traurig sind, ein bisschen sentimental machen wenn ich sie wieder erzähle, und außerdem weißt du wenn du Geschichten erzählst dann bist du nicht immer in der gleichen Stimmung, manchmal wenn du erzählst bist du wütend, und ein andermal fühlst du dich zu Scherzen aufgelegt, und an einem anderen Tag fühlst du dich sentimental oder nostalgisch, also wirst du zurückhaltender, du ziehst dich in die Zartheit zurück und sogar ins Schweigen, das ist immer so wenn du erzählst, das ist ja das Schöne am Romangeschwafel, du kannst egal was egal wie egal zu welcher Zeit sagen, wenn ich daher in meinen Geschichten den Ton wechsle dann deswegen weil ich meine Stimmungen wechsle wie die vier Jahreszeiten ihr Wetter, okay genug von diesem self-reflexiven Schwachsinn, ich mache mit meiner Geschichte weiter …

also komm, ich fange wieder an, der Krieg ist aus, ich verlasse den Bauernhof und da bin ich wieder in Montrouge, *coucou* ich bin es, ich gehe in den Hof des Hauses, die Nummer 4 Rue Louis

Rolland, es war im Monat Juli, glaube ich, oder im Monat August, es war unglaublich schön, ein weiter völlig blauer Himmel, und genau an jenem Tag war rein zufällig Sonntag, daher war die ganze Sippschaft mütterlicherseits dort, außer natürlich meine Eltern und meine Schwestern die nicht zurückgekommen waren von dort wohin man sie verschickt hatte, und als ich da im Hof auftauche fangen sie alle an zu brüllen, aber das ist ja Raymond, der kleine Raymond, der Sohn von Margot, wir dachten er sei tot, wo kommt der denn her, du hättest die Visagen meiner Onkels und Tanten sehen müssen, die waren alle aus dem Häuschen als ob sie ein Gespenst gesehen hätten …

ich stand da im Hof in Shorts mit einem etwas zerlumpten Sporthemd und mit Espadrilles, das war alles was ich hatte, und natürlich keine müde Mark in der Tasche, so bin ich vor ihnen erschienen, ich war ein wenig älter als fünfzehn, aber ich hatte schon eine ganz schöne Menge gesehen von diesem Mistleben …

nachdem ich einen Augenblick diesem ganzen Kasperltheater der Onkels und Tanten zugehört hatte die eingerahmt von den Fenstern mir von oben ihre Überraschung zubrüllten mich wiederzusehen nehme ich die Stiegen in null Komma nichts und da bin ich schon bei Tante Marie im zweiten Stock und da sind alle schon um mich herum und betrachten mich und berühren mich sogar um sich zu versichern dass ich wirklich am Leben bin und dass ich es wirklich war, dann sagt eine der Tanten, aber der muss ja ausgehungert sein der arme Kleine, es stimmt dass ich schlecht ausgesehen habe als ich wieder vor ihnen auftauchte, wie ein ausgehungerter Überlebender, und dann geben sie mir ein wenig zu essen, ja es stimmt ich muss wie ein lebender Toter ausgesehen haben, weißt du ich war zu jener Zeit sehr dünn, weil das musst du verstehen sogar auf dem Bauernhof hatten wir nicht jeden Tag viel zum Beißen, das war so weil die Kollabos und die *Chleuhs*, wie ich dir erzählt habe, die kamen um uns all das zu nehmen was wir anbauten, jedenfalls fast alles, und die Bauerntölpel die hatten Angst zu meckern, also deshalb sah ich aus als ob ich Kohldampf geschoben hätte als ich nach Montrouge zurückgekommen bin, also nachdem sie mich ziemlich gehätschelt haben, tischen mir die Tanten einen Imbiss auf mit einem Glas Wasser, einem Glas Leitungswasser, wahrscheinlich um mir zu zeigen dass sie zu mir immer noch Zuneigung empfanden, oder aber um ihr Schuldgefühl zu verheimlichen, aber lass dir sagen ihr Imbiss der war eher mager, ein Stück Brot mit einem winzig kleinen Eck Käse …

okay gut, das stimmt, man darf nicht vergessen dass auch nach der Befreiung das Futter in Frankreich noch rationiert war und dass sie vielleicht selbst nicht sehr viel zum Beißen hatten …

wie auch immer während ich dieses Stück Brot kaue, nicht sehr frisch und der Käse auch nicht, er war etwas zu reif und stank dieser Käse, sieh mal das ist lustig dass ich mich noch daran erinnere dass das Brot und der Käse den sie mir gegeben haben nicht frisch waren, ein kleines unbedeutendes Detail wirst du sagen aber trotzdem muss es beachtet werden, es ist diese Art von Details die einen besser die Mentalität dieser Leute begreifen lässt …

ich mache weiter, während ich ihr Futter futtere versuche ich ihnen zu erzählen wie ich es geschafft habe zu entkommen als die Polizei und die Gestapo gekommen sind um uns zu verhaften, ja die *J'ai-ta-peau*, wie Max Jacob sagte, die war auch da, aber anstatt mich reden zu lassen waren sie es die mir ihre miserable kleine Überlebensgeschichte erzählten, wie sie der großen Mas-

senverhaftung entkommen und in die freie Zone abgehauen sind
wo sie angeblich viel Hunger und Angst gelitten haben verhaftet
und deportiert zu werden wie die anderen Juden und wie sie
sofort nach der Befreiung von Paris hierher zurückgekehrt sind
in dem Glauben dass alles was sie zurückgelassen hatten wahrscheinlich gestohlen sei aber zu ihrer großen Überraschung fast
alles noch da war, und ich während sie mir den Schwachsinn
ihrer kleinen Leiden erzählen versuche ihnen zu sagen wie sehr
ich gelitten habe, wie ich aus einem Zug gesprungen bin und wie
das damit geendet hat dass ich mich auf einem Bauernhof in
Südfrankreich wiedergefunden habe wo ich wie ein Sklave arbeiten musste von fünf Uhr morgens bis sechs Uhr abends, jeden
Tag, sogar am Sonntag, aber nein sie hören mir kaum zu, sie
lassen mich nicht einmal meine Geschichte erzählen, sie sagen
zu mir dass Kinder wie ich weniger leiden als die Großen weil
die Kinder nicht wirklich verstehen was los ist, das sagen sie mir
diese Dreckschweine während die mir weiter ihre Leiden vor-
jammern und mir erklären wie auch sie beinahe verhaftet worden
wären wie meine Eltern, ah die arme Marguerite, aber kein einziges Wort des Bedauerns für meinen Vater, und auch keines für
meine kleinen Schwestern, eine schöne Familie ist das, und sie
erklären mir was für ein echter Glücksfall es war dass sie entkommen konnten, von wegen Mann, die haben nicht sehr lange
gefackelt um sich aus dem Staub zu machen und meinen Vater
und meine Mutter und uns die drei Kinder im Stich zu lassen,
weil sie uns nicht zur Last haben wollten, also ich ich habe
schließlich ihre dreckigen Geschichten und ihre dreckigen Leiden dermaßen satt gehabt dass ich aus der Wohnung von Tante
Marie raus bin die Tür zuschmiss und in den dritten Stock rauf
bin …

sieh mal ich werde dir was sagen, ich ich glaube dass die Deutschen sechs Millionen Juden vernichtet haben und sie leiden
lassen, aber diese saublöden Deutschen haben nicht verstanden
dass die Toten nicht leiden, ich meine dass sie nicht mehr leiden
können wenn sie einmal tot sind, nein die Toten die spüren nichts,
außer dass sie schlecht riechen, aber umgekehrt sind es die Lebenden die am Tod der Toten leiden, oder die vorgeben daran zu
leiden, vielleicht war es das was die Deutschen wollten, uns näm-

lich leiden zu lassen uns, die Überlebenden, sogar nach ihrer Niederlage, oder nachdem ihre schäbige Geschichte aus dem menschlichen Gedächtnis gelöscht sein wird …

wie auch immer die Jammereien meiner Tanten und Onkels haben mich derart wütend gemacht dass ich aus ihrer Wohnung raus bin indem ich die Tür zuschmiss und dann zu mir rauf bin, jedenfalls, zu mir nach Hause, wie ich glaube dir schon gesagt zu haben, bei mir da oben in der Wohnung meiner Eltern im dritten Stock gabs nichts mehr, alles war völlig ausgeräumt, geplündert, sogar die Tür war eingeschlagen worden, es gab kein Schloss mehr, also als ich gesehen habe dass es bei uns nichts mehr gab, kein einziges Möbel, keinen einzigen Vorhang, nicht einmal mehr einen einzigen Kochtopf um sich ein Ei zu kochen oder um hineinzupissen, da bin ich wieder zu Tante Marie hinunter um zu fragen wo die Möbel meiner Eltern abgeblieben waren, und die Tanten die haben alle gesagt, ah das weißt du das waren die Deutschen oder die Nachbarn die alles genommen haben, man hat auch uns viel weggenommen, du müsstest einmal bei uns vorbeischauen …

von wegen, und ich kleines Arschloch das ich war ich habe ihnen nichts geantwortet als sie mir das sagten, nein nichts, anstatt ihnen zu antworten aber hier bei Marie da gibts doch alles, nein ich habe nichts gesagt und bin hinaus und habe noch mal die Tür zugeschmissen um in den dritten Stock raufzugehen und bei mir zu Hause zu bleiben, ja schließlich war das mein Zuhause, auch wenn die Wohnung leer war, und ich habe dort ausgeharrt bis ich nach Amerika abgehauen bin zwei Jahre später …

weißt du das kotzte sie an dass ich da oben war, über ihren Köpfen, wie ihr Gewissen, ihr schlechtes Gewissen, am Sonntag vor allem wenn sie alle zu Marie Mittagessen kamen da hörte ich sie ihre Wehklagen flüstern dort unten, sieh mal ich legte mich sogar auf den Boden das Ohr am Parkett um sie besser jammern zu hören, ah wie sie das ankotzte einen Überlebenden da oben zu haben, einen Typen der hätte tot sein müssen aber der nicht tot war, einen Typen der durch den Tod gegangen war, na ein Wiedergänger …

ich war da, über ihnen wie ein Richter der sie an ihre Sünden erinnerte, ihre Schuldgefühle, ihre Angst, ihre Feigheit, der ihnen ihre Strafe verkündete nachdem sie mir ihr Geständnis gemacht hatten, ah wie ich mich da oben vor Lachen krümmte, ja doch manchmal lachte ich laut auf, ohne irgendeinen Grund, einfach nur damit sie mich lachen hörten und damit sie nicht vergessen würden wie sie uns im Stich gelassen haben, ah und wie ich mich schimmlig lachte um sie zu quälen …

aber nein was glaubst du denn Mann, ich arbeitete nicht, ich machte nichts, ich trieb mich auf den Straßen rum, vor allem nachts, auf der Suche nach ein bisschen Futter, ich wühlte in den Mülltonnen rum, weißt du dass ich sogar gebettelt habe um mir ein Stück Brot kaufen zu können, ja natürlich hätte ich sie bitten können mir zu helfen aber ich wollte nichts von ihnen, nichts, mit Typen die ich in einem Café in Montparnasse kennengelernt habe, alles Traumtänzer wie ich, habe ich schließlich begonnen Schwarzhandel zu treiben, weißt du weil es nach dem Krieg noch Schwarzhandel gab in Frankreich, und auf die Art habe ich mich am Leben erhalten ...

bist du verrückt, ich ihnen die Miete zahlen weil ich da oben wohnte, ah sicher nicht, ich wollte ihnen jedenfalls keine Knete zustecken um bei mir zu Hause leben zu können, auch wenn das Haus Léon und Marie gehörte, vor allem weils nichts mehr gab in dieser kümmerlichen Bude, die war ein bisschen wie ein Loch, ein großes leeres Loch, aber dort in diesem Loch am Abend, ausgestreckt auf einer alten halb vermoderten Matratze die ich auf dem Flohmarkt gekauft hatte, also da dachte ich an meine Eltern und an meine Schwestern die nicht wiedergekommen waren, oder ich müsste eher sagen, da in meinem Kopf, vor allem in der Nacht, dort dachte ein Funke an meine Abwesenden ...

das ist schön was, da denkt ein Funke an meine Abwesenden, aber leider war nicht ich es der das erfunden hat, das war Valéry, ah der Bursche, der schrieb ganz schön gut ...

oh du kennst Valéry nicht, du kennst *Le Cimetière marin* nicht, dieses großartige verdammt tiefschürfende und verdammt traurige poetische Dings, verdammte Scheiße der Typ hier kennt Valéry nicht, das gibts ja nicht, jeder kennt Valéry, da fragt man sich schon welche Art von Geschichten du dir anhören gehst, die Burschen die dir ihre Geschichten erzählen das können aber keine tollen Typen sein wenn sie nicht hin und wieder die großen Klassiker zitieren, aber mein Alter alle Schriftsteller zitieren sich gegenseitig, und das geht so weit dass sie sich sogar gegenseitig Dinger klauen ohne zu sagen woher die sind, aber ja alle Schriftsteller sind Wortdiebe, schließlich gehört die Sprache jedem in gleicher Weise, die Sprache ist demokratisch, jeder besitzt gleich viel davon, was man damit macht ist eine Sache des persönlichen Geschmacks, sieh mal das war Derrida, mein Landsmann, der gesagt hat, und ich zitiere dir das kursiv, *ein Text ist kein Text, wenn er sich nicht auf den ersten Blick verhüllt, bei der ersten Ankunft, das Gesetz seines Aufbaus ist die Regel seines Spiels* ...

aber ich bin nicht einer Meinung mit Derrida, ein Text, wie eine schöne Frau, muss immer seinen Arsch zeigen, sonst ist das ein frigider Text, also für mich, wie ich dir glaube ich erklärt habe, ist die Regel meines Spiels das offenkundige Plagiat, oder vielmehr das nackte Plaspiel, in allem was ich sage gibt es geborgte Sachen, und vielleicht sogar mehr gestohlene als geborgte Sachen, denn wie Lautréamont einmal gesagt hat, und das würde mich nicht wundern wenn er selbst das nicht auch von jemand anderem geklaut hat, das Plagiat ist nicht nur erlaubt in der literarischen Schöpfung es ist sogar zu empfehlen, und es war auch Lautréamont der sagte, die miserablen Schriftsteller borgen, aber die großen stehlen, okay das soll nicht heißen wenn ich manchmal von großen Dichtern Sätze stehle dass ich damit schon ein großer Schriftsteller bin, aber wer weiß, ja wer weiß, eines Tages werde ich vielleicht einer sein ...

wie auch immer dort in meinem Loch in der leeren Wohnung, da hatte ich sehr viel Zeit über mein Unglück nachzudenken, ein idealer Ort die Leere um über sein Unglück zu sinnieren ...

im Gegensatz zu Léon und Marie im zweiten Stock, dort war Fülle, alles war intakt, dort gabs sogar Überschüssiges, all die Dinger die sie aus unserer Wohnung heruntergetragen hatten, sieh mal ich bin sicher dass meine anderen Tanten sich auch an meinem Erbe bereichert hatten, sogar mein Kloeimer hatte auch den Besitzer gewechselt, ah meine Tantchen und Onkelchen die hatten sich ganz schön gesundgestoßen an unserem Krempel, und obendrein, ich habe das später erfahren, hatten sie auch die Reparations-Moneten für die Deportierten der Familie eingesteckt, ich meine für meine Eltern und meine Schwestern, und sogar für mich weil sie mich auch in einen Lampenschirm reduziert glaubten bevor ich meine Überlebenden-Fresse anschleppte,

ah die haben keinen Augenblick verloren um abzusahnen, diese
Bande von Arschfickern …

woher ich weiß dass diese Dreckschweine das Geld der Kriegs-
Reparationen eingesteckt haben, ich habe Nachforschungen betrieben, ich habe mich beim Nationalverband der Deportierten
und internierten Widerstandskämpfer und Patrioten erkundigt,
und auch beim Ministerium für Kriegsopfer, Organisationen die
sich darum bemühten die Reparations-Moneten an jene auszu-
bezahlen die überlebt hatten, und gerade ich, als einziger Überlebender meiner Familie, hatte das Recht sie zu erhalten, aber
man hat mir gesagt dass jemand schon die notwendigen Schritte
unternommen hatte um die Moneten an sich zu bringen, ich habe
natürlich wissen wollen wer das war, wer das war der den Zaster
geerntet hatte der mir von Rechts wegen zustand, aber beim Ver-
band und auch beim Ministerium hatte man mir nicht sagen
wollen wer, man hatte mir gesagt dass die Fragen der Reparation
vertraulich seien, das musst du dir mal vorstellen, aber ich sieh
mal ich bin mir sicher dass sie es waren die das ganze Geld gefilzt

haben das mir von Rechts wegen als Überlebender zustand, und ich wie ein dummer Arsch, der kleine schüchterne Scheißer der ich zu der Zeit war, ich habe darüber zu ihnen nichts gesagt, daher war alles bei ihnen, wahrscheinlich versteckt unter ihren Matratzen meine Reparations-Moneten, ah Reparation, ein schöner Tausch, Zaster für Asche, sie hatten sich nicht schlecht aus der Affäre gezogen, sie hatten sich an unserem Unglück und unserer Armut bereichert, auch wenn sie sich in die Hosen schissen als sie abhauen mussten vor der großen Massenverhaftung …

sie hatten wahrscheinlich jemanden geschmiert, einen Nachbarn, einen nicht jüdischen Nachbarn, der auf ihre Möbel aufpassen sollte und den ganzen Rest ihres Krempels, das war der Grund wieso noch alles da war bei ihnen zu Hause, aber bei mir, nichts, also schlief ich da oben auf dem Boden auf dieser völlig harten und völlig vergilbten alten Matratze, ohne Laken, ich hatte nur eine alte völlig durchlöcherte Militärdecke die nach Schimmel roch, und lass dir sagen mein Lieber es war verdammt kühl da oben, es gab keine Heizung, unser hübscher Krötenofen war auch bei irgend jemand anderem einquartiert worden, du musst dir vorstellen dass sich das was ich dir gerade erzähle im Winter ereignete …

Tante Marie wollte mir Möbel geben, alte kaputte Dinger die sie im Keller hatte, und sogar Laken und eine echte Decke, aber das habe ich abgelehnt, ich wollte nichts von ihnen, ich wollte nur dass man mich in Ruhe lässt in meinem Loch, weil siehst du dort oben im dritten Stock, über ihrem Zuhause, in diesem leeren und traurigen Zimmer, da hauste ich um sie daran zu erinnern wie sie uns im Stich gelassen hatten, wie sie über Nacht heimlich verduftet waren, Léon Marie Marco und alle die anderen, zwei Tage vor der großen Massenverhaftung, ohne aber meinem Vater und meiner Mutter zu flüstern was sich gerade zusammenbraute, also das war der Grund dafür dass Léon und Marie und der ganze Rest der Familie, mütterlicherseits, sich schuldig fühlten noch am Leben zu sein, vor allem weil sie uns hätten helfen müssen zu entkommen, aber sie haben das nicht getan weil sie meinen Vater hassten, und sie wussten genau wenn sie meiner Mutter heimlich gesteckt hätten die Kinder zu nehmen und mit ihnen

in die freie Zone zu flüchten, aber ohne meinen Vater, also meine
Mutter hätte ihnen was gehustet dass sie sich verpissen sollen
wobei sie ihnen ins Gesicht gespuckt hätte …

natürlich hätten sie uns helfen können, auch wenn sie meinen
Vater hassten weil er an Tuberkulose litt und ein Weiberheld war,
jedenfalls gehörte er doch zur Familie, sieh mal ich werde dir
erzählen das dermaßen zum Kotzen ist dass mir der Mund weh-
tun wird wenn ich es dir erzähle …

ich habe später entdeckt dass sie auf die Familiengruft auf dem
Friedhof von Bagneux die Namen meiner Mutter und meiner
Schwestern eingravieren ließen, aber nicht den Namen meines
Vaters, ich habe das während eines sonntäglichen Mittagessens
erfahren, erinnerst du dich, als mir schließlich nichts anderes
übrigblieb als sie zu besuchen weil ich seit drei Tagen nichts gefuttert hatte, ich meine nach meiner Rückkehr aus Amerika, nicht
nach meiner Rückkehr vom Bauernhof, als ich wieder nach Frankreich zurückgekehrt bin …

hast du dich nicht verirrt, kannst du mir noch folgen, ich weiß
wenn ich so herumspaziere in der Zeit in allen Richtungen kann
es schon vorkommen dass du anfängst alles durcheinanderzu-
bringen, nein, es geht schon, du hast dich noch nicht verlaufen
in dem Gestrüpp das ich aushecke …

also an jenem Tag erählten sie mir dass sie die Namen meiner
Mutter und meiner Schwestern auf dem Friedhof von Bagneux
haben eingravieren lassen und sie bestanden darauf dass ich mir
den schönen Grabstein ansehen müsste den sie dort haben aufstellen lassen für meine Mutter und meine Schwestern, was
glaubst du wohl wie wütend ich war als ich das hörte und wie ich
ihnen die Meinung geigte, was ihr ihr macht euch wohl über mich
lustig, wie ich zu ihnen gesagt habe, von mir zu verlangen dorthin
zu gehen um über einem leeren Loch zu weinen, über einem Loch
in das ihr euer Schuldgefühl verscharrt habt, ah aber das ist ja
unglaublich, mich zu bitten dorthin zu gehen um euer dreckiges
Gewissen mit meinen Tränen zu reinigen, für wen haltet ihr mich
eigentlich, für einen dummen Arsch, einen Schuldgefühls-Wä-

scher, ich ich weiß warum ihr uns im Stich gelassen habt, warum ihr uns mit gefesselten Fäusten und Füßen unserer kleinen Endlösung überlassen habt, aber ihr ihr habt nicht damit gerechnet dass ich zurückkommen werde um euch den Prozess zu machen …

siehst du ich muss dir was erklären, die Juden nämlich in Paris die wussten fast alle schon im vorhinein dass man sie einbuchten würde, ja ja jeder wusste dass die pétainistischen Kollaborateure die große Massenverhaftung des 16. Juli '42 mit den Deutschen geplant hatten, also jene die die Mittel besaßen, wie meine Onkels und Tanten mütterlicherseits, also die sind in die freie Zone getürmt zwei oder drei Tage im Vorhinein, aber wir wir hatten keine Mittel, weißt du mit meinem tuberkulösen Vater der fast nicht arbeiten konnte an seinen Bildern so schwach war er und auch wenn er es schaffte ein Bild zu vollenden wollte es ja doch niemand kaufen, und meiner Mutter die putzen ging und kaum genug verdiente um uns alle zu ernähren, also bei uns leistete man sich nicht sehr viele Ferien, aber die reichen Juden die in die freie Zone abgehauen sind, für die war das ein wenig so als ob sie ab in die Sommerferien fuhren mit ihren Koffern voller Schmuck und Dingern aus Silber und so, und weil sie eben im Monat Juli war die große Massenverhaftung, war das für sie wirklich ein Ausflug an den Strand oder in die Berge …

woher man wusste dass die Juden verhaftet werden sollten, es gab Kerle die keine Juden waren und die für die Deutschen arbeiteten, ich sage nicht dass sie Kollabos waren, nein, für sie war das einfach ein Weg unter vielen um sich ihren Lebensunterhalt zu verdienen, und auf diese Weise wussten sie im Vorhinein was passieren würde, tatsächlich habe ich später erfahren dass das Marius war, der Besitzer des Cafés an der Ecke der Rue Louis Rolland und der Avenue d'Orléans, das eben Chez Marius hieß, der war gekommen meinen Onkel Léon zu warnen dass es eine Massenverhaftung geben würde, siehst du weil er der Marius einen Schwager hatte der Schupo war und der war es, der Schwager, der Marius flüsterte dass man alle Juden des Viertels festnehmen würde, und weil Léon Maßschneider war und hin und wieder einen Anzug oder ein Paar Hosen für Marius anfertigte im Tausch gegen Futter vom Schwarzmarkt, Marius war nämlich in unserem Viertel als König des Schwarzmarktes bekannt, der Bursche konnte dir egal was beschaffen, Eier, Fleisch, Seife, Zucker, Seidenstrümpfe, Schokolade, Zigaretten, siehst du alles was man nicht mehr in den Lebensmittelgeschäften oder in den Kaufhäusern kaufen konnte, also Marius und Léon, wenn du so willst, die waren Freunde, und als sein Schwager der Bulle ihm von dieser Massenverhaftung berichtete ist er sofort gekommen um Léon zu warnen, aber Léon und Marie die haben uns kein Sterbenswörtchen davon gesagt, nicht nur weil sie meinen Alten hassten, sondern auch weil ihnen das teurer gekommen wäre uns in die freie Zone mitzunehmen, wir waren immerhin fünf Personen, also hieß das für sie fünf Mäuler mehr zum Stopfen, und eins dieser Mäuler tuberkulös …

siehst du was bisher nicht genügend betont wurde ist dass jene die man in die Lager deportierte vor allem arme Juden waren, wie meine Eltern, jene die es sich nicht mal leisten konnten Zugfahrkarten zu kaufen für sich und ihre Kinder, jene die nichts zu verkaufen oder zu verpfänden hatten, keinen Schmuck, kein unter ihrer Matratze verstecktes Moos wie Tante Marie, weißt du, wenn du keine Knete oder keinen Schmuck hattest um die Schlepper zu zahlen um dich heimlich über die Demarkationslinie in die freie Zone zu schmuggeln, oft unter Mithilfe der Kartoffelfresser die sich auch daran bereicherten, also dann endetest du als Toilettenseife oder als Lampenschirm …

die mit Zaster vollgestopften Juden die sind alle in die freie Zone getürmt, aber sogar die sind nicht sehr lange fein raus gewesen weil nämlich als die Amis in Nordafrika gelandet sind, ich glaube das war im November '42, ich erinnere mich nicht mehr sehr gut, haben die Deutschen sofort das restliche Frankreich überfallen, und dann war auch die freie Zone futsch, danach ist eine große Zahl von reichen Juden die sich in Südfrankreich versteckt hielten wie die anderen erwischt und vernichtet worden, aber es gab auch jene die es trotzdem geschafft haben sich erfolgreich zu drücken, wie meine Onkels und Tanten, mütterlicherseits, und demnach haben sie alle überlebt, aber väterlicherseits, da gabs komplette Gaswäsche …

ah mein Vater, mein Vater der Maler, was musste der alles für Schweinereien schlucken, und als Erbe, da hat er mir nicht gerade viel hinterlassen …

182 doch sieh mal, ich werde dir sagen was er mir hinterlassen hat mein Vater, er hat mir sein künstlerisches Talent hinterlassen, weil man Vater Maler war kenne ich mich aus in den Künsten, in der Literatur natürlich, wie dir ja klar sein muss wenn ich dir von meinen Fiktionen erzähle, auch in der Musik weil ich Jazz gespielt habe, aber vor allem in der Malerei, ja ich habe ein Auge für die Malerei, sieh mal wenn ich nicht Schriftsteller geworden wäre also siehst du dann hätte ich sicher bildende Kunst fabriziert, ja ich kenne mich da aus in der Malerei …

ich bilde mir nichts ein, also ich wenn ich ein Bild sehe, alt oder modern, konkret oder abstrakt, für mich ist das gleich, dann verbringe ich eine tolle Zeit damit es zu bewundern, darüber nachzudenken, ich will immer wissen wie es die Maler schaffen uns hinters Licht zu führen mit ihren Farbzeichnungen, uns glauben zu machen dass sie wahrhaftig sind ihre Illusionen, ich finde sie großartig die Malerei, und weißt du einmal habe ich sogar ein Gedicht über die Malerei geschrieben das in einem bekannten Avantgarde-Magazin veröffentlicht worden ist das TXT heißt, ja genau so, einfach TXT, das ist ein genialer Name, findest du nicht …

nein ich rede keinen Blödsinn und ich übertreibe nicht wenn ich sage dass ich mich auskenne in den *bozards*, du wirst sehen, dieses Gedicht ich werde es dir in ganzer Länge rezitieren, hier und jetzt, von vorn bis hinten, weil ich dieses Gedicht auswendig gelernt habe so sehr hat es mir gefallen als ich es fabriziert habe …

aber zuerst muss ich dich noch wissen lassen, was mich dazu inspiriert hat dieses Gedicht zu schreiben, das war die Obsession der Maler und der Bildhauer mit dem Arsch, dem menschlichen Arsch …

ja der Arsch, du schaust schockiert drein, ich bin nicht der Einzige der vom Arsch besessen ist, alle Künstler sind das …

warte, ich weiß, warte, lass mich weitermachen, ich weiß dass ich gerade von den Sauereien meiner Familie erzählte und dass ich jetzt abkomme um dir vom Arsch zu erzählen, aber genau das sind sie die großen Themen meiner Erzählung, der Arsch und die Familie, die Familie und der Arsch, der Arsch der Fami- lie, die Arschfamilie …

ah der Arsch, man kann ihn beschreiben, ihm viele verschiedene Namen geben, wie Po, Hintern, Hinterteil, Gesäß, Steiß-Gleis, Heiliges Gesäß, großer Ballon, Knallkörper, Arschloch, Gaswerk, Dünnscheißer, willst du noch mehr hören, ich habe noch mehr, lach nicht, Hinterbacken, Hintergestell, das q, ah der 17. Buchstabe des Alphabets was für ein schönes Thema für die Kunst, mein Gedicht wird dir übrigens sehr gut zeigen in welchem Grad diese Obsession der Künstler mit dem Arsch Teil meiner Arbeit ist, besonders in dem was ich gerade erzähle weil meine Geschichte vor allem eine Arschgeschichte ist, in dem Sinn dass sie eine Bumserei ist oder wenn dir das lieber ist eine literarische Arschfickerei …

also ich fange an, ich rezitiere dir mein Gedicht, der Titel lautet DAS MUSEUM DER IMAGINÄREN ÄRSCHE, hör gut zu …

bitte blättern Sie um …

Das Museum der imaginären Ärsche

Wenn man an die Millionen und Abermillionen von Menschen denkt, die vor der Mona Lisa von da Vinci geträumt haben, so kann man sich ihr Lächeln vorstellen, wenn da Vinci ihren Arsch und nicht ihr Gesicht gemalt hätte. Seit jeher hat der Arsch die Künstler fasziniert, und in ihren Versuchen, die Freuden dieser sich immerwährend verändernden Form zu erfassen, haben sie uns eine erstaunliche Sammlung von Ärschen hinterlassen. Zum Beispiel:

die düsteren Ärsche von Rembrandt
die Zelluloid-Ärsche von Rubens
die birnenförmigen und weinerlichen Ärsche von Cranach
die parallelepipedischen Ärsche der kubistischen Phase von Picasso
die langen geschmeidigen Ärsche von Modigliani
die exotischen und sehr runden Ärsche von Gauguin
die schelmischen Ärsche von Fragonard
die morbiden Ärsche der Wiederauferstehung von Signorelli
die rustikalen aber lasterhaften Ärsche von Ingres
die prunkvollen Ärsche von Tintoretto
die zweideutigen Ärsche von Poussin
die graziös balancierenden Ärsche von Maillol
die Ärsche-in-den-Ärschen oder vielmehr die Arschfick-Ärsche von
die gut entwickelten Ärsche von Renoir   [Moore
die kümmerlichen Ärsche von Dubuffet
die nervösen Ärsche von Goya
die kantigen Ärsche von Holbein
die runzeligen Ärsche von Brueghel
die lyrischen Ärsche von Chassériau
die üppigen Ärsche von Bellmer

die ungezähmten Ärsche von Matisse
die vulgären Ärsche von Toulouse-Lautrec
die ausgehöhlten Ärsche von Giacometti
die furchtlosen Ärsche von Schiele
die entstellten Ärsche von Magritte
die anmaßenden Ärsche von Dali
die gewaltigen Ärsche von Lipchitz
die unförmigen Ärsche von Courbet
die glatten Ärsche von Arp
die verlängerten Ärsche von Gréco
die nicht vorhandenen Ärsche von Motherwell
die schwer zu beschreibenden Ärsche von Pissaro
die unsichtbaren Ärsche von de Kooning
die frommen Ärsche von Raphael
die winzigen Ärsche der Miniaturmaler
die komplizierten Ärsche der Barockmaler
die puritanischen Gesäße von Copley
die eleganten Hintern von Tissot
und all die glorreichen und namenlosen Hinterbacken
                    [der Apokryphen

das ist nicht schlecht was, das kommt volles Rohr was mein Gedicht, du hast sicher noch nie so eine Arschliste wie diese gehört, weißt du außerdem habe ich Nachforschungen anstellen müssen um dieses Gedicht schreiben zu können, Nachforschungen in der Kunstgeschichte, ich habe mir von ganz nahe eine Menge Reproduktionen angesehen ...

was, du ziehst eine Flappe, das hat dir nicht gefallen ...

also doch, du findest es gut mein Gedicht, na da machst du mir aber einmal eine Freude ...

du würdest davon gerne eine Kopie haben für dich, okay, sieh mal, weil ich dich sehr gerne habe, und auch um dir zu danken dass du deine Zeit mit mir verbringst um meinen Geschichten zuzuhören, werde ich dir gratis ein Heft der Nummer von Txt geben in der mein Gedicht erschienen ist, ich bringe es dir morgen mit ...

okay hör zu mein Freundchen, vergessen wir jetzt die Dichtung, es ist absolut nötig dass ich mit all meinen Abschweifungen aufhöre, vor allem mit meinen poetischen Abschweifungen, und dass ich dir endlich von der Ankunft meiner Tante Rachel in Paris erzähle, alles was ich dir bisher erzählt habe war, wenn du so willst, nur eine Inszenierung damit dir auch wirklich die Situation klar wird in der ich mich befand als Rachel, die weltliche Tänzerin, wieder in Paris aufkreuzte nach dem Krieg ...

aber bevor ich dir die triumphale Ankunft meiner Tante Rachel beschreibe, muss ich noch einen Umweg machen um dir etwas verdammt Lustiges zu erzählen zum Thema Marius, etwas das sich in seinem Eckcafé ereignete, eigentlich wollte ich dir das gerade erzählen als ich in die Ärsche hinübergekentert bin, aber wie du sehen wirst, es gibt da vielleicht eine Verbindung ...

nun gut, eines Tages, oder eher eines Nachts, sind Diebe in das Café von Marius eingebrochen, das war kein schlechtes Café weißt du, mit einem alten Tresen, und es gab hinten sogar einen Billardtisch, wir Kinder aus dem Viertel durften nicht wirklich in dieses Café gehen, das war die Kneipe der Erwachsenen die sich dort nach der Arbeit trafen um einen Kleinen wegzuputzen und sich vollaufen zu lassen, ich ging dort rein wenn mich mein Vater Zigaretten kaufen schickte, ja mein Vater der rauchte viel, Gitanes, ich erinnere mich wieder dass es Gitanes waren, die ohne Filter natürlich weil man zu der Zeit die Filterzigaretten noch nicht erfunden hatte, also rauchte mein Vater Gitanes ohne Filter auch wenn ihn das schwer husten ließ in der Nacht wegen seiner Tuberkulose, und meine Mutter sagte immer zu ihm, die werden dich noch umbringen diese saublöden Zigaretten, okay wenn es nicht die Zigaretten waren die ihn umgebracht haben dann war es eine andere Art Rauch, wie auch immer also eines Morgens, es war an einem Sonntag …

woher ich weiß dass es ein Sonntag war, weil wir an jenem Tag keine Schule hatten, was ich dir gerade erzähle war eine ganz schöne Zeit vor dem Krieg, ich war sieben oder acht Jahre alt, und an diesem Sonntagmorgen kommen drei Polizeikarren auf Teufel komm raus angefahren mit ihrem Tatü-Tata und halten vor dem Café von Marius, also alle im Viertel kommen angerannt um zu sehen was passiert ist und die Bullen sagen dass es einen Diebstahl gegeben hat, dass in der Nacht Diebe ein Fenster eingeschlagen hätten ins Café rein sind und einen Haufen Flaschen gestohlen haben, Cognac, Pernod, Gesöff, jedenfalls siehst du, was man so normalerweise in einer Kneipe findet, aber sie haben auch viel Geld geklaut aus dem Safe von Marius und einen Haufen …

was ah du findest dass das nicht sehr drollig ist was ich dir gerade erzähle, aber warte, du wirst sehen, das kommt schon noch, jetzt werde ich dir das Schönste erzählen …

in dieser Nacht hat einer der Diebe auf den Billardtisch geschissen und Marius als der früh am Morgen in sein Café kam hat er diese riesige Wurst da mitten auf seinem Billardtisch gesehen und er ist fast umgekippt, und als die Bullen das sahen haben sie sich schimmliggelacht, und in null Komma nichts hat es das ganze Viertel gewusst, also wollte jeder dieses große Paket Scheiße auf dem Billardtisch von Marius sehen, weil lass dir das sagen das war ein tolles Spektakel, ein tolleres Spektakel als die Scheißfilme die man am Sonntag spielte im Kino von Montrouge, am Place de la République, also bildeten die Leute auf der Straße eine Schlange um ins Café schauen zu kommen und es waren derart viele dass die Schupos begannen den Verkehr du regeln, sie ließen höchstens ein Dutzend Leute auf einmal rein, damit es keine Verstopfung gab, und dann sieh mal du hättest sehen müssen wie sich die Leute auf der Straße rempelten, wie die Irren, weißt du ohne die Bullen wäre das ein totales Schlachtfeld geworden, also kontrollierten die Schupos die Menge, hierher hierher, wie sie sagten die Schupos indem sie uns den Billardtisch zeigten hinten im Café, na los, nicht stehen bleiben, gehen sie um den Tisch rum, ein bisschen schneller da vorn, los vorwärts seien sie doch keine Egoisten, die andern wollen doch auch etwas sehen, und an jenem Tag hat man sogar den Kindern erlaubt ins Eckcafé zu gehen, ins Chez Marius …

okay das ist es was ich dir erzählen wollte zum Thema Marius, du hättest seine Visage sehen sollen, der arme Typ schämte sich zu Tode, er saß da in einer Ecke des Cafés an einem Tisch den Kopf zwischen den Händen, man hätte sagen können dass er drauf und dran war zu heulen, weißt du er war nicht schön der Marius, er sah aus wie ein behaarter Affe, ja er hatte einen Affenschädel, mit struppigen Haarbüscheln auf den Ohren wie bei den Pinseläffchen, wie auch immer dieses schöne Paket Scheiße auf seinem Billardtisch hat ihn ganz schön angekotzt bis an sein Lebensende, und man erinnerte ihn dauernd daran, wenn die Leute in sein Café kamen fragten sie sofort, he Marius wie gehts deinem Riesenstück Scheiße, was hast du damit angestellt, hast du es in den Kühlschrank getan, hast du es gekocht …

ah du findest sie nicht witzig diese Geschichte, okay also vergiss sie, aber ich habe sie seit meiner Kindheit nie vergessen können diese schön geformte kastanienbraune Wurst mitten auf dem Billardtisch …

du findest das skatologisch, sieh einer an, skato-logisch, schönes Wort mein Alter, du erstaunst mich, ich sehe schon du kennst dich aus in der exkrementalen Wissenschaft …

okay genug zum Thema Scheiße, ziehen wir uns aus ihr raus und sprechen wir von meiner Tante Rachel, ich sagte also dass sich jeden Sonntag, wie vor dem Krieg, die ganze Familie bei Tante Marie zum Mittagessen versammelte und nicht mehr bei meiner Großmutter weil die ja jetzt tot war …

wie meine Großmutter gestorben ist, das habe ich dir doch gesagt, eines natürlichen Todes irgendwo in der freien Zone wohin sie die Tanten und Onkels mitgenommen hatten, aber ob sie eines natürlichen Todes oder eines künstlichen Todes gestorben ist das ist mir scheißegal denn um dir die Wahrheit zu sagen diese Großmutter die mochte ich nicht sehr, und ich glaube nicht dass sie uns sehr mochte, mich und meine Schwestern, ihr Favorit war Marco, ja Marco das war der kleine Liebling der Großmutter weil er nicht nur das älteste von allen Enkelkindern war sondern auch das reichste, ich meine jedenfalls dass seine Eltern die reichsten in der Familie waren und meine Großmutter seit 1910 Witwe steckte ihm viel Knete zu, ohne dass Léon es wusste, natürlich, während meine Mutter die bei anderen putzen ging ihm nie etwas geben konnte, aber jetzt nach dem Tod der Großmutter versammelte sich die Familie jeden Sonntag bei Tante Marie und mir, weil ich da war, dort oben, in meinem Loch, manchmal kam meine Tante Marie am Sonntag rauf um mir zu sagen dass ich runterkommen solle und mit ihnen essen, sie sagte immer zu mir, los komm, komm jedenfalls und iss mit uns, das hat doch keinen Sinn hier ganz alleine zu schmollen, du wirst noch krank, wie sie zu mir sagte, ja ich weiß das ist traurig dass deine Mutter und dein Vater nicht wiedergekommen sind, aber was kann man da machen, so ist das Leben, los komm, hör auf den Sturschädel zu spielen, man wird dir erklären was passiert ist, aber ich ich fand immer eine Ausrede um nicht zu ihnen zum Essen kommen zu müssen weil ich sie nicht hören wollte wie sie mir wieder sagen wie sehr sie gelitten hätten während des Krieges, sie sprachen von nichts anderem, von nichts anderem als von ihren Leiden, oder aber sie klagten dass sie dermaßen viele Dinge während des Krieges verloren hätten dass sie jetzt derart arm wären und wie die Sklaven arbeiten müssten, Tag und Nacht, um sich ein bisschen Essen kaufen zu können, von wegen, natürlich war das nicht wahr, aber das ist es was sie sich gegenseitig erzählten jeden

Sonntag indem sie sich ordentlich mit Futter vollstopften, und ich konnte ihr Geflenne nicht ertragen, das machte mich krank, aber eines Tages, an einem Sonntag, als ich gezwungen war mein Loch zu verlassen weil ich seit mehr als vier Tagen nichts mehr gefuttert hatte so blank war ich und ich es nicht mehr aushalten konnte wegen des Futtergeruchs der bis zu mir heraufstieg von unten da bin ich runter um mit ihnen zu essen, und während der Mahlzeit hat Tante Marie verkündet dass sie einen Brief erhalten hätte von Rachel und dass Rachel, die jetzt im Senegal leben würde, hatte Tante Marie erklärt, in einer Woche in Paris ankommen wird um die ganze Familie wiederzusehen, du kannst dir das Durcheinander an jenem Tag gar nicht vorstellen ...

nein was glaubst du denn, anstatt ihre Freude zu zeigen als sie erfahren dass sie bald eine Schwester wiedersehen würden die sie seit mehr als fünfundzwanzig Jahren nicht mehr gesehen hatten haben sie sofort angefangen von der Knete zu sprechen ...

aber ja fünfundzwanzig Jahre, vergiss nicht dass Rachel 1920 aus dem Waisenhaus abgehauen ist, und dass wir jetzt im Jahr 1945 sind, jedenfalls meine ich dass das was ich gerade erzähle im Winter '45 passierte, nach der Befreiung von Paris, weil du noch nicht geboren oder zu klein warst hast du keine Ahnung davon was das war die Befreiung, dieser große Tag des 23. August 1944 als de Gaulle die Champs-Elysées zu Fuß hinuntermarschierte mit seiner Armee, ah was für ein schöner historischer Augenblick, und auf den Gehsteigen der Champs-Elysées Tausende und Abertausende von Leuten die brüllten und weinten, ja du du hast das nicht gesehen weil du an diesem Tag nicht da warst, nein du du warst ganz sicher noch Sperma in den Eiern deines Vaters, aber ich, auch wenn ich noch auf meinem Bauernhof schuftete an dem Tag als de Gaulle seinen triumphalen Spaziergang machte auf der Champs-Elysées mit all seinen Medaillen auf der Brust, war ich doch auf dem Laufenden, deswegen kann ich dir das auch erzählen, und unmittelbar nach der Befreiung hatte Rachel einen Brief geschrieben aus Senegal, wo sie jetzt lebte, um herauszufinden was während der Besatzung passiert war und ob ihre Brüder und ihre Schwestern, die sie nicht gesehen hatte seit sie aus dem Waisenhaus getürmt ist, noch am Leben waren, und ich glaube dass

Marie ihr geschrieben haben musste, sogar bevor ich noch in Paris landete und meine Überlebenden-Visage zeigte, dass all ihre Brüder und Schwestern gesund und sicher waren, außer leider der armen Margot und ihren Kindern, die …

du verstehst schon was ich meine …

also nachdem Marie erzählte dass Rachel nach Paris kommen würde drehte sich die Unterhaltung an diesem Tag während des Mittagessens nur noch um die Frage wie Tante Rachel ihr Glück gemacht hatte im Senegal und wie viel Knete sie besaß …

was sie tat im Senegal meine Tante, das werde ich dir gleich sagen, nur mit der Ruhe, ich werde es dir zur rechten Zeit erzählen damit du auch wirklich die Bedeutung der Ankunft meiner Tante Rachel in Paris verstehst, du wirst sehen das wird dich erstaunen was aus ihr geworden ist aus dieser kleinen Schwester meiner Mutter die aus dem Waisenhaus abgehauen war mit ihrem kümmerlichen kleinen Klamottenpaket unterm Arm …

wie auch immer weißt du, die Geschichte mit der Tänzerin daran glaubte ich nicht mehr, und der Rest der Familie auch nicht, übrigens hat mein Onkel Léon während der Diskussion an jenem Sonntag sogar gesagt, vor den Kindern, ich meine vor meinen kleinen Scheißern von Cousins und Cousinen, Léon sagte damals, ja klaro wenn man in der ganzen Welt herumhurt ist es leicht reich zu werden, vor allem in den Kolonien wo die Leute bumsen wie die Tiere, ja dort unten in den Kolonien wenn man einen schönen Arsch hat ist es leicht Millionärin zu werden …

dass Léon dachte dass meine Tante Rachel eine Hure sei, das war mir scheißegal, ich wollte sie kennenlernen diese Tante, sie machte mich neugierig diese abenteuerliche Tante, auch wenn sie für Knete gebumst hatte mit egal wem in den Kolonien, für mich änderte das nichts, wenn man sie nicht ins Waisenhaus gesteckt hätte als sie noch klein war dann wäre sie vielleicht auch eine geizige und heuchlerische blöde Spießerin geworden wie ihre Schwestern, also am Tag ihrer Ankunft krieche ich aus meinem Loch hervor und gehe auf die Straße hinunter mit den anderen um auf die Hure aus dem Senegal zu warten, wie sie Léon nannte ...

was ah du willst wissen ob ich auch glaubte dass meine Tante Rachel eine Prostituierte war, ein Freudenmädchen, und keine Tänzerin ...

ich ich dachte nichts, denn du musst verstehen mein lieber kleiner professioneller Zuhörer dass denken soviel heißt wie sich fragen ob, daher heißt das zweifeln, oder wenn du so willst, denken, wie Herder sagte, das drückt immer etwas Ungewisses aus ...

Herder wer, Johann Gottfried Herder, was du kennst diesen nihilistischen deutschen Philosophen aus dem achtzehnten Jahrhundert nicht, einer der ersten Propheten des Nazismus scheints, na ein Dreckschwein, also nach ihm heißt denken ratlos sein, also wenn du so willst machte mich der Fall meiner Tante Rachel ratlos, und damit Schluss ...

ich mache weiter, es ist jetzt eine Woche später, am Tag der Ankunft der Tante Rachel ...

sie hatte aus ihrem Hotel angerufen dass sie mit einem Taxi zu Marie kommen würde so gegen zwei Uhr nachmittags, und wieder einmal war das an einem Sonntag ...

sieh mal das ist komisch aber es scheint dass alle wichtigen Ereignisse in meinem Leben und in dem meiner Familie an einem Sonntag passierten, seltsam, findest du nicht ...

ja das stimmt, es gibt viele Sonntage in dieser Geschichte, aber das ist so weil der Sonntag der ist kein normaler Tag, mir passiert immer etwas an einem Sonntag, daher ist im Lauf meines Lebens und meiner Geschichte der Sonntag ein Hiatus, eine Unterbrechung der Kontinuität im Raster, nein das ist es nicht, ich meine im Drama der Ereignisse ...

es war also an einem Sonntag, und sie waren alle da, ich meine die Onkels, die Tanten, die Cousins und die Cousinen, alle in

Schale, außer mir der ich nichts hatte um meinen Arsch zu bedecken, also bin ich runtergegangen mit meiner völlig durchlö-
cherten Militärdecke um die Schultern, weil an jenem Tag eine
Hundskälte herrschte, Marie als sie mich sah mit meiner gänse-
kackenen Decke um die Schultern sagte sie zu mir, hör mal wenn
du willst werde ich raufgehen und dir einen Mantel von Marco
holen, du kannst jedenfalls nicht …

jedenfalls nicht was, wie ein armer Schlucker aussehen, ein Hun-
gernder, ein Penner, um auf meine Tante zu warten aus dem
Senegal, wie ich zu Marie sagte, lass mich in Ruhe, das geht schon
so, ich schäme mich nicht für meinen Decken-Mantel, und so
bin ich da bei ihnen geblieben auf dem Gehsteig vor dem Haus
um auf die Ankunft der kleinen Schwester meiner Mutter zu
warten …

sie hatte gesagt so gegen zwei Uhr, aber schließlich war es schon
nach vier Uhr nachmittags, an diesem Sonntag, als ein Taxi vor
der Rue Louis Rolland Nummer 4 hielt, uns allen war der Arsch
schon ein bisschen angefroren weil wir mehr als zwei Stunden
gewartet hatten da auf dem Gehsteig, zwei Stunden lang rieben
wir uns die Hände und die Ohren dermaßen kalt war es …

das Taxi bleibt stehen, alle kommen angerannt, ich bleibe ein
wenig zurück …

meine Tanten hatten ihre Kinder gewarnt sich gut zu benehmen
und Tante Rachel schön zu umarmen und zu küssen wenn sie
ankommen wird, und wenn sie ihnen ein Geschenk gibt schön
Danke zu sagen, und wenn sie ihnen nichts schenkte, weil sie
nicht wirklich wissen konnte wie viele Neffen und Nichten sie
hatte nach so langer Zeit ihrer Abwesenheit, dann sollten sie
nichts sagen …

außer Marco der vier Jahre älter war als ich führten sich meine
anderen Cousinen und Cousins, die mehr oder weniger in meinem Alter waren, immer auf wie kleine Rotznasen, verzogene
und verflennte Hosenscheißer, ich konnte sie nicht riechen, vor
allem meine Cousine Giselle, die Tochter meiner Tante Léa und

meines Onkels Nathan, sie war zwölf aber sie hielt sich für was Besseres weil ihre Eltern ein schickes Schuhgeschäft in Clichy hatten, die Giselle hatte immer ein rosa Band in den Haaren, und sie trug immer Spitzenhöschen die sie dauernd jedem zeigte, die kleine Dreckschlampe, ah die ging mir ganz schön auf die Nerven mit ihrem Getue …

okay das genügt, ich werde dir jedenfalls kein Porträt malen von dieser ganzen Bande rotznasiger Cousins und Cousinen, es gab von ihnen nur drei oder vier insgesamt, eine eher unfruchtbare Familie auf dieser Seite, außer meine Mutter die drei Kinder auf die Welt gesetzt hatte, ja sie waren alle da meine Cousins und meine Cousinen mit ihren Eltern am Tag der Ankunft unserer Tante aus dem Senegal …

ah meine Tante Rachel, ich werde sie dir beschreiben müssen, aber zur rechten Zeit, ich will dir nicht die Spannung nehmen, ich will dir mit dieser Tante den Mund wässrig machen …

kurz nach vier sehen wir endlich ein Taxi das um die Straßenecke biegt und auf uns zukommt, alle rempeln sich und rennen los um als Erste die Hure umarmen und küssen zu können, so eine Bande von Heuchlern, aber Tante Marie fängt an wütend zu werden, zurück zurück, brüllt sie die anderen an, habt ihr denn keine Manieren, das ist mein Zuhause, und außerdem bin ich die Älteste, also bin ich es die als Erste unsere Schwester umarmen wird, also treten alle anderen ein wenig zurück, weißt du weil es bei der Tante Marie keine Widerrede gab …

das alles passierte auf dem Gehsteig vor dem Haus, ah was für ein Empfangskomitee das abgab, wenn du das gesehen hättest hättest du dich schimmelig gelacht, mir war es scheißegal ob ich der Erste oder der Letzte war um meine Tante Rachel zu umarmen, ich war vor allem dort weil ich sehen wollte wie sie war, ob sie der Tante glich die ich in meinen Träumen gesehen hatte …

also lass dir sagen Mann, meine Tante Rachel die war verdammt schön, von einer unglaublichen Schönheit, superb, sie sah aus wie ein Filmstar, ich übertreibe nicht, und von einer Eleganz …

schienen ist, sie steigt aus dem Taxi gehüllt in einen außerge-
wöhnlichen Pelzmantel, ich meine ein Pelzmantel von einer Eleganz, einer Pracht, einer Fülle wie du ihn noch nie gesehen hast,
sieh mal, dieser Mantel, du willst es doch hören, der war sexy, ich
weiß nicht ob das ein Nerz war oder Bärenfell oder Velours oder
sonst was aber lass dir sagen dieser Mantel war überwältigend,
ins Dunkelgraue gehend, superschön und superheiß, aber das
Superheiße ist verständlich, weil sie in Afrika lebte in einem hei-

ßen Land, hatte sich meine Tante Rachel um hierher in ein kaltes Klima zu kommen das zu dieser Zeit in Paris herrschte einen ziemlich warmen schönen Pelzmantel gekauft, du hättest die erstaunten Fressen der Familie sehen müssen als Rachel aus dem Taxi stieg, sie waren alle baff da auf dem Gehsteig den Mund so weit offen wie ein Arschloch beschielten sie die Tante Rachel mit großen kreisrunden Augen als ob sie gerade eine Prinzessin oder eine Fee gesehen hätten, ich sage dir das war wie im Film …

sieh mal hör zu, ich gehe um einige Sätze zurück, um einige Bilder, und ich beschreibe dir das Erscheinen meiner Tante Rachel im Detail, mit Zoom und in Zeitlupe, wie im Film, du wirst diese großartige Szene sehen, großes Kino à la Cécil B. DeMille, nein eher à la Fellini, das ist moderner …

das Taxi bleibt stehen, die hintere Türe öffnet sich langsam, zuerst sieht man einen vergoldeten Schuh mit einem extrem dünnen hohen Absatz aus dem Taxi gleiten und dann ein zierliches langes Bein in einem schwarzen Strumpf das auf dem Gehsteig landet und einen Augenblick zögert, eine zierliches und gut gebautes Bein, ein Bein das nicht mehr aufhört, ich habe mir sofort gedacht, mit einem Bein wie diesem da könnte es gut möglich sein dass meine Tante Rachel Tänzerin gewesen ist, dann erscheint der Pelz, ah dieser Pelzmantel, du kannst dir nicht vorstellen wie schön der war, wie prächtig und sinnlich der war, sie hielt ihn um sich geschlungen mit ihren beiden Armen als ob sie sich selbst umarmen würde, sie trug außerdem einen niedlichen schwarzen Hut mit einem kleinen Schleier der die Hälfte ihres Gesichts verbarg, so habe ich zuerst nicht wirklich gesehen wie schön sie war, erst als sie ihren kleinen Schleier hochhob um ihre Schwestern und Brüder, ihre Schwägerinnen und Schwager, ihre Nichten und Neffen zu umarmen und zu küssen habe ich ihr wunderschönes Gesicht gesehen, ich beschreibe dir dieses Gesicht in ein paar Sekunden, aber zuerst lasse ich die Szene auf dem Gehsteig noch zu Ende laufen, ich zoome wieder hinein …

vergiss nicht dass ich nicht nahe am Gehsteigrand stand sondern ein wenig zurück, im Hintergrund, fast an der Wand des Hauses, deshalb konnte ich alles sehen was vor mir passierte, das ist der

Grund warum ich dir jetzt die ganze Szene vorspielen kann, wenn du so willst war ich so was wie ein Filmregisseur, ja ich an jenem Tag da habe ich begriffen dass ich eines Tages einen Film drehen würde über das alles, oder wenn das nicht ginge, dann würde ich daraus einen Roman machen, aber ich erzähle weiter ...

während Rachel von einer Person zur anderen geht um sich umarmen und küssen zu lassen, sind ihre Schwestern und Schwägerinnen um sie rum und begrapschen ihren Pelz wobei sie Ahs und Ohs ausstoßen und sich gegenseitig zuraunen, hast du das gesehen, was für ein Mantel, hier greif ihn an, man könnte meinen dass der noch lebt, unsere kleine Schwester verzichtet aber auch auf nichts ...

währenddessen stehen Léon Marco und die anderen Onkels ein bisschen abseits, sie warten bis sie an der Reihe sind umarmt und geküsst zu werden, das ist normal, die Frauen zuerst, ich lächle als ich das alles sehe, und dann höre ich Léon der zu Marco leise sagt, dieser Mantel weißt du das ist kein Tinnef, muss mindestens fünfzehn Riesen wert sein ...

nach den Umarmungen mit ihren Schwestern und ihren Brüdern, die sich alle ein paar Krokodilstränen getrocknet haben, lässt sich Rachel dann von den Schwägerinnen und Schwägern umarmen und küssen die sie nicht kannte weil sie alle erst in die Familie gekommen sind nach ihrem Abmarsch ins Waisenhaus, und das Gleiche gilt auch für die Neffen und Nichten, alle während ihrer Abwesenheit geboren, sie fragt sie daher nach ihren Namen, die Kinder vor allem, und als sie ihre Namen nennen sagt sie zu ihnen wie niedlich sie sind worauf sie ihnen zärtlich die Wange tätschelt, und natürlich nutzt die blöde Sau von Giselle das aus um ihr alle möglichen Lügengeschichten darüber zu erzählen wie fein sie in der Schule ist um zu zeigen wie gut sie erzogen und wie intelligent sie ist ...

aber plötzlich bemerkt meine Tante Rachel mich, im Hintergrund hinter den anderen, und da kommt sie schon auf mich zu und sagt, aber was ist denn mit dem da, ist er krank, warum trägt er eine Decke, eine völlig zerfetzte Decke, gehört der da zur Familie, wer ist das, wer ist dieser Junge, ein kleiner neugieriger Nachbar der die schöne Tante aus Afrika sehen kommt, ja wer ist er, aber sogar noch bevor jemand ihr sagen kann wer ich bin, ruft sie aus, das ist ja nicht möglich, das ist der Sohn von Margot, aber ja ich bin sicher dass das der Sohn von Margot ist, ah wie sehr er ihr ähnelt, die gleichen Augen, der gleiche Mund, sie musste so alt gewesen sein wie er als ich sie zum letzten Mal gesehen habe, hah das ist so als ob ich sie vor mir sehe, und plötzlich nimmt sie ihr Gesicht in ihre beiden Hände und fängt an zu schluchzen, nicht sehr stark aber jedenfalls weint sie, sie weint um meine Mutter, und dann lässt sie einen Finger unter ihren kleinen Schleier gleiten um sich die Tränen aus den Augen zu wischen, und ich fühle mich total beschissen weil ich nicht weiß was ich ihr sagen soll oder was ich machen soll, also bleibe ich dort wie ein Schafskopf stehen mit meiner Decke um die Schultern und ich warte bis sie sich beruhigt, aber da ist schon Tante Marie die sich Rachel nähert und zu ihr sagt, ja das ist Raymond der Sohn von Margot, er ist ganz alleine zurückgekommen, wir hielten ihn auch für tot den armen Kleinen, aber du siehst er hat es geschafft zu entkommen, ah die arme Margot sie, ah wenn du wüsstest, wie traurig das ist, wir haben wirklich versucht sie zu retten, aber weißt du, wir konnten da nichts machen, es gab keinen Weg …

hör zu Mann, ich muss kurz unterbrechen um mich wieder zu fangen, diese Szene hat mich ein bisschen mitgenommen, meine hypersensible Wenigkeit verliert da die Kontrolle, ich fühle mich völlig gerührt weil ich dir erzählt habe wie meine Tante Rachel zu weinen anfing als sie mich sah mit meiner zerfetzten Decke um die Schultern und weil sie gesagt hat dass ich meiner Mutter ähnlich sehe, schau nur wie ich zittere …

nein geh nicht, ich mache in einer Sekunde weiter …

sieh an ja, du bist nett, ja bringe mir bitte ein Glas Wasser …

nein eher ein Bier …

ja ein Bier …

aber mach schnell ich muss dir den Rest erzählen …

hast du gesehen welche Emotionen ich bekomme wenn ich dir von all dem erzähle, emos, wie man jetzt in Amerika sagt, ich habe eine Menge davon, meine Wenigkeit ist dermaßen hyper-sensibel und hypernervös *yperdlaboule*, dass ich die Kontrolle verliere, wenn ich solche Geschichten erzähle, okay aber es geht schon besser jetzt, also ich mache weiter, schließlich hat sich Tante Rachel beruhigt und sie ist ganz nahe zu mir gekommen um mich zu umarmen und zu küssen, und da habe ich dann wirklich gesehen wie schön sie war, und weißt du sie war kein junges Mädchen mehr, sie war jetzt neunundreißig Jährchen alt …

ja neunundreißig, so alt musste sie gewesen sein weil sie 1910, als man sie ins Waisenhaus gesteckt hat, vier Jahre alt war, erin-nerst du dich daran, deshalb, wenn ich mich nicht irre in meinen Berechnungen, war sie neunundreißig an dem Tag an dem ich sie das erste Mal gesehen habe, aber weißt du man hätte sie auf nicht mehr als neunundzwanzig geschätzt dermaßen schön war sie und so gut geschminkt …

als sie den kleinen Schleier ihres Hutes hochhob um mich besser sehen zu können habe ich zuerst ihre großen schwarzen Augen bemerkt die langen Wimpern die sich krümmten und fast ihre Lider berührten, später am Abend als sie wieder in ihr Hotel fuhr haben die anderen Tanten gesagt dass Rachel falsche Wimpern trug, aber ob ihre Wimpern echt oder falsch waren war mir scheißegal, weil ich fand sie großartig meine Tante Rachel, vor allem als ihr Gesicht sich dem meinen näherte um mich zu küs-sen und ich ihr umwerfendes Parfum roch, ah wie gut sie doch roch, ihr Parfum war so stark dass man es fast sehen konnte, und so habe ich auch bemerkt dass ihr schwarzer Lidstrich ein wenig von ihren Augen heruntergeronnen war als sie geweint hatte, aber dieser schwarze Klecks unter ihren Augen der machte sie noch schöner noch exotischer, ihr Lippenstift war so rot und so glän-zend dass man ihn für Blut hätte halten können, ich muss dir auch sagen dass sie einen wunderbaren Mund hatte mit dicken und verdammt sinnlichen Lippen, als sie mich auf die Wangen geküsst hat habe ich gespürt wie weich und voll ihre Lippen waren, ich sage dir ich hatte noch nie eine so schöne und so gut geschminkte Dame gesehen, außer natürlich im Kino, ich konnte es nicht glauben dass das meine Tante Rachel war …

nein das konnte ich nicht glauben, aber ich habe nicht die Zeit gehabt über die Schönheit meiner Tante lange nachzudenken denn da nimmt sie mich schon in ihre Arme und drückt mich derart fest an sich dass mir fast die Luft wegbleibt, ich spüre ihren Körper an meinem und ihren roten Mund der mir kleine schnelle Küsschen aufs Gesicht gibt wo sie rote Lippenstiftspuren hinterlassen, und ich natürlich ich fühle mich total gerührt …

siehst du ich glaube dass meine Tante Rachel mich zuerst so fest in ihre Arme nahm weil ich der Sohn ihrer Lieblingsschwester war mit der sie dermaßen im Waisenhaus gelitten hatte, aber vor allem weil von all ihren Brüdern und Schwestern meine Mutter die Einzige war die nicht da war, die Einzige die ausgerottet wurde während des Krieges, wenn mich Rachel also in ihre Arme nahm dann umarmte sie auch in gewisser Hinsicht meine Mutter, also ich, wenn du so willst, an diesem Tag war ich ein wenig so was wie ihre Schwester, der Vertreter ihrer abwesenden Schwester, eigentlich könnte man sagen als meine Tante Rachel mich in ihre Arme nahm da bin ich zum Ersatz von drei Personen geworden, der Neffe den sie zum ersten Mal sah, aber auch der Sohn der Schwester die sie so sehr gemocht hatte, und gleichzeitig ihre Schwester weil sie in mir den Ersatz meiner Mutter sah, ich war alles in allem Neffe-Sohn-Schwester meiner Tante, verstehst du was ich meine …

nein da gehst du aber zu weit, man darf nicht übertreiben, ich war jedenfalls nicht auch noch ihr Liebhaber, nur weil wir uns wie Liebende umarmt haben kannst du so was nicht behaupten, du hast wirklich eine widerliche Fantasie, Tanten die mit ihren Neffen bumsen das gibt es doch nur in Romanen, aber doch nicht im wirklichen Leben …

ja natürlich war ich erregt, was glaubst du denn, ich bin doch kein Chorknabe, wenn dich eine schöne Frau in ihre Arme nimmt, auch wenn das deine Tante ist, und auch wenn du erst fünfzehn bist, dann erregt dich das jedenfalls ein klein bisschen, aber trotz des Gefühls das ich spürte als ich da in ihrem Pelz verschwand, siehst du weil sich ihr Mantel öffnete als sie ihre Arme um mich geschlungen hat um mich zu umarmen und ich habe mich auf einmal in ihrem Pelz wiedergefunden, wenn man das so sagen 201 kann, ich habe bemerkt, trotz des Gefühls das die Sanftheit ihres Pelzes bei mir verursachte, dass meine Tante eher von kleinem Wuchs war, wie ihre Schwestern übrigens, und dass sie sich auf die Zehenspitzen stellen musste um mir das Gesicht zu küssen, und ich habe auch bemerkt, oder ich müsste eher sagen, ich habe an meiner Brust gespürt dass ihre Titten schön groß und schön fest waren, also ich erstaunt und aus der Fassung gebracht durch diese Anwandlung von Zuneigung ich habe sie auch mit meinen Armen umschlungen und habe sie ziemlich stark an mich ge-drückt, ich sage dir das war wie die plötzliche große Liebe, na du weißt schon Liebe auf den ersten Blick, außer selbstverständlich dass das meine Tante war, deswegen schäme ich mich ein bis-schen dir das zu erzählen aber ich da auf dem Gehsteig mit dem Pelzmantel meiner Tante aus dem Senegal in den Händen und meiner Tante darin, ich habe mich an meine Kleine-Jungen-Träume erinnert und an die schwarzen Haare der Muschi meiner Tante Rachel und plötzlich habe ich gespürt dass ich eine kleine Versteifung bekomme in meiner Hose, da auf dem Gehsteig …

nein ich hoffe dass sie es nicht bemerkt hat, aber als sie ein wenig zurückgewichen ist um mich anzusehen und mir noch einmal zu sagen wie sehr ich meiner Mutter glich, sieht sie dass ich rot werde und sie sagt während sie mir zärtlich in die Wange kneift, ah er ist schüchtern der Bursche, also mein kleiner Liebling du findest sie also schön deine Tante aus Afrika …

ich habe nichts geantwortet, aber es ist wahr dass ich rot ange-laufen war, und um meine große Verlegenheit zu verbergen habe ich mich gebückt um meine Decke aufzuheben die auf den Boden gefallen war als mich meine Tante in die Arme nahm und ich habe sie wieder über meine Schultern gezogen, währenddessen sieht mich meine Tante Rachel noch immer an und sagt, es ist unglaublich wie er seiner Mutter gleicht, er ist seiner Mutter wie aus dem Gesicht geschnitten, die gleichen traurigen Augen, ah deine arme Mutter, wenn du wüsstest wie sehr sie in diesem Waisenhaus geweint hat in dem wir beide lebten, du kannst ja gar nicht wissen wie sehr sie sich aufgeopfert hat für mich und für deinen Onkel Maurice, deine Mutter das war eine Heilige, eine echte Heilige …

also Maurice der auch da war mit dem Rest der Familie nähert sich mir, nimmt mich in seine Arme und küsst mich, aber bei ihm war das nicht so sanft wie bei Rachel weil Maurice schlecht rasiert war und mich sein Bart im Gesicht stach, und schon fängt er an zu heulen wie ein Kind, und wieder fühle ich mich total beschissen …

okay hör zu genug der Sentimentalitäten, ich werde den Rest dieser Szene überspringen weil das unerträglich wird als mit einem Mal sämtliche Tanten zugleich anfangen zu flennen und dabei in einer Litanei wiederholen, arme Margot, arme Margot wenn sie doch nur da sein könnte um ihre Schwester wiederzusehen, um uns alle gemeinsam wiederzusehen …

ich überspringe das alles weil ich dir nicht auf den Nerv fallen will mit ihrem Gejammere, und ich bringe dich hinauf in den zweiten Stock zu Tante Marie wo sich dann alle eingefunden haben auf einen kleinen Happen …

hier sind wir also in der Wohnung von Marie, aber es ist unmöglich dir die verdutzten Visagen meiner Tanten zu beschreiben als Rachel ihren Mantel ihren Hut und ihre Handschuhe ablegt und sie alle ihr schönes Kostüm sehen und den Schmuck den sie trägt …

da war sie direkt vor uns, wie eine echte Modepuppe, mit ihrer feinen Schminke, dem vielen Rouge auf den Wangen, dem Lidstrich über den Augen, ihrem scharlachroten Lippenstift, und ihre Haare waren so schwarz und so gelockt dass man sie für eine Perücke hätte halten können, sie trug ein schickes und gut geschnittenes kleines himmelblaues Damenkostüm mit einem sehr kurzen Rock der ihre schönen Beine mit den schwarzen Strümpfen und ihre vergoldeten Schuhe betonte, um den Hals hatte sie eine lange Halskette aus großen Perlen, dazu trug sie große goldene Ohrringe und auf den Fingern Ringe aus Silber oder Platin, jedenfalls bin ich mir nicht sicher ich kenne mich da nicht sehr gut aus bei den Edelmetallen, wie auch immer Ringe mit großen Diamanten drauf, ich sage dir meine Tante war eine Art ambulantes Schmuckgeschäft, sie funkelte am ganzen Körper …

Marie hatte den Tisch gedeckt und Tee zubereitet mit Keksen, also haben sich alle angerempelt beim Niedersetzen, Léon hat darauf bestanden dass sich Rachel neben ihn setzt, das Dreckschwein wollte ihr sicher auf die Schenkel grapschen unter dem Tisch, meine kleinen Rotznasen von Cousins und Cousinen schubsten sich gegenseitig um sich auch neben Rachel zu setzen, vor allem die Dreckschlampe Giselle die bereits ihren mit Spitzen besetzten Arsch auf den Stuhl links von meiner Tante plaziert hatte, aber Rachel hat zu ihr gesagt, nein sei nett *ma petite cocotte* steh auf und sitz dich da drüben hin, und dann indem sie meinen Arm zu fassen kriegt sagte Rachel zu mir, na los komm her du *mon petit chéri*, komm und setz dich neben deine Tante du brauchst nicht schüchtern zu sein, ah der ist aber schüchtern dieser Junge, und als ich mich gesetzt habe hat sie sich zu mir gebeugt und hat mir einen dicken Kuss auf die Wange gegeben und gesagt, ein schöner Junge wie du hat kein Recht schüchtern zu sein, na los komm gib deiner Tante einen Kuss da auf die Wange …

weil ich nicht wusste was ich ihr sagen sollte da ich ein wenig eingeschüchtert war zeige ich ihr ein schönes Lächeln und gebe ihr ein kleines Küsschen auf ihre parfümierte Wange, also legt sie mir einen Arm um die Schultern und drückt mich sehr fest, ah der ist aber kräftig mein kleiner Neffe, wie sie das sagt prüft sie meinen Bizeps, der hat aber ganz schöne Muskeln, und es stimmt wenn ich auch dünn war weil ich während des Krieges nicht viel gefuttert hatte, hatte die harte Arbeit auf dem Bauernhof mehr als drei Jahre lang meine Muskeln ziemlich wachsen lassen, daher war ich für einen Burschen meines Alters eher stark und ziemlich gut gebaut, okay ich war nicht Marcel Cerdan, aber immerhin …

nein ich bilde mir nichts ein mein Alter, schau sogar heute noch
bin ich nicht schlecht gebaut, übrigens weißt du in Amerika da
treibe ich viel Sport, ich turne, ich spiele Tennis, ich spiele Golf
und andere Dinge, ah aber ja, nur weil ich dauernd in der Klemme

sitze heißt das nicht dass ich mir nicht erlauben kann Tennis
oder Golf zu spielen, in Amerika kannst du alles machen, und
weißt du das ist gar nicht teuer, übrigens bin nie ich es der das
zahlt …

Susan zahlt immer wenn wir gemeinsam Golf oder Tennis spielen, weil sie aus einer reichen und snobistischen Familie aus Boston kommt hat Susan im country club ihrer Eltern gelernt Golf
und Tennis zu spielen schon als sie noch klein war, als wir dann
ein Paar wurden hat sie sofort verlangt dass ich es auch lerne
damit wir zusammen spielen können, Susan, du müsstest sie sehen das ist ein Sportsfan, und weißt du ich spiele nicht schlecht
Tennis, und Golf sogar noch besser, ich habe ein Sechser-Handikap, ja sechs …

aber nein du blöder Hund, ich sehe schon dass du dich null aus-
kennst beim Golf, dass du keinen Schimmer hast was das ist wenn
ich sage dass ich ein Sechser-Handikap habe, das heißt nicht dass
ich körperlich behindert bin, im Gegenteil, beim Golf je niedriger
dein Handikap ist desto mehr heißt das dass du stark bist und
gut spielst, okay aber es lohnt sich nicht meine Zeit damit zu
verlieren dir Golf zu erklären weil dir das sowieso nichts sagt, ihr
Franzosen ihr seid verdammt weit hinten beim Golf, ja doch ihr
ihr seid dabei immer noch auf dem Niveau von *pétanque* wenn
es um Sport geht, zahlt sich also nicht aus dich mit meinen sport-
lichen Heldentaten zu bequatschen, was ich dir sagen wollte ist
dass meine Tante Rachel fand dass ich schön und stark war, und
das das hat mir Freude bereitet …

kehren wir zu Marie zurück, da sind wir alle und sitzen um den
Tisch im Esszimmer rum, wir waren ein bisschen zusammengepfercht weil es da nicht genug Platz gab für alle, normalerweise
futterten beim Familienessen am Sonntag die Kinder in der Küche, aber an jenem Tag hatte Tante Marie eine Ausnahme gemacht, daher waren wir auch so zusammengepfercht, und so

fühlte ich unter dem Tisch den Schenkel meiner Tante Rachel an meinem und wieder hat mich das heiß gemacht …

gut hör zu, ich werde dir nicht das ganze Gespräch jenes Tages erzählen, ich will dir nur sagen dass die Onkels und Tanten, nach- dem sie Rachel vorgejammert hatten wie sehr sie gelitten haben während des Krieges und wie arm sie jetzt sind weil man ihnen alles genommen hatte, da haben sie einen Haufen Fragen gestellt um herauszufinden was Rachel erlebt hatte während dieser fünf- undzwanzig Jahre ihrer Abwesenheit, also hat sie uns erklärt wie sie in der ganzen Welt herumgereist war, ohne aber genau zu sagen was für einen Beruf sie ausübte, und am Ende hat sie er- zählt wie sie, zwei oder drei Jahre vor dem Krieg, in den Senegal gezogen war wo sie jetzt Besitzerin ist von zwei Grand Hotels in Dakar …

das musst du dir mal vorstellen, meine Tante Rachel Besitzerin von zwei Grand Hotels in Dakar, ah du hättest die Fratzen der Tanten und Onkels sehen müssen als sie das erzählte, später na- türlich, nachdem sie weggefahren ist, Léon der hat sofort gesagt, zwei Hotels, Quatsch, zwei Bordelle eher, ihr habt doch gesehen welche Klamotten Madame trägt, in ihrem Rock der ihren Hin- tern zeigt und mit ihrem ganzen Schmuck könnte man sie glatt für ne Edelnutte halten …

das ist also meine erste Begegnung mit meiner Tante Rachel, das war für mich ein großer Augenblick, einer der Höhepunkte mei- nes Lebens, sie wollte unbedingt dass ich mit ihr in den Senegal komme, sie sagte zu mir, du wirst sehen ich bringe dich in meinen Hotels unter und dir wird es gut gehen, du wirst nicht arbeiten müssen, ich werde mich um dich kümmern, du wirst dir nicht den Kopf zerbrechen müssen wegen deiner Zukunft, also ich sah mich schon im weißen Anzug mit einem Kolonialhut auf dem Kopf und einer Zigarette im Mundwinkel, wie Humphrey Bogart in Casablanca, und mimte den starken Mann in den Hotels mei- ner Tante, aber schließlich bin ich lieber nach Amerika gegangen, okay ich gebe zu der Senegal das hätte schon interessant sein können, aber Amerika das war für mich viel romantischer, das war das große Abenteuer, ah wie bescheuert man doch in seinem

Leben sein kann, sieh mal, willst du dass ich dir was sage, also ich wenn ich in den Senegal gegangen wäre mit meiner Tante Rachel dann wäre ich heute ganz sicher Millionär und nicht ein unbekannter und abgebrannter amerikanischer Schriftsteller …

okay gut du hast recht, wäre ich in den Senegal gegangen dann wäre ich vielleicht jetzt nicht hier um dir meine Geschichten zu erzählen weil ich schon tot wäre, ja das stimmt, da unten in Afrika da kann dir ein Haufen tödlicher Dinge passieren, es gibt dort Skorpione, Giftschlangen, Tsetsefliegen, Gelbfieber, Malaria, Aids, und dann noch die Wilden, ja ich ich glaube dass es besser war nach Amerika zu gehen, auch wenn ich da drüben Kohldampf schieben musste, und auch wenn ich fast Selbstmord verübt habe da drüben …

was der Tod, ah du sagst dass ich nichts anderes im Mund führe, okay gut, du hast recht, es gibt nur das im Leben, aber wenn ich vom Tod besessen zu sein scheine dann nur weil ich meiner Zeit voraus bin, du du bist noch etwas zu jung um das zu verstehen, dein Tod wenn du ein bestimmtes Alter hinter dir hast dann sinnierst du jeden Tag darüber nach, dann hast du ihn dauernd zwischen den Zähnen …

wie auch immer so ist es, du wirst sagen dass ich ein dummer Arsch bin weil ich nach Amerika gegangen bin um Kohldampf zu schieben anstatt nach Afrika zu gehen um mich zu bereichern, weißt du im Leben nimmt man nicht immer den richtigen Weg wenn man an eine Kreuzung kommt, und das Leben ist voller Kreuzungen, aber deshalb lohnt das Leben ja auch gelebt zu werden, sonst wäre das beschissen dauernd in die gleiche Richtung zu laufen und nie andere Hoffnungen zu hegen …

okay genug der tiefschürfenden Überlegungen, du wolltest wissen wie das mit meiner Tante weiterging, also sie ist in den Senegal zurück ganz allein nachdem sie zwei Monate in Paris verlebt hatte, aber während dieser zwei Monate sah ich sie fast jeden Tag weil ich so was war wie ein, wie soll ich sagen, nicht nur ihr Neffe sondern …

nein nicht ihr Gigolo, also wirklich du ekelst mich an mit deiner Spannerfantasie, nein ich war ich war so was wie ihr Freund wenn du so willst, wie ihr Sohn sogar, ja zusammen waren wir wie Sohn und Mutter die sich gerne haben, so war das mit meiner Tante Rachel, wir beide mochten uns, und sie war so nett und so großzügig zu mir ...

zuerst hat sie mir Klamotten gekauft, weil ich, wie du weißt, ich hatte nichts um meinen Arsch zu bedecken, also hat sie mich zu einem vornehmen Schneider mitgenommen auf dem Boulevard Sébastopol der mir zwei superklasse Maßanzüge geschneidert hat, einen grauen und einen marineblauen, Léon als der meine schönen Anzüge sah da brachte er den Mund nicht mehr zu, und er war stinkesauer dass sie mir ein anderer Schneider geschneidert hatte, er hat zu Rachel gesagt, warum hast du mich nicht gebeten ihm Anzüge zu machen, ich bin doch der Schneider der Familie, aber Rachel antwortete ihm wie aus der Pistole geschossen, also sag warum habe ich erst nach Paris kommen müssen damit der Junge deiner toten Schwägerin etwas auf den Leib bekommt, hättest du ihm nicht schon früher einen Anzug nähen können, das das hat ihm das Maul gestopft diesem Geizhals von Léon ...

zusammen mit den Anzügen hat sie mir auch Krawatten aus Seide gekauft, Hemden, Unterhosen, Socken, schöne italienische Treter, siehst du jedenfalls alles was ich brauchte damit sie sich mit mir sehen lassen konnte weil wir während ihres Aufenthalts in Paris fast jeden Abend gemeinsam ausgingen, wir gingen in teure Restaurants, in Nachtlokale, ins Kabarett, in Tanzbuden, aber ja meine Tante hat mir sogar beigebracht wie man einen Tango tanzt, einen Rumba, einen Pasodoble, Rachel war eine großartige Tänzerin, ah du hättest sehen sollen wie sie mit den Hüften wackelte wenn sie den Rumba tanzte, also fast jeden Abend gingen wir ins Lido, ins Mimi Pinson, in die Tanzbude des La Coupole ...

aber nein erzähl keine Geschichten, ich war nicht zu jung um in diese Buden tanzen zu gehen, übrigens ich war früh entwickelt für mein Alter, siehst du auch wenn ich noch nicht sechzehn war also weil ich während des Krieges so gelitten hatte sah ich nicht aus wie ein grüner Junge, ich sah viel älter und reifer aus, das war der Grund warum ich in die Tanzbuden gehen konnte mit meiner Tante wo wir bis spät in die Nacht blieben, und so gegen drei oder vier Uhr morgens brachte ich sie mit dem Taxi zurück in ihr Hotel …

ja mit dem Taxi, und ich war es der bezahlte, aber sicher mit dem Zaster den mir meine Tante zusteckte, die musste verdammt reich gewesen sein Rachel weißt du weil bei ihr das Geld in Strömen floss, sie zählte es nie, wenn sie etwas sah das ihr gefiel im Schaufenster eines Geschäfts ging sie sofort rein um es zu kaufen, und wenn ich ein Ding in einem Schaufenster betrachtete, sagte sie zu mir gefällt dir das mein Liebling, okay gut komm wir werden es kaufen, und auf diese Weise habe ich meine erste Uhr bekommen, eine Schweizer Uhr aus Gold mit einem Armband aus Eidechsenhaut die wir in einem großen Schmuckgeschäft gekauft haben auf dem Boulevard des Italiens …

okay wenn du so willst, da habe ich nichts einzuwenden, ich war so was wie ihr Typ, was macht das schon, im Leben gibt es viele solche reichen Tanten die sich um ihre Neffen kümmern, aber das muss nicht heißen dass sie zusammen schlafen, das das kommt doch nur in Romanen vor, vor allem in Romanen aus dem neunzehnten Jahrhundert, da gibt es eine Menge nicht gerade normaler Situationen, aber ich und meine Tante wir waren eher wie Freunde, platonisch Liebende …

also ich sagte, spät in der Nacht brachte ich sie zurück in ihr Hotel, weißt du in welchem Hotel sie logierte, im Ritz, am Place Vendôme, nein mein Alter kein Witz, dort hat sie zwei Monate verbracht, das muss sie ein Vermögen gekostet haben, weißt du während dieser beiden Monate hat man mich gekannt im Ritz, der Türsteher, der Portier, der Typ vom Aufzug, die Zimmermädchen, sie wussten alle dass ich der verwaiste Neffe von Madame Rachel aus dem Senegal war, also manchmal wenn ich kam um sie abzuholen zum Essen in einem Restaurant oder um Tanzen zu gehen, sagte der Bursche an der Rezeption zu mir, Monsieur, ja alle Angestellten im Ritz nannten mich immer Monsieur, Monsieur, wie der Rezeptionist zu mir sagte mit einem sehr höflichen kleinen Lächeln auf den Lippen, ihre Tante hat mir aufgetragen sie wissen zu lassen dass sie noch nicht fertig sei und dass sie zu ihr hinaufgehen könnten …

ich hatte ein wenig Schiss ins Zimmer meiner Tante hinaufzugehen weil oft als ich reinging da fand ich sie in ihrem Morgenrock aus rosa Satin der ihr bis zu den Füßen ging und der immer über ihren Schenkeln ein bisschen offen war, oder aber sie war halb nackt nur mit ihrem kleinen Slip und ihrem BH, und sie sagte zu mir, oh entschuldige mein Liebling, ich bin ein bisschen spät dran, wir haben gestern abend so viel getanzt dass ich müde war und eingeschlafen bin, ich werde in ein paar Sekunden fertig sein, hör zu setz dich da hin, also versank ich in einem der schönen Fauteuils im Empire-Stil in ihrem Zimmer und sah ihr zu wie sie sich weiter schminkt und sich anzieht wobei sie vor sich hin summt als ob ich nicht da wäre, sie setzte sich an den Bettrand die Beine überkreuzt um ihre Strümpfe bis zu ihren Schenkeln hinaufzurollen, sie bückte sich um sich die Schuhe anzuziehen und zeigte mir dabei ein Stück ihres mit einem Schlüpfer bedeckten Hinterns, und ich, was willst du, ich habe es genossen, ich gründelte auf der Stelle, ich flippte herrlich schwanzäußern aus …

ja so war sie meine Tante, verdammt unbekümmert, relaxed, wie man in Amerika sagt, sie schämte sich vor nichts, total sorglos, du weißt vielleicht wenn du reich bist ist das normal sich so zu benehmen, es ist dir scheißegal was die Leute von dir denken, und wenn sie das in Verlegenheit bringt also dann zeigst du ihnen deinen Arsch, und meine Tante Rachel, mein Freundchen, die hatte einen ziemlich schönen Hintern, das kann ich dir sagen weil ich wenn ich in ihr Zimmer raufging da sah ich ihn oft ihren schönen Arsch, meine Tante Rachel hatte einen derart schönen Arsch, ausladend und einladend, man hatte Lust seinen Kopf darin zu vergraben, ich muss dir unter vier Augen sagen, meine Tante Rachel die hatte einen herrlichen Körper, sensationell für eine Frau ihres Alters, sie hatte ein Paar große inzestuöse Titten, derart große Titten man hätte sagen können dass sie sich gegenseitig bestiegen …

Rachel hatte komische Angewohnheiten, zum Beispiel wenn ich in ihr Zimmer kam sagte sie immer zu mir ich solle meine Schuhe ausziehen und sogar meine Socken, sie sagte man solle immer mit nackten Füßen herumgehen in einer Wohnung, eine Angewohnheit die sie aus dem Orient mitgebracht hatte, und dann sagte sie immer zu mir die Nacktheit das ist das Schönste im Leben, also ich als ich in ihr Zimmer kam ich zog sofort meine Treter und meine Socken aus, und manchmal machte Rachel mit mir komische Dinge, mit meinen Füßen meine ich, sie küsste mir die Füße, ja die Füße, sie nahm sie beide gleichzeitig in ihre Hände, ich lag ausgestreckt auf dem Bett und ruhte mich gerade ein bisschen aus bevor wir ausgingen, oder kauerte in einem der Fauteuils, und sie kniete sich vor mich hin und bedeckte meine Füße mit Küssen, oder aber sie leckte sie, das war gut weißt du, aber wenn sie meine Fußsohlen leckte kitzelte mich das und ich lachte

laut auf, eines Tages habe ich sie gefragt, Tantchen Rachel warum machst du das dauernd mit mir, und sie hat mir geantwortet, ah wenn du wüsstest, mein Schatz, wenn du wüsstest, frag mich nichts, frag mich nichts, das ist eine lange und sehr traurige Geschichte, also habe ich nicht weitergebohrt, übrigens um dir die Wahrheit zu sagen ich mochte das sehr was sie mit meinen Füßen anstellte, aber das soll nicht heißen dass dass, du du musst nicht immer gleich glauben dass, nein, sie hat mir einfach nur Gutes getan, das ist alles …

meine Tante Rachel die liebte die Nacktheit, sieh mal einmal als ich in ihr Zimmer kam ist sie splitternackt in den Federn gelegen und hat dabei ein Glas Champagner getrunken, also ich habe sie mir gut angeschaut, sie hat sich nicht gerührt, sie hat sich auch nicht zugedeckt, sie hat zu mir gesagt ich soll kommen und mich neben sie ans Bett setzen und hat mir einen kleinen Schluck zum

Trinken aus ihrem Glas gegeben, dann berührte sie mein Gesicht und sagte, ah was für ein schönes Kind du bist, weißt du mein Liebling wenn du ein Mann bist wirst du eine Menge Herzen brechen …

niemand hatte mir zuvor jemals gesagt dass ich eine schöne Visage hätte …

ah du du findest das nicht, okay es stimmt dass der Zinken etwas zu lang ausgefallen ist, ein bisschen zu viel Cyrano, aber immerhin, schau doch, ich habe schöne Haare, schwarze Augen voller Leidenschaft und voller Hinterlist, jedenfalls war es das was meine Tante Rachel immer an mir bewunderte, ich bin nicht übel was …

also an jenem Tag als ich sie nackt auf dem Bett fand sind wir so einige Zeit geblieben und haben gemeinsam Champagner getrunken, dann hat sie zu mir gesagt, komm leg dich neben mich mein Süßerchen, ruh dich ein wenig aus bevor wir ausgehen, wir werden etwas später tanzen gehen, also habe ich mich neben ihr ausgestreckt und meinen Kopf in ihre Achsel gelegt während sie mit ihren Fingern sanft durch mein Haar fuhr und sagte, schlaf mein Liebling, mach Heia, und ich bin ziemlich brav eingeschlafen als ob ich neben meiner Mutter lag …

ah du verdammtes Dreckschwein, du würdest gerne wissen ob ich meine Tante vernascht habe, das werde ich dir nicht erzählen, es gibt Sachen die man nicht erzählen kann egal wem, das wäre nicht in Ordnung wenn ich sagen würde ob ich mit meiner Tante Rachel geschlafen habe, nein, das werde ich niemals erzählen, übrigens zu der Zeit war ich noch ein grüner Junge, jedenfalls glaube ich dass ich einer war, denn auch auf dem Bauernhof, wie ich dir erzählt habe, habe ich nie die Bäuerin besteigen können …

jedenfalls wird niemand je erfahren was mit meiner Tante und mir passiert ist, das das ist mein kleines Geheimnis …

okay jetzt beende ich die Geschichte meiner Tante Rachel, eines Tages hat sie mir verkündet dass sie in den Senegal zurückmüsse um sich um ihre Hotels zu kümmern, und noch einmal hat sie mich gefragt ob ich mit ihr kommen wolle, aber ich habe ihr geantwortet dass ich bereits einen Visumantrag beim amerikanischen Konsulat gestellt hätte um nach Amerika auszuwandern, also hat sie zu mir gesagt, das ist schade, wir kommen doch prima zurecht wir beide, aber mach dir keine Illusionen, weißt du das wird vielleicht hart sein für dich da drüben, Amerika das ist kein Traum, ich bin noch nie dort gewesen aber man hat mir viel darüber erzählt, Damen die ich gekannt habe, Freundinnen die versucht haben ihr Glück zu machen da drüben, hör zu, wenn es nicht klappt dann zerbrich dir nicht den Kopf, du vergisst Amerika einfach und kommst zu mir in meine Hotels in Dakar, ich werde dir das Flugticket schicken …

das ist es, das Ende der Geschichte meiner Tante Rachel …

nein ich bin nie im Senegal gewesen, übrigens während ich in Amerika lebte hat meine Tante ihre Hotels verkaufen müssen als der Senegal unabhängig wurde, danach ist sie nach Paris gezogen, in eine nette Luxuswohnung mit drei Zimmern am Pigalle, und daher konnte sie da sein als ich bei Marie zum Mittagessen aufkreuzte nach meiner Rückkehr aus Amerika, erinnerst du dich daran, ich habe dir erzählt dass sie da war mit den anderen Marionetten eingerahmt von den Fenstern im zweiten Stock als ich im Hof der Rue Louis Rolland Nummer 4 stand und Marco zu brüllen begann, aber das ist ja Raymond, der Ami …

ja Rachel war da, aber du musst wissen, das war nicht mehr die schöne Jüdin aus dem Senegal, unglaublich wie sie auf einmal gealtert war, gut da waren ein Dutzend Jahre vergangen seit unseren gemeinsam verbrachten Nächten, aber dort am Fenster im zweiten Stock mit den anderen sah sie wie eine alte Tante aus, auch wenn sie sich die Haare gefärbt und das Gesicht gut geschminkt hatte, trotz allem war sie jetzt etwas über fünfzig, ich weiß nicht ob es das Leben war das sie in Paris führte das sie älter gemacht hatte, oder der Umstand dass sie wieder ihren Platz unter ihren Brüdern und Schwestern eingenommen hatte die allesamt wie Greise aussahen auch wenn sie noch jung waren, jedenfalls habe ich sie immer so gesehen als alte Penner, und jetzt sah Tante Rachel ihnen ähnlich, und sie war auch dort wegen dieses sonntäglichen Mittagessens …

ah dieses sonntägliche Mittagessen, ich muss dir das unbedingt erzählen, was für ein Reinfall das war, ich habe mich ganz schön mit ihnen gestritten, was ich ihnen nicht alles an den Kopf warf, vor allem zum Thema Reparations-Moneten die sie mir gestohlen hatten, und dann noch alles andere, wie sie uns im Stich gelassen haben …

ja ich werde dir das erzählen müssen aber nicht jetzt, es ist zu spät, ich habe heute schon zu viel erzählt, man kann nicht alles auf einmal sagen, wenn du erzählst dann musst du wissen wo du anfängst und wo du aufhörst, also enough for today …

was schon neun Uhr, du machst Witze, zeig mir deine Uhr, ach du Scheiße, weißt du was das heißt, das sind jetzt mehr als acht Stunden dass ich dir meine Geschichten erzähle, du musst fix und fertig sein, verzeih mir mein Alter, ich hatte keine Ahnung wie spät es ist, ah Scheiße verdammte, meine Engländerin wird stinkesauer sein, wir hätten uns um acht treffen sollen, ah die Kleine die wird ganz schön herumbrüllen …

okay also los, ich mach Schluss und verzieh mich, aber wir machen morgen weiter, hier, ja morgen bereite ich dir das Mittagessen bei Tante Rachel und erzähle dir sogar ein bisschen was über meine Engländerin, weil von ihr muss ich dir auch unbedingt erzählen, du wirst sehen, die Kleine ist nicht schlecht für eine Engländerin, morgen das wird ein schöner Erzähltag, klasse storytelling, du wirst sehen …

also los salut mein Bürschchen ich zieh Leine, ruh dich gut aus …

Oh du willst wissen ...

... du willst wissen warum ich gestern nicht gekommen bin, aber gestern mein Alter, gestern war Mittwoch, und ich, erinnerst du dich nicht mehr, ich hatte ein Treffen mit der Ollen vom Amour Fou Verlag, du weißt die schöne Chefredakteurin mit dem einladenden Arsch die ich beim Mittagessen bei Laplume bequatscht habe, also ich habe mich daran im letzten Augenblick erinnert und deshalb habe ich gestern nicht kommen können ...

also gestern ... aber warte, warte ...

zuerst muss ich dir erklären was passiert ist, siehst du am Tag nach diesem Mittagessen bei Laplume erhalte ich in meinem Hotel ein Telegramm von dieser charmanten Dame in dem zu lesen steht ob ich so lieb wäre, bitte Monsieur, mein Manuskript bei ihnen zu hinterlassen, bei uns, stand da natürlich, das sollte heißen beim Amour Fou Verlag, so bald wie möglich damit wir es lesen können vor unserem Treffen nächsten Mittwoch, das stand in diesen paar Zeilen, also ich habe mir gesagt, he die Olle ist neugierig, mein Nudel-Dings das interessiert sie und sie will es sofort lesen, also nehme ich mein Manuskript und noch am gleichen Tag rase ich in die Rue de l'Ancienne-Comédie, ja dort befindet sich dieser Amour Fou Verlag, Nummer 138 um genau zu sein, und ich lasse mein Nudel-Paket an der Rezeption bei einer dicken Brünetten mit Brille die zu mir mit einem Lächeln über das ganze Gesicht sagt, ah ja ja, die Frau Chefredakteurin hat mich in Kenntnis gesetzt dass jemand ein Manuskript abliefern wird, ich denke daher dass es das hier ist, also Monsieur wir danken ihnen ...

siehst du das ist mir ein wenig auf die Eier gegangen als diese Kleine zu mir gesagt hat *danke für ihre Lieferung*, als ob mein großes Meisterwerk ein Stück Rindfleisch ist das der Fleischer an der Ecke liefert, na das sind keine Hamburgers meine Nudeln, das ist Literatur, die Dicke mit der Brille hätte wenigstens sagen können hinterlegen oder übergeben, aber Lieferung zu sagen, das hat mich angekotzt, man muss jedenfalls die Schriftsteller nicht wie Fleischer behandeln, auch wenn die Kleine nicht weiß wer ich bin hätte sie mir ein bisschen Respekt entgegenbringen können …

jedenfalls nachdem ich ihr mein Manuskript überantwortet hatte war ich verdammt nervös, weißt du zu wissen dass deine Arbeit gerade gelesen und beurteilt wird das ist für einen Schriftsteller der schwierigste Augenblick, schwieriger noch als Schreiben …

oh du hast nichts bemerkt, du sagst dass ich überhaupt nicht nervös zu sein schien diese letzten Tage, dass ich wie immer war wenn ich meine Geschichten erzähle, also da bist du aber nicht sehr gut in der physiognomischen Beobachtung der Nervosität bei anderen, bist du kurzsichtig oder was, du hörst dir die Geschichten der anderen an aber deren Seelenzustand der ist dir scheißegal …

okay das stimmt, ich ich bin nicht diese Art Typ der seine inneren Zustände auf seinem Gesicht zeigt, dennoch zu wissen dass mein Manuskript gerade begrapscht wird im Amour Fou Verlag das mein kleiner Freund das musst du verstehen dass mich das jedenfalls beunruhigt hat die ganze Woche über auch wenn du es nicht bemerkt haben solltest, okay ich mach einen Umweg um meine Nervosität und meinen Schiss und erzähle dir was gestern passiert ist …

wie du dich vielleicht noch erinnern kannst, mein Treffen mit der Frau Chefredakteurin das war für zehn Uhr dreißig angesetzt, aber ich, nervös wie nur was, ungeduldig wie ein Mustang, erregt wie eine heiße Jungfer, sage mir das ist es heute ist der große Tag, heute wird man mich entdecken, man wird mir einen klasse Vorschuss für meinen Schmöker geben, ich unterschreibe einen Vertrag und am Abend werde ich eine Riesenzecherei veranstalten, daher nervös und vor Ungeduld brennend ging ich schon die Rue de l'Ancienne-Comédie auf und ab um acht Uhr früh nach sechs Tassen Kaffee und vier Croissants im Bistro an der Ecke, am Ende der Rue de l'Odeon, und um exakt zehn Uhr dreißig gehe ich in den Amour Fou Verlag …

ja Monsieur worum handelt es sich, fragt mich die bebrillte Dicke
hinter ihrem Empfangstisch, offensichtlich hat mich die Biene
nicht wiedererkannt, also sage ich ihr, wobei ich versuche unbekümmert auszusehen, dass ich ein Treffen …

ich müsste dir sagen dass ich meinen marineblauen Blazer getragen habe, den ich trug als ich die Familie besuchte, erinnerst
du dich, und auch die Seidenkrawatte, ich wollte einen guten
Eindruck machen und dieser charmanten Dame zeigen wenn ich
auch ein nur wenig bekannter Schriftsteller sei, oder ein noch
nicht bekannter, ein etwas marginaler Avantgarde-Schriftsteller
wenn du so willst, dass ich trotzdem ein gentleman sein könne,
und deshalb sage ich zu der Kleinen dass ich ein Treffen mit der
Frau Chefredakteurin habe …

also dieses Frauenzimmer antwortet mir, ah es tut mir leid Monsieur aber die Frau Chefredakteurin ist heute nicht hier, sie hat
in die Provinz fahren müssen wegen einer dringlichen Angele-
genheit …

krachbums purzle ich wieder hinunter in die Finsternis des ver-
armten Schriftstellers, die Dreckschlampe von Redakteurin, ver-
mutete ich, die hat mich verarscht, plötzlich fühle ich einen wilden Zorn in mir aufsteigen, diese gottverdammte Nutte, sie hat
es gelesen mein Dings, es hat ihr nicht gefallen, es hat sie vielleicht
sogar ein wenig abgestoßen, und also hat sie nicht den Mut es
mir direkt ins Gesicht zu sagen, es mir persönlich zu sagen dass
sie meine Nudeln nicht veröffentlichen könne …

ja doch du hast recht, das ist widerlich so zu handeln, aber weißt
du mein Alter das ist immer so bei den Verlagen, man sagt immer
zu den Schriftstellern die man nicht empfangen will dass der
Herr Redakteur oder die Frau Redakteurin plötzlich in die Provinz habe fahren müssen wegen dringlicher Angelegenheiten,
darauf kannst du wetten, und wenn du aus der Bude rausgehst
mit eingezogenem Schwanz, dein besudeltes Manuskript unter
dem Arm, spürst du sie alle hinter dir her grinsen …

ich als ich das gehört habe bin ich fast explodiert und beinahe auf den Schreibtisch der dicken Rezeptionistin gesprungen um sie mit einem Faustschlag auf die Birne ihre Zähne fressen zu lassen als sie zu mir mit ihrem bezahnten Lächeln sagte, das sind doch sie, nicht wahr, der Monsieur der letzte Woche ein Manuskript abgegeben hat, eine Art sehr komischer Autobiografie, aber ja sie sind es, der Autor des Nudel-Romans ...

verdammt noch mal sie haben alle meinen Roman gelesen in dieser Bude und haben sich alle auf meine Kosten schimmliggelacht, sogar diese dämliche Kuh von Rezeptionistin hat sich wegen meiner Nudeln den Bauch vollgelacht, ich wusste nicht ob mich das freuen oder ob mir das auf die Eier gehen sollte dass alle ihre Pfoten in meinem Buch gehabt hatten, aber bevor ich mich entschließen konnte in welche Richtung ich meine Wut lenken sollte sagt die Kleine zu mir, die Frau Chefredakteurin lässt sich bei ihnen entschuldigen Monsieur dass sie heute nicht mit ihnen ihr Buch besprechen kann, aber sie hat Monsieur Gaston gebeten, ihren Kollegen, das für sie zu übernehmen, also wenn sie so liebenswürdig wären sich einen Augenblick zu gedulden würde ich Monsieur Gaston davon in Kenntnis setzen dass sie hier sind und er wird sie gerne in seinem Büro im Souterrain empfangen sobald er sein Telefongespräch beendet hat ...

plötzlich fühlte ich mich wieder ein bisschen besser, zumindest hatte Gaston mein Dings sorgfältig gelesen und wir würden darüber sprechen können, habe ich mir auf der Stelle gesagt, die kümmern mich einen Scheißdreck die schöne Redakteurin oder Gaston im Souterrain wenn nur der Vertrag zustande kommt, das ist mir schnurz, Jacke wie Hose, sofern die sich gut um meine Nudeln kümmern und mich fein bezahlen ...

ja du hast recht, die Olle hätte mich wissen lassen können dass sie mich nicht treffen kann, das wäre anständiger gewesen, höflicher, statt mich einfach so den schmutzigen Klauen dieses Monsieur Gaston auszusetzen, und außerdem wie ich dir gesagt habe gefiel mir diese Dame und wer weiß, ja wer weiß, vielleicht dass die Lektüre meines Romans in dem manchmal verführerische Dinge passieren, ich meine aus der Sicht von, du weißt schon was ich meine, also das hätte sie auf bestimmte Gedanken bringen können, jedenfalls hoffe ich dass das Gaston nicht auf bestimmte Gedanken gebracht hat …

das ist es worüber ich mir den Kopf zerbrach während ich darauf wartete dass dieser Monsieur Gaston sein Telefongespräch beendet, aber ich habe keine Zeit gehabt lange über die Gedanken nachzugrübeln die Gaston sich hätte machen können als er mein Buch las denn da stand nun ein junger Mann vor mir in einem grauen Anzug, schlecht gebügelt, das bemerkte ich sofort, mit einer eher traurigen Krawatte, ein Nichts von einem Bürschchen, ich meine ein Typ der höchstens zweiundzwanzig Jährchen auf dem Buckel hatte, ein etwas zu dünner Rotschopf mit Sommersprossen in der Visage und einer Brille mit großen dicken Gläsern auf dem Zinken, na so ein Kurzsichtiger, der kommt auf mich zu und reicht mir die Hand die ich ohne Begeisterung ergreife während ich mich vom Sessel erhebe in den ich meinen Arsch plaziert hatte …

erster Eindruck eher negativ, und noch dazu war die Hand des Kurzsichtigen nicht nur wabbelig sondern feucht wie ein nasser Lappen, man hätte sie für einen Fisch halten können, einen toten Merlan, Scheiße habe ich mir gesagt während ich ihm ein wenig seine tote Fischhand schüttelte, ein so hässlicher und so feuchter Typ der kann gar nicht in Fahrt kommen wenn er meinen Roman liest, nein der hat wahrscheinlich nichts kapiert, das steht fest, vor allem so ein Typ mit kurzer Sicht …

okay da sind wir schon in seinem Büro, ein winzig kleines bordelliges Loch mit vergilbtem Papier überall, staubigen und sichtlich nicht gelesenen Schmökern die in den Regalen zusammengepfercht sind, Haufen von Manuskripten auf dem Boden, und in dieser Gruft ohne Fenster ein Geruch von vermodertem Papier, das fängt ja gut an, offensichtlich gehört Gaston nicht gerade zur Spitze des Herausgeberkommitees dieses Verlages, nein eher zum Durchschnitt, ein Kurzsichtiger der im Dunkeln durch die ganze Masse von Manuskripten tappt die vor ihm vorbeiziehen, ja ein armer Kerl der all den pseudo-literarischen Schwachsinn und Überschwachsinn aussortieren muss der vor der Tür seines Büros Schlange steht, na so eine Niete von einem Manuskript-Schaufler, und mein schöner Nudel-Roman statt sanft auf dem Schreibtisch der Frau Chefredakteurin zu landen findet sich der im Gewölbe dieses kleinen Scheißers wieder, das kann ja heiter werden …

sie hat mich reingelegt diese Dreckschlampe von Redakteurin, sie hat mich in den Keller gesteckt und mich den Klauen eines miserablen zweitrangigen Lektors überlassen, was sage ich da, vielmehr drittrangigen Lektors, okay also diesen Burschen da den werde ich blenden, habe ich mir gesagt, den werde ich bearbeiten diesen kleinen Gaston, ihn überarbeiten, und ihm begreiflich machen was das ist die Literatur in Lachanfällen die die dummen Ärsche und die Verstopften verlacht …

setzen sie sich Monsieur, ich bitte sie, sagt Gaston zu mir, und spielt dabei den großen Mann wie jemand der die Macht hat über dein Schicksal in zwei Sekunden zu entscheiden, ich sage nichts und setze mich auf einen kleinen ein wenig wackligen Holzstuhl, es folgt ein langer Augenblick des Schweigens in dem Gaston mein Paket aus Nudeln durchkramt das ich auf seinem kleinen Schreibtisch erkenne, schließlich zieht er eine Packung Glimmstengel aus der Tasche seines Sakkos, amerikanische, ja Marlboros, und er bietet mir eine an, armes kleines Arschloch, er versucht mich zu beeindrucken mit seinen amerikanischen Zigaretten, ich sage nein danke und ziehe meine Packung Gauloises hervor und sage dass ich nur Gauloises ohne Filter rauche, ja sehen sie ich ich rauche echte Zigaretten, ich verabscheue Tabak *blanc*, der Tabak *blanc*, wie ich zu ihm sage, der ist was für Päderasten, Gaston reagiert nicht, aber jedenfalls glaube ich ihm zu verstehen gegeben zu haben falls er sich Gedanken gemacht hat bei der Lektüre meines Romans also seine kleinen Ideen die kann er sich in den Arsch stecken …

okay abermals ein Augenblick des Schweigens, dann sagt Gaston schließlich zu mir indem er sich ein wenig in seinem Sessel zurücklehnt und den Rauch seiner Zigarette durch die Nase bläst, wahrscheinlich um sich ein wenig mehr Gewicht zu verleihen, also Monsieur ich habe ihr Manuskript mit viel Interesse gelesen,

ich muss ihnen sofort sagen dass es da drinnen enorm viele amü-
sante Dinge gibt, ja das ist ein sehr witziges Buch, aber …

ah da haben wir das aber, darauf habe ich gewartet, ich wollte
ihn fragen ob das Faktum dass er meinen Roman amüsant findet
etwas Positives oder etwas Negatives heißen sollte, aber ich beschließe ihn fortfahren zu lassen und setze mich in meinem Sessel auf, kreuze ein Bein über das andere und warte auf sein aber …

das Bürschchen nimmt seine Kneifer ab und beginnt an einem
der Arme zu lutschen um sich ein wichtiges und professionelles
Aussehen zu geben, ich bemerke dass er ovale Augen hat, ganz
kleine, Schwanzloch-Augen wie mein Freund Jacques Ehrmann
es ausdrückt, ja Ehrmann sagte das immer zu mir am Morgen
wenn wir uns nach einer schrecklichen Nacht wiedersahen, oder
auch nach einer guten Nacht voller literarischer Schöpfung oder
Bumserei, ganz gleich, ja er sagte immer zu mir dass ich Schwanzloch-Augen hätte, ich verstand nicht so recht was er damit sagen
wollte der Ehrmann, aber wie ich die kleinen ovalen Augen von
Gaston betrachte kapiere ich schließlich die metaphorische Bedeutung dieses Ausdrucks und ich habe fast Lust Gaston zu sagen
dass …

ja ja ich weiß dass ich schon wieder vom Thema abweiche weil
ich dir von meinem alten Freund Jacques Ehrmann erzähle, der
übrigens sehr jung gestorben ist attackiert von einem Krebs, das

ist traurig weißt du, das war ein großartiger Typ, verdammt beschlagen, ein Genie, wir haben uns in Los Angeles kennengelernt, ein heimatloser Franzose wie ich, er auch Avantgarde-Schriftsteller, aber er hat keine Zeit gehabt seine Arbeit zu vollenden, ah wir beide haben viel über unsere Fiktionen gesprochen, das ist schade, ich hätte gerne dass er meinen Nudel-Roman lesen könnte, ich bin sicher dass ihm der gefallen hätte, er hätte mir jedenfalls die Wahrheit gesagt, hätte mir keine Lügengeschichten erzählt, okay aber kommen wir auf Gaston zurück …

das ist es also was er zu mir gesagt hat …

die Geschichte die sie erzählen, die Geschichte dieses jungen Juden französischer Herkunft der was sie die unverzeihliche Ungeheuerlichkeit nennen entkommen ist, einen Ausdruck den ich übrigens sehr schön finde, ja die Geschichte dieses jungen Mannes der nach Amerika geht um Jazzmusiker zu werden die ist sicherlich interessant und lohnt erzählt zu werden, aber es ist die Art in der sie sie erzählen die Probleme bereitet, sehen sie es sind all diese Überlegungen die sie zur Arbeit des Schreibens anstellen die hinderlich sind, und dann diese, wie soll ich sagen, diese Banalität des Romanschriftstellers der sich in einem Zimmer einschließt und ein ganzes Jahr lang nichts als Nudeln isst um das Buch zu schreiben das wir lesen, also sie müssen verstehen dass das überhaupt nicht glaubhaft ist, alles in allem ist ihre Arbeit ein wenig zu, wenn ich mir diesen amerikanischen Ausdruck erlauben darf, zu *self-reflexive* …

ich sage nichts, ich lasse ihn reden den Burschen, aber ich fühle in mir dass das im nächsten Augenblick ziemlich Stunk geben wird, vor allem wenn er mir sein self-reflexive auftischt um mich mit seinen Englischkenntnissen zu beeindrucken, warte nur mein kleiner Gaston, du wirst sehen das wird gleich einen Riesenkrach geben …

und als er mir sagt dass mein Roman ihm schließlich mehr oder weniger autobiografisch erscheint, ja, eine einfache ein wenig getarnte Autobiografie, wie er zu mir sagt indem er sich hinter dem Ohr kratzt, der Bursche hält sich wirklich nicht zurück, der will es wissen, der will mich wirklich fertigmachen, fühle ich wie es in mir zu kochen beginnt, ihr Roman, fährt er fort mit einem kleinen Grinsen das gelbe und verfaulte Zähne zum Vorschein bringt, wenn sie so wollen, ist alles in allem nichts als ein etwas narzisstisches Selbstporträt, also da kann ich mich nicht mehr beherrschen und ich lege los …

Auto…Bio…Grafisch mein Roman, schreie ich den Kurzsichtigen an indem ich mich aufrichte und mich über seinen Schreibtisch beuge um ihm direkt in seine kleinen ovalen Augen zu starren, aber sagen sie mir Monsieur Gaston was wissen sie denn schon von meinem Leben um behaupten zu können dass mein Roman autobiografisch sei, und dann mit ruhiger und sehr beherrschter Stimme indem ich mich wieder in meinen Sessel setze, ein etwas narzisstisches Selbstporträt, murmle ich zu diesem kleinen Scheißer und lasse dabei meine Zunge langsam über die s gleiten, aber Monsieur, sie verstehen vielleicht nicht dass man wenn man Schriftsteller ist zu seinem Narzissmus stehen muss, aber diese Frage stellt sich hier nicht, die Frage lautet vielmehr was sie über mein Leben wissen, junger Mann, dass sie sagen können dass das was ich schreibe eigentlich die Geschichte meines Lebens sei, also ich versichere ihnen alles was sie gelesen haben Monsieur das habe ich erfunden, das habe ich Wort für Wort fabriziert, das habe ich improvisiert, war es nicht Mallarmé der einmal gesagt hat, alles was geschrieben wird ist fiktiv, daher glaube ich, mein kleiner Gaston, dass sie das Leben mit dem Geschriebenen verwechseln, das Geschriebene ist nicht, darauf bestehe ich, die lebendige Wiederholung des Lebens, es ist nicht so wenn ich auch einem ähnlichen Weg gefolgt bin wie mein Protagonist dass das was ich schreibe eine Fotokopie meines Lebens ist, nein ich schreibe nicht deshalb um zu erkennen was ich war, das ist ihnen doch scheißegal was ich war, brülle ich plötzlich auf dieses arme Arschloch ein, ich schreibe um herauszufinden was ich schreiben sollte, oder wenn sie so wollen, das Wenige das ich über mein Leben weiß das habe ich erraten, deshalb gibt es nichts Neues außer das was vergessen worden ist, also Gaston wenn sie Selbstporträt sagen, dann wäre es vielleicht nicht schlecht ein wenig darüber nachzudenken was dieser Ausruck bedeuten soll, denn ein Porträt, selbst oder nicht selbst, das sich vom Sichtbaren ins

Unsichtbare verlagert, das sich vom Leben absetzt in die Sprache, gesprochen oder geschrieben das ist für mich ein und dasselbe, dieses Porträt verwandelt sich dann immer in etwas anderes, also schreiben, von sich etwas schreiben, sich beschreiben, da haben

sie die große Zweideutigkeit des Gedachten, verstehen sie was ich ihnen gerade zu erklären versuche, Herr eierloser Redakteur, oder ist das zu schwierig für dich, ja es ist offensichtlich dass du nichts kapiert hast als du meinen Roman gelesen hast, du Manuskript-Wichser, sage ich zu ihm wobei ich ihn plötzlich duze um ihm meine geistige und künstlerische Überlegenheit zu zeigen, das musst du verstehen, du Trottel, wenn man sich vom Sichtbaren ins Unsichtbare verlagert, wenn man in die Unsichtbarkeit der Sprache eintaucht, also dann stößt derjenige der schreibt immer auf die Untauglichkeit des Themas das sich einfach so ergibt, in diesem Sinne kann man vielleicht sagen, ja vielleicht könnte man sagen dass mein Roman autobiografisch ist weil er einen Versuch darstellt das Thema zu packen, nein man müsste eher sagen dass es eigentlich ein obszönes Autobiograffiti ist, aber das zu sagen erklärt nichts, weil sich das schreibende Subjekt über all die Umwege die man einschlägt im Roman nie erfassen wird, es wird nichts als den Roman erfassen, der es per definitionem ausschließt, dass du das zu self-reflexive findest, also mein Bürschchen, das beweist dass du nichts von der Literatur verstehst und dass du in deinem Leben was anderes machen solltest als Manuskripte zu lesen, ich denke dass du einen guten Klempner abgeben würdest, sieh mal siehst du du hast sogar die Hände eines Klempners, sage ich zu ihm wobei ich ihm seine feuchten Hände unter die Nase halte, aber ein Redakteur, nein, oder aber, wenn du willst könntest du dich auf die Fleischerei werfen, ja, ich kann mir dich gut als Fleischwarenhändler vorstellen …

doch doch ich schwöre es, das ist Wort für Wort was ich zu ihm gesagt habe, und der arme Gaston war völlig baff, er sah mich an als ob ich verrückt wäre, ein Irrer der aus der Klapsmühle ausgebrochen ist, aber vielleicht hat er sich auch gesagt dieser Typ ist ein Genie, aber das ist noch nicht alles, warte du wirst sehen was ich ihm noch aufgetischt habe dieser armen Niete von Gaston als er plötzlich zu mir sagt, so als hätte er mir nicht zugehört, als ob alles was ich ihm gesagt habe über seinen lausigen Kopf hinweggegangen wäre, nein er wollte einfach seinen gut vorbereiteten jämmerlichen Vortrag beenden, als ob es notwendig wäre dass er mir den Katechismus der Ablehnung herbetet den er auf den Knien auswendig gelernt hatte vor der Heiligen Redakteurin, mir im Großen und Ganzen wiederholend was Madame ihm vorgebetet hatte um sich mich vom Hals zu schaffen bevor sie die Segel setzte, angeblich in die Provinz …

also das war es was dieses kleine Arschloch mir jetzt auftischte, und du wirst begreifen wie sehr mich das zum Kochen brachte, ich habe ihn fast verdroschen diesen kleinen Scheißer, sehen sie, sagt er zu mir, trotz der guten Seiten ihres Romans finden wir ihn …

dieses wir hat mich sofort interessiert denn jetzt war es raus dass dieser kleine Affe von Gaston nichts anderes tat als das zu wiederholen was die dämliche Kuh von Redakteurin ihm über meinen Roman ins Ohr geflüstert hatte, ah diese Drecksnutte, verstehst du das, und sie war dermaßen charmant zu mir bei diesem Mittagessen, lächelte mich allerliebst an, hörte mir so gut zu, rieb sogar ihren Schenkel an meinem, was für eine Heuchelei, und dann liest sie mein Dings, es schockiert sie, es ekelt sie an, und sofort ab in den Mülleimer mit meinen Nudeln, warte wenn mir die einmal über den Weg läuft, wenn ich die zufällig auf der Straße treffe, diese charmante Redakteurin, dann wird sie nicht meinen Pimmel im Arsch haben, sondern meinen Fuß …

während ich geistig abrechne mit der Frau Redakteurin fährt Gaston mit seinem Schwachsinn fort, also ihr Roman, sehen sie, wir glauben dass er für uns zu postmodern ist, wir denken dass unsere Leser all diesen typisch postmodernen Abschweifungen nicht werden folgen können in die sie sich wagen, das soll nicht heißen dass ihre Arbeit nicht gut ist, aber sie ist zu kompliziert, zu hirnig wenn sie so wollen für unsere Leser, folglich hat sie nur geringen kommerziellen Wert, dort liegt das große Problem des postmodernen Romans, er ist der breiten Öffentlichkeit überhaupt nicht zugänglich, und die Leser die um der Zerstreuung willen lesen verstehen dann gar nichts mehr …

ich sage noch immer nichts, ich lasse ihn zum Ende seines erbärmlichen Buchhändlerberichts kommen, ich lasse ihn verhallen bevor ich so richtig auspacke ...

während er redet führe ich einen inneren Monolog, ich sage mir, es stimmt dass ich in den Abschweifungen festsitze, in den Umwegen der Erzählung, in der self-reflexiveness, schon seit mehreren Jahren, und diese alten Gewohnheiten eines ein wenig zu sehr in die inneren Spiegelungen seiner Erzählung vernarrten Erzählers werden es wahrscheinlich unmöglich machen dass dieses schöne Buch in Frankreich veröffentlicht werden kann, dieses Buch das mich eine Menge schlafloser Nächte gekostet hat, und auch sehr schwarzer, aber so ist es nun mal, mein lieber Gaston, ich bin addicted, nein auf Französisch sagt man wild auf diese self-reflexiveness, ich kann nicht schreiben wenn ich mir nicht selbst beim Schreiben zusehe, das ist blöd aber so ist es nun mal, aus meinem Text zu marschieren würde mich einengen auf einen pathetischen Realismus oder auf die romantische Agonie ...

all das war in meinem Kopf wie ich es so zu mir gesagt habe, nicht zu Gaston der fortfährt mir seine Redakteurs-Albernheiten vorzukotzen der auf der Suche nach einem Bestseller ist ...

sehen sie erklärt er mir jetzt und hüstelt dabei ein bisschen, es ist ihre Weigerung ohne Umschweife die Geschichte zu erzählen die ihr Buch daran hindert das zu sein was es eigentlich sein sollte, ein Bildungsroman ...

hahaha hast du das gehört, das ist nicht zu glauben, Gaston will mich jetzt mit seinem Bildungsroman beeindrucken, ich unterbreche ihn prompto, ich stehe wieder auf, beuge mich zu ihm hinunter und stütze mich dabei mit beiden Händen auf seinem Schreibtisch auf, meine große Nase berührt fast die seine, und ich sage zu ihm wobei ich ihm ein wenig ins Gesicht spucke, also im Großen und Ganzen wenn ich es richtig verstehe, du und deine blöde Kuh von Redakteurin ihr findet meinen Roman ein wenig zu intelligent, wenn es nach euch ginge müsste man doofe Sachen schreiben, dummes Zeug um der breiten Öffentlichkeit in den Arsch zu kriechen, man muss ihnen die gleichen kleinen

Geschichten erzählen die sie bereits kennen sonst verstehen sie nichts, aber sie kapieren nichts weil sich nämlich im Nichts die großen Geschichten abspielen, im Nichts befindet sich die Wahrheit, auf dem Grund der Worte, im Weiß zwischen den Worten, im Fluchtpunkt wohin sich die Details stürzen, aber auch an den stillen Orten der Geschichte, im Schatten der Erzählung, in diesem undeutlichen Augenblick worin sich die Geschichte in ihrer eigenen Form verliert um die Wahrheit jenseits der Lüge zu offenbaren damit die wirkliche Arbeit zustande kommt, oder wenn du so willst, wie die Flammen des Feuers die sich an ihrer eigenen Form erfreuen, an ihrem eigenen Tanz, oder aber noch viel besser, wie die Wiederentdeckung der geometrischen Ursache der Künstlichkeit und der Kohärenz eines Kunstwerkes in der Ferne eines Bilderrahmens, hinter der Mauer, verstehst du das, du Blödmann …

ich war dermaßen in Fahrt dass ich ihm egal was auftischte, alles was in meinem Kopf herumschwebte, aber Gaston war starrköpfig und er sagte zu mir, indem er über meine schöne Tirade hinwegsprang, und dann ist da noch die Frage ihres Stils, ihre Sätze die …

ich unterbreche ihn wieder und lege wieder los, meine Sätze, aber Gaston du hast nichts nichts nichts verstanden, hör gut zu ich werde dir meinen Stil erklären, siehst du es gibt Leute die in Sätzen sprechen und schreiben, in vollständigen Sätzen mit korrekter Interpunktion, ich aber spreche und schreibe in Worten, ich setzte die einen nach den anderen egal wie, ich spreche und schreibe von Wort zu Wort, wenn du so willst betreibe ich sprachliche Wortwortik unter Beihilfe des Kommas um meine Worterei näher zu bestimmen, kapierst du, sieh mal wenn Buffon gesagt hat der Stil mache einen Menschen aus dann war er auf dem Holzweg, der Stil macht keinen einzigen Menschen aus, das ist eine gewisse Manipulation die eine Anomalie und Monstrosität außerhalb der Sprache entstehen lässt, also mein Stil ist genau das …

für einen Augenblick mit meiner Erklärung zufrieden habe ich mich wieder gesetzt und mir eine Gauloise angezündet um mich

ein bisschen zu beruhigen, der arme Gaston sah völlig verdutzt
drein, er hatte sogar seinen Kopf auf meinem Nudel-Haufen po-
stiert um sich wieder zu fangen, diesmal muss er sich sicher gedacht haben dieser Nudler das ist ein Genie ...

aber warte das war noch nicht alles, ich musste unbedingt sein
Dings mit der Postmoderne richtigstellen, du wirst sehen wie ich
aus ihm Kleinholz gemacht habe aus diesem kleinen noch grünen
Scheißer von Redakteur beim Thema Postmoderne, ich wollte
das jedenfalls nicht durchgehen lassen ohne dabei ein Wörtchen
mitzureden ...

also mein Früchtchen du findest meinen Nudel-Roman zu postmodern, aber nicht doch Gaston, du hast schon wieder nichts
kapiert, ich befinde mich bereits jenseits der Postmoderne, übrigens ist die Postmoderne tot, tot und begraben, wusstest du das
nicht, aber ja, wo warst du denn in der letzten Zeit, genau das ist
das große Problem heute für die Literatur, jetzt da die Postmoderne tot ist also da wissen die Schriftsteller nicht wie sie sie
ersetzen sollen, weißt du, das ist ein furchtbarer Schlag für sie
gewesen der Tod der Postmoderne, aber ganz und gar nicht über-
raschend, man hatte ihn schon erwartet, und ich, wenn du so
willst, ich lasse in meinem Roman die Sterbeurkunde der Postmoderne so schnell wie möglich herumgehen damit alle meine
Freunde die sich noch im postmodernen Boot befinden über Bord
gehen können bevor man ihnen ihre noch nicht gänzlich ab-
bezahlte Karre wieder wegnimmt weil sie gezwungen gewesen
waren sie auf Kredit zu kaufen wegen des schlechten Verkaufs
ihrer Schmöker, ja, das ist wirklich traurig die Postmoderne so
schnell verduften zu sehen noch bevor man sie hat erklären können, ich mochte sie sehr gerne die Postmoderne, ich fühlte mich
ziemlich wohl im postmodernen Wissen, genauso wenn nicht
sogar besser wie im vorangehenden Wissen, ich weiß nicht einmal mehr wie man jenes nannte, und jetzt sehen wir uns einem
Riesenproblem gegenüber, wie sollen wir die neue Sache nennen
in die wir geworfen sind, die neue Sache der ich noch nicht begegnet bin, du Gaston bist du ihr schon begegnet dieser neuen
Sache die schon irgendwo da ist, ja wie soll man sie nennen, Post-
postmoderne scheint mir ein wenig zu schwerfällig, und Popo-

momo zu wenig seriös, ich habe ein bisschen mit dem Gedanken gespielt dieses neue Wissen *Die Revolution der Arbeit Nummer Zwei* zu nennen, oder auch *Die Neue Revolution des Pot*, aber ich fürchte dass Suhrkamp oder ein anderer großer Buchhändler das schon unter Copyright hat, jedenfalls denke ich dass im Namen dieses Wissens das uns auf den Schädel fallen wird das Wort neu irgendwo drin sein müsste, findest du nicht …

Gaston sagt nichts, er sieht mich mit verwirrtem Ausdruck an mit halb offenem Mund und blinzelt mit seinen kleinen ovalen Augen …

was denkst du über *Die Neue Neuheit*, frage ich ihn um ihn zu beruhigen, oder über *Das Postneue*, oder sieh mal sogar noch besser, *Das Postfutur*, oder *Avant-Pop*, siehst du darin liegt die Schwierigkeit, wenn wir einen Namen auf dieses Biest kleben sollten das sich da vor uns befindet, und während ich das sage zeige ich auf mein Nudel-Paket da auf seinem Schreibtisch, dann würden wir gut daran tun uns zu beeilen, sonst wird es zu spät sein und wir werden uns schon im neuen neuen Wissen befinden das jenem folgen wird für das es uns noch nicht gelungen ist einen Namen zu finden, aber sag, hättest du nicht zufällig ein paar Ideen zu diesem Thema, schließlich bist du ja Redakteur, das ist doch deine Arbeit literarischen Neuheiten Namen zu geben, aber du müsstest dich beeilen bevor diese neue Sache verduftet …

Gaston scheint nachzudenken, die kleinen Schwanzlöcher seiner Augen geschlossen, aber plötzlich nimmt er seinen Kopf zwischen seine beiden Hände und sagt zu mir mit einem traurigen Ausdruck in der Visage, soll das heißen dass der Roman tot ist, dass es keine Hoffnung mehr gibt für den Roman …

aber nein, du Kretin, nur weil die Postmoderne tot ist heißt das doch nicht dass auch der Roman tot ist, du brauchst keinen Schiss zu haben deine Arbeit zu verlieren, es gibt noch einen Haufen Typen die weiter Romane schreiben werden ohne zu wissen wofür, obwohl man in gewisser Weise immer sagen kann, wie das Roland Barthes einmal so schön gesagt hat, der Roman als solcher ist immer ein Tod, ein Tod weil er das Leben in Schicksal und die Erinnerungen in kleine oft vergebliche Sätze verwandelt, daher kann man sagen dass derjenige der sein Leben niederschreibt im Grunde nichts anderes macht als seinen Tod zu schreiben, in diesem Sinne ist weder das Leben noch das Werk primär, weder das eine noch das andere kann eine Grundlage bieten auf der eins von beiden verstanden werden kann, denn weder das eine noch das andere ist eine Einheit für sich allein, jedenfalls ist das mehr oder weniger das was Roland Barthes gesagt hat zum Thema Bedeutungslosigkeit des Romanschreibens...

findest du nicht dass das verdammt stark war was ich zu ihm gesagt habe zu Gaston, aber natürlich hat der arme Bursche nicht kapiert dass ich einen großen Bogen gemacht hatte um auf seine ärmliche Bemerkung zurückzukommen dass mein Roman nichts weiter sei als eine einfache Autobiografie, nein er hat nicht verstanden was ich ihm zu erklären versuchte, dass es zwischen dem Leben und der Fiktion keinen Unterschied gibt, wenn also das Leben im Zentrum steht dass dann die Fiktion an der Peripherie erscheint, oder vice versa, um also mit diesem armen kleinen Arschloch fertigzuwerden habe ich zu ihm gesagt, siehst du Gas-Con, wenn du in deiner idiotischen Arbeit als Redakteur weiterkommen willst musst du ein für alle Mal verstehen dass all jene die schreiben oder die vorgeben zu schreiben nicht notwendigerweise Schriftsteller sind und nicht alle die schreiben und sich Schriftsteller nennen vor Leben strotzen, schreiben das heißt ein neues Modell entwerfen das dir erlaubt dein Leben besser zu verstehen bevor du das Zeitliche segnest ...

also in diesem Fall, sagt Gaston zu mir wobei er seinen Arsch in seinem Sessel lebhaft hin und her windet, kann man sagen dass jedes Geschriebene letztendlich autobiografisch ist und dass es sich so auch mit ihrem Roman verhält ...

sieh mal an du beginnst zu kapieren, das ist fein so Gaston, sage ich zu ihm und halte ihm meine Hand hin um ihm zu gratulieren, auch wenn ich mich vor seiner Hand ekele ...

aber du wirst sehen, Gaston wollte noch mehr, der war starrsinnig dieser Kurzsichtige, also mit einem Mal fragt er mich, aber sagen sie mir, Monsieur, warum schreiben sie nicht auf Französisch, ist es nicht letztlich so dass sie in dieser Sprache den größten Teil ihres Lebens verbracht haben …

of course der Nudel-Roman ist in Englisch geschrieben, habe ich das vergessen zu erzählen, ich sage dauernd dass der Titel *Les Temps des Nouilles* lautet, aber eigentlich lautet er *A Time for Noodles*, und natürlich hatte Gaston ihn in Englisch gelesen, das ist auch der Grund wieso er mir diese Frage gestellt hat …

also sage ich zu Gaston, ja es stimmt schon dass ich in der französischen Sprache in meinem Leben am meisten gelitten habe, und deswegen habe ich ihr entkommen wollen, siehst du jetzt gehöre ich zu dieser bemerkenswerten Ausnahme der Vielsprachigen, zu diesen *lingoverts*, wie mein kleiner Freund Peter Wortsman uns nennt, ah er ist toll mein kleiner Freund Wortsman, er hat die Gabe Worte zu erfinden, das ist nicht schlecht was *lingoverts*, die Entwurzelten der Sprache die einen Salat mit den fremden Buchstaben anrichten, ja ich gehöre jenen an die Wortsman als diese großartige Fremdenlegion der Literatur bezeichnet die sich aus lauter Aristokraten auf der Flucht zusammensetzt, aus politischen Gründen Deportierten, bedürftigen Abenteurern, Reisenden ohne Gepäck, Soldaten des Glücks, nomadisierenden Intellektuellen, Flüchtlingen aller Art die über die sprachlichen und geopolitischen Grenzen hinweg bockspringen und indem sie das tun rufen sie eine literarische Paralleltradition ins Leben die man die Literatur des Anderswo nennen könnte, im Großen und Ganzen bin ich ein Schriftsteller des Anderswo, als Franzose der im Exil lebt bin ich, wenn du so willst, von der anderen Seite des Atlantiks aus froschgesprungen und das ist der Grund weshalb man mich da drüben einen frog nennt …

siehst du Gaston, man braucht einen gewissen Mut um sich dazu zu entschließen nicht nur zu schreiben, sondern das auch in einer anderen Sprache zu tun, das ist leicht in seiner Muttersprache zu schreiben, sie bietet dir alles bereits fertig an, ready-made, sie sagt dir sogar wie man sie schreiben muss, wenn man aber in einer anderen Sprache schreibt als in der eigenen dann muss man diese erst Wort für Wort erfinden, ja man braucht einen gewissen

Mut um in einer fremden Sprache zu schreiben und sie sogar zu sprechen, was man in dieser Sprache sagt, was man in ihr schreibt das wird zu einem Haufen Einweg-Fetzen weil es nicht wirklich uns gehört, also ich, wenn man das so sagen kann, ich bin ein Fetzenklauber der Fiktion …

offensichtlich war Gaston am Ende, er hat nicht einmal auf diese letzte Tirade reagiert, er saß da völlig eingefallen und wusste nicht was er mit mir machen sollte, aber schließlich sagte er zu mir mit entkräfteter Stimme, wissen sie wenn sie damit einverstanden wären für uns die Geschichte dieses jungen Juden zu schreiben der nach Amerika geht um sein Glück zu machen und alles Übrige beiseitelassen also dann …

ah dieser kleine Pädo-Drecksack, die Geschichte meines Lebens ist es also die er haben will, nicht meinen Roman, also der soll sich doch in den Arsch ficken lassen dieser kleine Scheißer von einem asshole …

und so ist das zu Ende gegangen, ich hatte die Nase voll von diesem armen Kretin, und außerdem war es klar dass ich in der falschen Bude gelandet war, im falschen Bordell …

was ich gemacht habe, na ich habe mein Manuskript wieder an mich genommen und wie ich aufstehe sage ich zu ihm, wissen sie Gaston, auch wenn sie mir, hier und jetzt, sie und ihre Redakteurin mit dem schönen Hintern, zwanzigtausend Eier Vorschuss anbieten würden für meinen Roman, ich würde ihn ihnen nicht geben, denn ihr seid fertige Redakteure und könnt nicht einmal lesen, ja es würde besser zu euch passen in einem Lebensmittelgeschäft Käse zu verkaufen als euch in die Angelegenheiten der Literatur einzumischen, das ist es was ich zu ihm gesagt habe, und ich habe noch hinzugefügt, ihr Redakteure ihr leidet an intellektueller Verstopfung, ihr seid in den Buchstaben verloren wie Schafsköpfe, ihr haut im Retourgang ab in euer krämerhaftes Rette-sich-wer-kann, ihr seid abhängig von der Münzgesellschaft, ihr regt mich auf, bei euch dreht sich alles ums falsch Geschriebene, ums schön Geschriebene, blöd Geschriebene, beschissen Geschriebene, um die Schrift …

also so habe ich aufgehört aus Gaston Kleinholz zu machen, ich weiß nicht ob ich das war der da gesprochen hatte oder ob ich jemanden zitierte, weißt du denn oft wenn ich solch komplizierte Dinger auftische dann ist das Geklautes, Übriggebliebenes …

wie auch immer ich habe Gaston ziemlich zu verstehen gegeben auch wenn die Postmoderne tot ist heißt das noch nicht dass auch die Literatur tot ist, nein nicht auf diese Art wird die Literatur enden, im Gegenteil, das wäre zu schön, zu leicht, das wäre das gute Ende, jenes das nicht aufhört zu enden, wie der alte Sam sagte, nein die hat eine dicke Haut die Literatur, sie wird nur dann zugrunde gehen wenn wir die menschlichen Wesen vom Planeten verschwunden sein werden, also ich habe mein Manuskript wieder an mich genommen und bin hinaus hinter mir die Tür zu seinem Büro zuschlagend, mein feiner Roman der wird schon woanders überleben …

die dicke Rezeptionistin die das ganze Gespräch hinter der Türe gehört haben musste sagte zu mir mit einem bösartigen Lächeln, auf Wiedersehen Monsieur ich hoffe dass wir uns eines Tages wiedersehen werden, also ich drehte mich zu ihr um bevor ich hinausging und sagte zu ihr, sieh mal weißt du was du machen könntest statt hier rumzusitzen und wie eine Kuh immer fetter zu werden, du könntest in der Rue Saint-Denis auf den Strich gehen, auf die Art würdest du schon ziemlich schnell abmagern …

das ist also gestern passiert, du verstehst warum ich nicht kommen konnte, aber vergessen wir jetzt diese Bande von Arschlöchern, vergessen wir diese kleine Rotznase von Redakteur und ich erzähle dir etwas anderes …

sieh mal wenn du willst erzähle ich dir noch die Geschichte der Bäuerin, oder auch …

ah du kannst nicht bleiben, heute bist du es der sich rechtzeitig verdrücken muss, wohin gehst du denn, hast du ne Verabredung mit deiner Puppe …

nein nicht mit ihr, he sag mir nicht dass du dir eine andere Geschichte anhören gehst, sag mir nicht dass du mich mit einem
anderen Erzähler betrügst, also mein Bester da enttäuschst du
mich aber sehr, ich dachte du wärst treu, du könntest ja wenigstens warten bis ich zum Ende komme …

ah nein das ist es nicht, ouf, ich habe ganz schön Schiss gehabt,
ich habe geglaubt dass du mich verlassen wirst, okay also wir
sehen uns morgen, hier, gleiche Zeit, treibs nicht zu wild heute
abend, geh zeitig schlafen damit du gut in Form bist um mir
morgen zuhören zu können …

Bad news, good news …

… schlechte Neuigkeiten für dich, ich werde dir meine Geschichte nicht mehr zu Ende erzählen können …

gute Neuigkeiten für mich, warum, ich gehe morgen wieder nach Amerika zurück, Susan kann nicht kommen, sie hat mir gerade ein Telegramm geschickt in dem sie verzapft dass sie aus Familiengründen mich hier nicht treffen kann, sie ist verdammt sorry, wie sie sagt in ihrem Telegramm, forgive me Darling Moinous, I beg you to come back to me …

sie sagt Familiengründe, aber sie plaudert nichts Genaueres aus, ich ich glaube ja dass schon wieder eine von ihren Tanten aus Boston gestorben ist und ihr wieder eine Million Dollar hinterlassen hat, das würde mich nicht wundern, Zaster zieht immer Zaster an, jedenfalls hat sie mir ein Flugticket geschickt, daher zisch ich auf der Stelle nach Amerika ab, morgen nehme ich das Flugzeug nach Nouillorque und dieses Mal, wer weiß, vielleicht wenn Susan sich von mir heiraten lässt werde ich reich werden, also es wird alles gut werden, ich werde keine Sorgen mehr haben und anfangen können meine ganzen Geschichten niederzuschreiben ohne mir den Kopf zerbrechen zu müssen, weißt du weil hier, in Paris, also mein Alter, hier schaffe ich es nicht zu arbeiten …

warum, weil ich meine Zeit mit Plaudern verbringe, mit dir, mit egal wem, ich höre nicht auf Geschichten zu erzählen, und all das geht im Sprechen verloren, ist in den Wind gesprochen, in die Leere, alles was ich so daherrede verschwindet spurlos, das ist keine Schrift, ich meine das ist kein Geschriebenes das sich um Regeln schert, siehst du einzig und allein die Schrift widersteht der Zeit, also enough of this verbal shit, wie man da drüben sagt, ich gehe wieder nach Amerika …

ja das ist schade, ich kann dir das Ende meiner Geschichte nicht mehr erzählen, aber um dir die Wahrheit zu sagen, ich bin zufrieden wieder zurückzugehen, Frankreich kotzt mich an und die Franzosen noch mehr, es gibt hier nichts für mich, nur Scheißärger …

ah das stört dich weil du noch den Rest der schönen Geschichte meiner Tante Rachel hören wolltest, hör zu, du gibst mir einfach deine Adresse und wenn ich eines Tages wieder hierherkomme verspreche ich dir dass ich dir den Rest erzählen werde bis zum Ende …

weißt du letztendlich, ich glaube nicht dass ich für Frankreich geeignet bin, oder eher, Frankreich ist nicht für mich geeignet, ich glaube nicht dass wir beide uns verstehen würden, Frankreich ist heute zu verkommen als dass ich mich hier wohlfühlen könnte auch wenn ich mich im Grunde meines Ichs immer noch sehr französisch fühle, ah du kannst ja gar nicht wissen wie ich während dieser zehn Jahre auf der Verliererstraße in Amerika von meiner großen Rückkehr hierher geträumt habe, ich sah mich in meinen Träumen triumphal nach Frankreich zurückkehren, vollgestopft mit Knete, *rich & famous* …

ah Frankreich take it or leave it, nimms oder lass es, also ich lass es, ich gehe nach Amerika zurück für immer, ich ziehe die schmierige Mittelmäßigkeit Amerikas der schmutzigen Heuchelei Frankreichs vor …

du machst schon wieder ein Gesicht weil ich was Schlechtes über dein Land gesagt habe, weißt du ich bin nicht der einzige Franzose der Frankreich hasst, der sich für Frankreich schämt …

sieh mal ich werde dir von einem Gespräch erzählen das ich letztens mit einem alten fünfundsiebzigjährigen Franzosen geführt habe der Zeuge all der Sauereien gewesen ist bei denen Frankreich die Finger im Spiel gehabt hat in den letzten fünfzig Jahren …

erinnerst du dich an neulich, in diesem Café in Montparnasse wo ich dir meine Geschichten erzählte, als du rechtzeitig gehen wolltest um deine Biene zu treffen, also nach deinem Abgang ist ein Typ, ein alter Mann der am Tisch neben uns saß, zu mir

gekommen und hat sich entschuldigt und gesagt dass er nicht anders konnte als mir dabei zuzuhören was ich dir über Frankreich erzählt habe ...

das interessiert dich, du willst dass ich es dir erzähle, okay, also los, ich sage zuerst zu dem Alten, sie brauchen sich nicht zu entschuldigen, Monsieur, wahrscheinlich lieben auch sie es den Geschichten anderer zuzuhören, und weißt du was er zu mir gesagt hat, dass das sein Beruf sei, also frage ich ihn ob er auch ein professioneller Geschichtenzuhörer ist, aber er erwidert dass er kein Zuhörer sei, sondern selbst ein Erzähler, ein Schriftsteller, wenn du so willst, und dass er daher die Probleme verstehen kann die dieser Beruf mit sich bringt …

aber worüber er mit mir diskutieren wollte das war nicht mein Geschwätz, noch wollte er über die Literatur diskutieren, sondern über das was ich über Frankreich gesagt hatte, erinnerst du dich dass ich an diesem Tag behauptet hatte dass Frankreich vor dem Krieg es nicht erwarten konnte von Hitler in den Arsch gefickt zu werden …

das war es worüber wir beide diskutiert haben, dieser Alte und ich, also ich erzähle dir *verbatim* unser Gespräch …

Monsieur, sagt er zu mir nachdem er sich neben mich gesetzt und zwei Aperitifs bestellt hat, oh ich muss dir sagen dass mir wie er mir entgegenkam aufgefallen war dass er hinkte, tatsächlich hatte er ein Holzbein, Monsieur, sagt er also zu mir, ich teile mit ihnen, oder zu einem großen Teil, ihre Ansichten über Frankreich und ihre Entrüstung über dieses Land, wenn sie sagen nimms oder lass es, dann billige ich gänzlich die Bedeutung dieses Ausdrucks, dieser Slogan spiegelt hervorragend die stumpfe Beschränktheit des ewigen Frankreichs wider, und so bin ich an ihren Tisch gekommen um mit ihnen über den Sinn dieser Worte zu reflektieren …

siehst du wie gut sich dieser Alte ausdrückte, also sage ich zu ihm, machen sie nur reflektieren sie, aber beeilen sie sich ein bisschen weil all das meine Erzählung verlangsamt …

diesen Slogan, take it or leave it – nimms oder lass es – fährt er fort, verwende ich leider seit sehr langer Zeit selbst sodass ich ihnen eine ziemlich entlegene Erklärung des Sinnes schuldig bin den sie ihm geben …

plötzlich hat mich dieser Alte den ich zuerst für ein wenig bekloppt hielt interessiert, also habe ich zu ihm gesagt dass er weitermachen soll, und nun folgt gleich was er mir erzählt hat …

das hat am 30. September 1938 begonnen, der Tag an dem die Verträge von München unterzeichnet wurden, an jenem Tag habe ich meinen Vater weinen gesehen, ich war 45 Jahre alt, er war 80, wir waren jenseits aller Kindereien, und ich habe mich jenes Tages erinnert an dem ich ein Bein in Verdun verloren hatte, also habe ich mit meinem Vater gemeinsam geweint der zu mir sagte, ich schäme mich …

ich unterbreche den Alten für einen Augenblick um ihm zu sagen dass auch ich, wenn ich auch viel jünger war als er und 1938 noch ein kleiner Junge, dass auch ich mich erinnere wie mein Vater geweint hat damals weil er sich schämte nicht nach Spanien kämpfen gehen zu können weil er Tuberkulose hatte …

der Alte macht mit seinem Kopf ein Zeichen um mich wissen zu lassen dass er mich versteht, und nimmt seine Geschichte wieder auf …

das ging im Juni 1940 weiter, während des Exodus …

ah sie erinnern sich an den Exodus, ich mich auch, das ist interessant nicht wahr dass man so wenig darüber spricht über diesen schandhaften Exodus, meine Eltern meine Schwestern und ich wir sind aus Paris verduftet, zuerst mit dem Zug, dann zu Fuß auf den Straßen der Normandie, und schließlich, fast verhungert, todmüde, sind wir in Argentan angekommen, sie kennen vielleicht diese schöne Stadt in der Normandie, großartige Kathedrale die durch die Bombardements völlig zerstört wurde …

ah man hat sie wieder aufgebaut, das wusste ich nicht, jedenfalls der Gipfel der Ironie war dass die *Chleuhs* schon da waren als wir in Argentan angekommen sind, ich erinnere mich wie ich vom Glanz und der Schönheit ihrer Uniformen geblendet war, aber verzeihen sie dass ich sie unterbrochen habe, machen sie nur, fahren sie fort, sie sagten dass während des Exodus …

während des Exodus habe ich gesehen wie deutsche und italienische Flugzeuge Flüchtlingskolonnen bombardiert haben …

ja ja das ist wahr, ich ich habe das auch gesehen, übrigens ich erinnere mich sehr gut daran dass ich entlang einer kleinen Straße in der Normandie zum ersten Mal einen Toten gesehen habe, einen echten Toten, einen Toten persönlich, keinen falschen Toten so wie im Kino, ich war höchstens acht Jahre alt, das hat mir einen ziemlichen Schock versetzt …

ah sie haben das auch gesehen, erwidert der Alte, also haben sie wahrscheinlich auch die französischen Offiziere gesehen die Flüchtlinge in die Straßengräben gestoßen haben um schneller fliehen zu können, ich habe sie gesehen, und an jenem Tag habe ich mich geschämt, ich war 47 Jahre alt, heute bin ich 75, aber all das hat sich in meinem Kopf festgesetzt …

nicht möglich, ich hätte sie höchstens auf 65 geschätzt, sie sind aber gut in Form …

danke sie sind sehr freundlich, aber ich bin nur ein alter Kriegskrüppel, glauben sie mir, ich trage diese 75 Jahre auf meinen Schultern mit sehr viel Schamgefühl, ich kann ihnen jetzt nicht mein ganzes schamerfülltes Leben erzählen, das würde zu lange dauern und wäre zu beklagenswert, ich bin sicher dass auch ihr Leben von Scham erfüllt ist so wie das meine …

ah das ja das können sie laut sagen, sie haben zufällig nur ein kleines Stück meiner Geschichte gehört, eines Tages werden sie vielleicht den Rest hören …

wie auch immer bis zu den schmutzigen Kriegen in Vietnam und Algerien, bis hin zu den Korruptionen und Begnadigungen, habe ich mich immer für dieses Land geschämt das ich *Franhance* nenne und das unseren Politikergeschwüren so am Herzen liegt …

nicht schlecht, *Franhance*, wie ich zu dem Alten sage, und was die Geschwüre betrifft, Monsieur, da haben sie voll ins Schwarze getroffen, das fette Frankreich stinkt nach Bestechung, aber wissen sie das ist überall auf der Welt so, davon kann ich ein Lied singen, ich bin nämlich viel gereist ...

der Alte fährt fort, man sagt dass dies das Land von Montaigne sei, von Racine, von Balzac, von Louise Michel, von Ségalen, von Zola, von Proust, von Sartre, das ist wahr, aber das ist leider auch das Land der Drieus, der Daladiers, der Lavals, der Gamelins, der Raynauds, der Weygands, der Pétains, der Touviers, der Le Pens, der Träger der Vichy-Orden, sehen sie, ich schäme mich die gleiche Staatsbürgerschaft zu besitzen wie diese Leute, ja ich habe Angst dass ...

na machen sie es wie ich, verlassen sie dieses widerliche Land, gehen sie nach Amerika, nein da drüben ist es auch nicht besser, da drüben das ist das Land der McCarthys, der Nixons, der Reagans, der Bushs, das Land der Politikerclowns, wissen sie wie der Slogan der Politiker in Amerika lautete während des Vietnamkriegs, Love It or Leave It, aber ich sage immer, Take It or Leave It, übrigens ich beabsichtige eines Tages einen Roman mit diesem Titel zu schreiben, *Take it or leave it* ...

ah in Amerika haben sie auch diesen Slogan, *à prendre ou à laisser, Franhance,* also dieses Land mag ich nicht, das ist nicht mein Mutterland, das ist ein Rabenmutterland ...

bravo ich bin mit ihnen völlig einer Meinung, also werden sie wie ich das gemacht habe Bürger eines anderen Landes, oder noch besser, freier Bürger keines Landes ...

das ist aber nicht so einfach, seit Jahren und Jahrzehnten will ich Frankreich verlassen, aber ich kann nicht, ich bewundere sie dafür dass sie es getan haben was auch immer ihre Gründe waren, wissen sie ich habe Rechtsanwälte konsultiert um herauszufinden ob es nicht möglich sei meine französische Staatsbürgerschaft niederzulegen, aber nein, im Land der Menschenrechte, im Land von Freiheit, Gleichheit, Brüderlichkeit hat man nicht das Recht seine Staatsbürgerschaft aufzugeben ...

ja das ist wahr, das weiß ich, denn ich selbst der ich amerikanischer Bürger bin, aus wirtschaftlichen Gründen, ich habe meine französische Staatsbürgerschaft nicht verloren, deshalb kann ich es mir auch erlauben mein Vaterland zu beleidigen ohne dabei allzu große Verlegenheit zu empfinden ...

um Bürger eines anderen Landes zu werden müsste ich zuerst eine andere Staatsbürgerschaft annehmen, aber welche, nur der Irak oder Libyen würden mich akzeptieren ...

ah nein tun sie das ja nicht, lassen sie sich nicht auf die Araber ein, von den Arabern kann ich ihnen ein Liedchen singen, das sind alles Lügner, Streithähne, Betrüger ...

ja vielleicht haben sie recht, das sind die beiden einzigen Länder in denen ich eingebürgert werden könnte ohne meine französische Staatsbürgerschaft zu verlieren, aber ich kann mich nicht dazu entschließen, aus einem ziemlich idiotischen Grund, es ist zu heiß dort und ich bin herzkrank, ich bin am Herzen operiert, ich ertrage die Hitze nicht ...

oh das tut mir aber wirklich leid für sie, sehen sie ich, im Gegenteil, ich vertrage die Hitze sehr gut, ich liebe die Wüste, dort fühle ich mich am freiesten ...

wie auch immer, junger Mann, geben sie mir, bitte schön, noch einen anderen Slogan den ich auf die Mauern von Verdun schreiben kann, sogar mit 75, ich bin immer noch jung genug Graffitis zu schmieren, glauben sie mir, sie wissen ja, übrigens, die Worte haben nicht immer dieselbe Bedeutung, wenn ich diesen Slogan-Klecks ausspreche, nimms oder lass es, dann stammt er weder von einem Spießbürger noch von einem verbissenen Nationalisten, und schon gar nicht von einem blöden Hurrapatrioten der amerikanischen Sorte, ganz im Gegenteil, und ich sage das nicht weil sie Amerikaner sind, ich hoffe sie haben mich verstanden sagte er zu mir während er plötzlich aufstand mir die Hand gab und das Café verließ wobei er sein Holzbein hinter sich herschleppte ...

und ich, immer noch vor meinem Aperitif sitzend, ich habe ihm hinterhergerufen, aber es war bereits zu spät, er war schon auf der Straße, Monsieur, Monsieur, es gibt kein Mittel gegen die Scham, davon kann ich ein Liedchen singen …

das ist das Gespräch das ich geführt habe mit diesem alten Hinker, findest du das nicht interessant, für mich war das eine Offenbarung diesem alten aufgebrachten Franzosen zuzuhören, diesem Kriegsversehrten wie er mir diesen kleinen Vortrag über Frankreich hielt …

du siehst also warum ich es eilig habe zu verduften, Frankreich und die Franzosen die kannst du behalten, aber dein Unglück ist es, dass ich dir meine Geschichten nicht mehr zu Ende erzählen kann …

was sagst du da …

ah meine Tante Rachel, was aus der geworden ist, also ich habe dir doch erzählt, nachdem der Senegal ein freies Land geworden ist, ist sie nach Frankreich zurückgekehrt, einige Zeit lang hat sie in Cannes gelebt mit einem englischen Gigolo, ein Typ der dauernd ovale Zigaretten rauchte und der immer ein Seidentuch um den Hals trug, er musste mehr als zwanzig Jahre jünger als meine Tante gewesen sein, die beiden verbrachten ihre Zeit im Kasino, und es scheint dass meine Tante immer gewann beim Roulette, anschließend ist sie nach Paris gezogen, wie ich dir ja gesagt habe, in eine schöne schicke Wohnung am Pigalle, siehst du, aber schließlich wird sie sterben, wie alle, wie der Rest meiner Onkels und Tanten, und weißt du was sie machen wird, ich meine wem sie ihr Vermögen vermachen wird …

nein nicht mir, auch nicht meinen anderen Cousins noch ihren Brüdern und Schwestern weil sie schon alle am Alter und am Geiz gestorben sein werden, wenn sie sterben wird die Rachel, nein sie wird ihr ganzes Vermögen dem Waisenhaus hinterlassen in dem sie und meine Mutter so sehr gelitten haben, ja auf die Art wird sie sterben, indem sie ihr gesamtes Erbe dem Waisenhaus hinterläßt im Namen meiner Mutter, findest du nicht dass das eine schöne Geste sein wird, eine wunderbare Geste, ah was für ein großartiges Ende das für einen Roman abgeben könnte, für den Roman den ich vielleicht eines Tages schreiben werde über meine wunderbare Tante Rachel, ja, was für ein schönes Ende das sein würde ...

also sieh mal, jetzt weißt du alles, und heute sehen wir uns zum letzten Mal, aber bevor wir uns trennen werden sei doch bitte so lieb und sag mir deinen Namen, man weiß ja nie, vielleicht werde ich dich in naher Zukunft noch brauchen für eine andere Geschichte, sagst du mir bitte deinen Namen ...

was dein Name ist Féderman, das ist nicht wahr, ah das ist aber witzig, was für ein Zufall, ich kenne einen Typen in Amerika der auch so heißt, Federman, aber ohne Akzent, ein eigenartiger Typ, ein gambler, ich meine ein Typ der die ganze Zeit spielt, na ein Spieler, er ist auch ein Jude der der unverzeihlichen Ungeheuerlichkeit entkommen ist, vielleicht seid ihr Cousins, man weiß ja nie, der Typ sagt immer dass es eine Freude ist ein Überlebender zu sein, zu überleben darf dich niemals traurig machen, im Gegenteil das befreit dich von aller Verantwortung, ich bin da mit ihm nicht unbedingt einer Meinung, und ich habe ihm sogar einmal erklärt dass meine Rolle, wenn ich eine zu spielen habe, als Überlebender, hier, da drüben, egal wohin ich gehe, in die Städte, in die Länder, in die Bücher die ich schreibe oder die ich schreiben werde, darin besteht denjenigen wieder ein wenig Würde zurückzugeben die durch die unverzeihliche Ungeheuerlichkeit erniedrigt wurden ...

okay also, das ist es, ich sage dir auf Wiedersehen, aber bevor wir uns trennen muss ich dich noch was fragen, sag mir, bin ich es der dich bezahlen muss weil ich dir meine Geschichten erzählt habe, oder bist du es der mich bezahlen muss weil du mir zugehört hast ...

was das ist umsonst, niemand bezahlt, ah das ist verdammt gut, einsame Spitze, meine Geschichten sind umsonst, okay also gut das ist es, ich muss gehen ...

na los komm her damit wir uns umarmen können um uns Lebe-
wohl zu sagen …

goodbye and take it easy mein Alter, und wie man immer in
Amerika sagt wenn sich jemand vertschüst, wish me luck …

Addenda

Namen ... erfunden oder geborgt ... von fiktiven Personen ... in der Reihenfolge ihres Erscheinens im Text ...

Das Ich des Erzählers ... Der professionelle Zuhörer ... Susan/Sucette ... Darling Moinous ... Die Engländerin ... Tante Rachel ... Judith aus Detroit/Judy ... Die Juden/Die Yids ... Tante Marie ... Raymond *der Erzähler* ... Cousin Marco ... Onkel Léon ... Die Großmutter ... Der Großvater ... Onkel Maurice ... Onkel Jean ... Tante Fanny ... Tante Léa ... Tante Sarah ... Marguerite *die Mutter* ... Jean-Louis Laplume *berühmter Schriftsteller* ... Die Chefredakteurin des Amour Fou Verlages ... Der französische Freund in Amerika *distinguished professor* ... Der Taxifahrer/Robert Laurent/Robbie ... Die Lehrerin Madame Lalouche ... Gugusse & Mimile *Jugendfreunde* ... Josette *Jugendfreundin*/die Frau des Taxifahrers ... Die Eltern des Taxifahrers ... Der Vater/die Mutter/die beiden Schwestern des Erzählers ... Jacqueline *eine der beiden Schwestern* ... Machin Chouette ... Madame Trucmuche ... Der Nudler/Doodler ... Julien Sorel ... Fabrice del Dongo ... Die Sidis ... ... Adolphe *Besitzer des Rendez-vous des Cheminots* ... Roquentin ... Die Comtesse von Montrouge ... Tante Nénette ... Die Cousins und die Cousinen ... Die Bäuerin ... Der Mann der Bäuerin ... Der Stiefvater der Bäuerin ... Das Kind der Bäuerin ... Der Pfarrer von Monflanquin ... Die Deutschen/Die Chleuhs ... Die Kartoffelfresser/Die Fritzen ... Die Allesfresser/Die Grünspäne ... Marius *Besitzer des Cafés Chez Marius* ... Die Einbrecher ... Die Polizei/die Schupos ... Cousine Giselle ... Onkel Nathan ... Cyrano ... Der Türsteher vom Ritz ... Der Portier vom Ritz ... Der Typ vom Aufzug vom Ritz ... Die Zimmermädchen vom Ritz ... Die Rezeptionistin des Amour Fou Verlages ... Monsieur Gaston *Redakteur beim Amour Fou Verlag* ... Der hinkende und sich schämende Franzose Féderman ...

Wirkliche Namen wirklicher Personen ... tot oder lebendig ... die im Text erwähnt werden ... in der Reihenfolge ihres Erscheinens ...

Stendhal ... Balzac ... Simenon ... Baudrillard ... Sartre ... Boris Vian ... Michel Rybalka ... Céline *passim* ... Hitler *passim* ... Serge Doubrovsky ... Christian Prigent ... Diderot *zweimal* ... Georges Michel ... Voltaire ... Michel Serres ... Descartes ... Jules Verne ... Montaigne ... Zola ... Tommy Flanagan ... Kenny Burrell ... Frank Foster ... Charlie Parker/Yardbird ... Francis Ponge ... Shakespeare ... Gilles Deleuze ... Monsieur Gallimard ... Michael Faber ... Mark Aurel ... Louis-René des Forêts ... Charlie Chaplin ... Mallarmé ... Samuel Beckett/Sam *passim* ... Raymond *passim* ... Moinous ... Thomas Hartl ... Flaubert ... René Char ... Boileau ... Racine *zweimal* ... La Fontaine ... Molière ... Didier Anzieu ... Maurice Blanchot ... Sergio Leone ... Fernandel *mehrmals* ... Péladan ... Freud[*ianisch*] ... Lacan [*ianisch*] ... Max Jacob ... Paul Valéry ... Derrida ... Lautréamont ... General de Gaulle ... Johann Gottfried Herder ... Cecil B. DeMille ... Fellini ... Marcel Cerdan ... Humphrey Bogart ... Diderot *zum zweiten Mal* ... Jacques Ehrmann ... Buffon ... Peter Wortsman ... Roland Barthes ... Montaigne *zum zweiten Mal* ... Racine *zum zweiten Mal* ... Balzac *zum zweiten oder dritten Mal* ... Louise Michel ... Ségalen ... Zola *schon wieder* ... Sartre *noch einmal* ... Daladier ... Laval *bereits irgendwo erwähnt* ... Gamelin ... Raynaud ... Waygand ... Pétain *bereits des Öfteren erwähnt* ... Touvier ... Le Pen ... Senator McCarthy ... President Nixon ... President Reagan ... President Bush ...

Literarische oder andere Werke, die im Text erwähnt werden ...

Amer Eldorado ... La comédie humaine ... Le neveu de Rameau ... Bagattelles pour un massacre ... La question juive ... Jacques le fatalist ... Les bancs ... Tarzan ... Mandrake le magicien ... Les Pieds nickelés ... Tintin ... Les Temps des Nouilles ... Les faux-monnayeurs ... Le bavard ... Les Temps Modernes ... Le bel le vierge et le vivace ... Le livre à venir ... Le Rouge et le Noir ... La Chartreuse de Parme ... Baisse-toi minable ... La nausée ... En attendant Godot ... La bible ... Maître Pathelin ... Les intermittences du cul ... Le Cimetière marin ... Notre Père ... La mémoire en miettes ... Le musée des culs imagin- ... aires ...